AF287759

Liz Prime

SUZANNA

Liz Prime

SUZANNA

∞ REBIRTH ∞

FSC
www.fsc.org

MIX
Papier aus ver-
antwortungsvollen
Quellen
Paper from
responsible sources

FSC® C105338

Bibliografische Information der Deutschen Nationalbibliothek:
Die Deutsche Nationalbibliothek verzeichnet diese
Publikation in der Deutschen Nationalbibliografie;
detaillierte bibliografische Daten sind im Internet
über http://dnb.dnb.de abrufbar.
Die automatisierte Analyse des Werkes, um daraus
Informationen insbesondere über Muster, Trends und
Korrelationen gemäß §44b UrhG („Text und Data Mining")
zu gewinnen, ist untersagt.
2.Auflage
Copyright © 2024 by Liz Prime
Alle Rechte Vorbehalten
Herstellung und Verlag: BoD – Books on Demand, Norderstedt
ISBN: 978-3-759715227

Über die Autorin

Seit ihrer Kindheit von der Kraft der Worte und den unendlichen Möglichkeiten, die sie bieten, fasziniert, verfolgt Liz Prime das Ziel, durch ihr Schreiben ihren Leserinnen und Lesern tiefgehende Einblicke in komplexe emotionale Welten und menschliche Zustände zu gewähren. Ihre Geschichten öffnen Fenster zu vielschichtigen emotionalen Landschaften und fördern so Verständnis sowie tiefe Einblicke in die menschliche Natur. Ihre Werke reflektieren ihre unermüdliche Suche nach emotionaler Tiefe und dem Verständnis für die Vielschichtigkeit menschlicher Gefühle. Sie ist überzeugt davon, dass Geschichten die Macht haben, zu verändern, zu trösten und zu inspirieren. Diese Überzeugung belebt jedes Wort, das sie zu Papier bringt, und macht ihre Texte zu einem kraftvollen Echo ihrer eigenen Überzeugungen und Träume.

Mehr unter:

liz.prime_official

Hinweis

Die in diesem Roman beschriebenen Ereignisse und Charaktere sind vollständig frei erfunden und Teil eines fiktiven Universums. Jegliche Ähnlichkeiten mit realen Personen, lebendig oder verstorben, oder tatsächlichen Ereignissen sind rein zufällig. Bitte beachten Sie, dass in bestimmten Szenen dieses Buches auf die Darstellung der Verwendung von Verhütungsmitteln verzichtet wurde. Diese Entscheidung dient der künstlerischen Freiheit und sollte nicht als Vorbild für reales Verhalten angesehen werden. Im wirklichen Leben ist die Praxis von Safersex, einschließlich der Verwendung von Verhütungsmitteln, von entscheidender Bedeutung, um die Gesundheit und das Wohlbefinden aller Beteiligten zu schützen.

INHALTSVERZEICHNIS

— ∞ —

An die Träumer und Kämpfer – erinnert euch, dass in den Momenten größter Dunkelheit euer Licht am hellsten strahlt.

Prolog

Ein markerschütternder Schrei durchbricht die Stille des Motelzimmers, im Nirgendwo – unser letzter Zufluchtsort vor den gnadenlosen Verfolgern. »Es kommt«, schreit Sarah, schmerzgeplagt.

»Du musst pressen«, antworte ich ihr mit einer Mischung aus Furcht und Mut. Meine Augen wandern zwischen ihren Schenkel und ihrem ängstlichen, aber entschlossenen Blick hin und her. Ich spüre, dass sie uns auf den Fersen sind. Das Flackern des Lichtes an der Decke verheizt nichts Gutes.

»Sie dürfen das Baby nicht in ihre Finger bekommen, versprich mir das!«, keucht Sarah schwer atmend unter den Schmerzen der Wehen.

»Ich schwöre, ich werde sie mit meinem Leben beschützen«, antworte ich, während ich mich darauf vorbereite das Neugeborene in dieser gefährlichen Welt zu empfangen. Vorsichtig, mit zitternden Händen, ergreife ich das kleine, zerbrechlich wirkende Wesen. So schutzlos und warm es mir erscheint – so hilflos fühle ich mich zu gleich, in dem Wissen, was jetzt passieren wird. Sarahs Gesicht, gezeichnet von Schmerz und Erschöpfung, erleuchtet für einen kurzen Augenblick mit einem Strahlen purer Mutterliebe, als ich ihr das Neugeborene überreiche. Dieser Moment der Ruhe wird jäh unterbrochen, als die Tür mit einem gewaltigen Krachen aufgebrochen wird. Ein Mann in einem makellosen weißen Anzug betritt den Raum, seine Augen strahlen eine täuschende Güte aus.

»Hier habt ihr euch versteckt«, spricht er mit einem selbstgefälligen Lächeln.

»Ich nehme an, ihr werdet mir das Kind nicht freiwillig übergeben. Aber ich will ehrlich sein, ihr habt keine Chance. Das Motel ist von meinen Leuten umstellt. Eine Flucht ist unmöglich.«

Ich blicke zu Sarah und nehme das Baby an mich, dabei flüstere ich ihr zu:

»Zeig keine Angst, denn das ist es, was sie wollen. Ihr wird nichts geschehen, sie wird leben und ihre Bestimmung erfüllen, dafür werde ich sorgen.«

Sarah wirft mir einen vertrauenswürdigen Blick zu und zieht sich schützend die Bettdecke über ihre blutverschmierten Schenkel. Ich halte das Baby sicher im Arm und ziehe aus meinem Mantel eine Pistole hervor. Mit festem Griff und entschlossenem Blick richte ich die Waffe auf unseren Gegner und drücke ab. Der Schuss lässt den Raum erzittern und das Gesicht des Mannes dekoriert die Zimmerwände. Sarahs Schrei durchschneidet die Luft. Ich lege meine Hand beruhigend auf ihrer Stirn und flüstere:

»Fürchte dich nicht. Es wird alles gut«, daraufhin verstummt ihre Stimme für immer. Lieber so, als wenn sie sie in die Finger bekommen. Durch mich erhält sie die Erlösung. Es bleibt mir nicht viel Zeit für die Flucht. Der Körper des Mannes beginnt sich bereits zu regenerieren, seine Haut fügt sich wie ein makabres Puzzle wieder zusammen. Als eine Horde von Verfolgern das Zimmer stürmen, entfalte ich meine verborgene Macht und verschwinde mit dem Baby innerhalb eines Wimpernschlags, in der Hoffnung, dass sie uns nie wieder so nahekommen.

Kapitel 1

Fünfundzwanzig Jahre später

>> Suzanna, wie lange willst du noch in diesem Studio arbeiten?«, fragt mich Mark, als wir gemeinsam morgens in der Küche stehen und ich mir eine Tasse Kaffee gönne. Überrascht blicke ich in seine grünen Augen, dabei streicht er sich über sein frisch rasiertes Kinn.

»Fängst du wieder mit diesem Thema an?«, frage ich ihn mit Augenrollen.

»Ich will, dass du eine Entscheidung triffst. Wir sind seit sechs Monaten verlobt und planen eine gemeinsame Zukunft. Nächstes Jahr wollen wir heiraten und eine Familie gründen. All diese Dinge benötigen ein solides Fundament. Und der Job als Tätowiererin wird da nicht ausreichen.«

»Ich verstehe nicht, wieso du so denkst. Warum sollte sich alles mit einer Hochzeit ändern? Wir sind weiterhin wir und es funktioniert.«

»Jetzt gibt es auch nur uns zwei, aber in ein paar Monaten oder Jahren wird sich das hoffentlich ändern und dafür benötigen wir eine finanzielle Absicherung. Dein alter Job war perfekt, dein Gehalt war überdurchschnittlich. Und du bist eine der Besten in dieser Branche.«

»Geld ist aber nicht alles im Leben, Mark. Die Kunst erfüllt mich mehr als ein Bürojob. Täglich mit Daten herumjonglieren. Du weißt, wie unglücklich mich der Job gemacht hat.«

»Das war aber nicht immer so. Du hast deine Arbeit geliebt. Ich kann mich noch gut an die Zeit erinnern, als du unzählige Nächte am Laptop verbracht hast und kein Ende gefunden hast. Und jetzt sieh dich an, deine tätowierten Oberarme. Manchmal erkenne ich dich nicht wieder. Wo ist die Suzanna von früher, mit ihrem breiten strahlenden Lächeln ohne all diese Farbe auf der Haut.«

»Menschen verändern sich. Und was hat mir die Arbeit gebracht? Ich war irgendwann völlig ausgebrannt und habe die Freude daran verloren. Das Zeichnen hat mir Kraft gegeben und ich liebe meine Arbeit als Tätowiererin. Die Menschen sind alle so freundlich und zufrieden, wenn sie den Laden wieder verlassen und ihr Lächeln im Gesicht macht mich glücklich.«

»Hast du vielleicht auch mal an mich gedacht? Was mein Umfeld darüber denkt, wenn ich mit einer Tätowiererin verheiratet bin? Meine Kollegen in der Bank lachen jetzt schon über mich. Und meine Eltern sehen es auch nicht gerne. Du weißt, ich stamme aus einer erfolgreichen Bankerfamilie. Wir haben einen Ruf zu verlieren.«

»Das ist also der wahre Grund, warum du nicht willst, dass ich weiterhin im Studio arbeite. Das ist so typisch für dich, bloß nie anecken. Immer sich der feinen Gesellschaft unterbuttern.«

»Willst du Erfolg im Leben haben, musst du bereit sein dich anzupassen. So ist nun mal die Welt. Das wirst du früher oder später auch merken, Suzanna«, sagt er in einem arroganten Ton.

»Ich finde deine Einstellung erschreckend. Vielleicht ist es besser, wenn wir nicht heiraten«, platzt der Gedanke aus mir heraus.

»Das ist wieder so typisch für dich. Kaum sagt man dir, wie es im Leben läuft, und schon entziehst du dich mir. Suzanna, ich liebe dich aber so, wie es jetzt ist, können wir keine Familie gründen. Das musst du verstehen«, sagt Mark, während er sein Jackett überwirft.

»Ich muss los, sonst komme ich zu spät in die Bank. Denk über meine Worte nach und überlege dir, was du wirklich willst«, sagt er und verschwindet durch die Wohnungstür, vorbei an Bildern an der Wand, die gemeinsame Erinnerungen auf ewig festhalten. Genervt gehe ich mit dem Kaffee in der Hand ins Bad und bereite mich für den Tag vor. Ich blicke in den Spiegel und sehe eine junge Frau mit dunklen langen Haaren, die sich nicht in irgendwelche Schubladen zwängen lässt. Die ihre Persönlichkeit auslebt. Aber auch eine Frau, die bereit ist, Opfer zu bringen, wenn es vonnöten ist. Ich schlüpfe in meine schwarze Jeans und in mein rotes Top. Passend dazu trage ich meine goldene Amulettkette, die ich schon mein ganzes Leben lang besitze. Es ist mit etlichen kleinen Symbolen und Zeichen versehen, die in einem Kreis angeordnet sind. Nachdem ich mir etwas Make-up aufgetragen habe, werfe ich mir meinen schwarzen Mantel über, greife nach meiner Umhängetasche und mache mich wie jeden Morgen auf den Weg zu Ethan ins Tattoostudio.

Ein kleines Juwel inmitten des pulsierenden Herzens von Downtown. Dieser Ort, der mir in dunklen Stunden bereits mehrfach Zuflucht und Trost geboten hat, begrüßt mich mit seiner leuchtend roten Neonreklame, auf der 'Ink Pink-Heart' scheint. Ich gehe durch die Tür, sofort empfängt mich der vertraute Geruch einer Welt, die mir so viel bedeutet. Eine Mischung aus dem scharfen Duft von Desinfektionsmittel und der süßen Note frischer Tätowierfarbe. Die Luft im Studio vibriert vor Kreativität, jeder Winkel erzählt eine Geschichte. Festgehalten in Flash-Art, skurrilen Zeichnungen und abstrakten Designs, die die Wände zieren und den Raum in ein Kaleidoskop der Inspiration verwandeln. Kaum habe ich das Studio betreten, fängt Ethans Blick mich ein. Er sitzt da, umgeben von seinen Werkzeugen – ein Meister seines Fachs. Ein Lächeln, so warm und einladend, breitet sich auf seine Lippen aus. Ein Lichtstrahl, der selbst die tiefste Dunkelheit zu vertreiben vermag. Gleichzeitig fährt seine tätowierte Hand lässig durch seine rosafarbenen Haare, eine Geste, die so charakteristisch für ihn ist und ihm eine Aura von Selbstsicherheit verleiht.

»Guten Morgen, Prinzessin«, begrüßt er mich wie gewohnt.

[1]*»Buenos días, Ethan«, erwidere ich.

»Was ist passiert?«, fragt er, seine überraschte Miene verrät, dass er meine Unruhe sofort gespürt hat.

»Woher weißt du das immer?«

»Suzanna, wir sind zusammen aufgewachsen. Ich brauche nur deine Stimme zu hören, um zu wissen, was in dir vorgeht«, erwidert er mit einem Lächeln, das so viel mehr sagt, als Worte es könnten.

Behutsam legt Ethan die Vorlagenmappe beiseite und nähert sich mir. Er nimmt mir meinen Mantel ab und verstaut ihn in der Garderobe. »Erzähl mir, was ist passiert?«, drängt er sanft.

Mit einem Seufzer lasse ich die Fassade fallen. »Es geht um Mark. Wir sind erneut aneinandergeraten. Ich dachte, die Diskussion über meinen Job hätte sich erledigt, aber nein, er hat heute wieder damit angefangen. Er meint, ich sollte mir einen neuen Job suchen, am besten zurück in meiner alten Branche. Nur damit er besser dasteht und nicht mit einer Tätowiererin verheiratet ist. Kannst du dir das vorstellen? Es ist ihm völlig egal, wie es mir dabei geht«, gestehe ich und lasse mich entmutigt auf einen Stuhl im Pausenraum sinken.

»Hmm ... das klingt gar nicht nach ihm. In all den Jahren schien er doch immer so verständnisvoll dir gegenüber zu sein.«

»Ja, genau das dachte ich auch. Deshalb verstehe ich nicht, warum er in dieser Sache nicht lockerlässt. Wir hatten dieses Gespräch schon vor Monaten, und ich war mir sicher, das Thema wäre vom Tisch. Offenbar habe ich mich geirrt«, antworte ich mit einem resignierten Schulterzucken, als das Klingeln der Ladentür unser Gespräch unterbricht.

»Das dürfte Jonas sein. Er hat sich einen Löwenkopf für sein Schulterblatt ausgesucht«, teile ich Ethan mit, während ich auf Jonas zugehe, der bereits erwartungsvoll vor dem Empfangstresen steht, mit einem einladenden Lächeln auf seinen Lippen.

[2*]»Hola Jonas, bist du bereit, den Löwen brüllen zu lassen?«, frage ich ihn mit einer motivierenden Begeisterung in der Stimme.

»Hallo. Ja, ich habe die halbe Nacht vor Aufregung nicht geschlafen«, erwidert er und spielt dabei nervös an die Schnüre seines Hoodies. Ich bitte ihn, sein Oberkörper freizumachen und auf dem Behandlungsstuhl Platz zu nehmen. Sorgfältig desinfiziere und rasiere ich seinen Rücken, bevor ich die Schablone positioniere und alles für die bevorstehende Tätowierung vorbereite.

Während ich vor mich hinarbeite, verliere ich mich in Gedanken an den morgendlichen Streit, der zwischen Mark und mir entfacht ist. Die Nadel in meiner Hand zittert leicht, und ich bemerke kaum, wie ein Tintenfläschchen von meinem Arbeitsplatz auf den Boden fällt. Die Klangkulisse des Aufpralls durchdringt meine Gedanken und reißt mich aus meiner Träumerei. Ethan, mein aufmerksamer Freund und Chef, hebt den Kopf von seiner Arbeit und sieht mich besorgt an.

»Suzanna, alles in Ordnung bei dir?«

Ich nicke und setze ein gezwungenes Lächeln auf.

»Ja, alles bestens. Nur ein kleines Missgeschick.«

Er zieht skeptisch die Augenbrauen hoch und hakt zum Glück nicht weiter nach. Stunden vergehen, in denen ich mich dem Tattoo widme, unterbrochen nur von einer kurzen Pause, bis schließlich das Meisterwerk vollendet ist. Ich reiche Jonas einen Spiegel, damit er das Ergebnis in aller Ruhe begutachten kann.

»Suzanna, das ist der Wahnsinn. Das Tier wirkt so lebendig. Die Augen funkeln förmig vor Gier. Genauso habe ich es mir vorgestellt. Ich danke dir«, sagt er mit einem glücklichen Gesichtsausdruck.

»Es freut mich sehr, dass es dir gefällt«, antworte ich mit einem Lächeln, während ich eine Schutzfolie über das frisch gestochene Tattoo lege. Wieder einmal verlässt ein zufriedener Kunde das Studio. Nachdem ich mich von ihm verabschiedet habe, lasse ich mich erschöpft, aber erfüllt auf einen Stuhl fallen, um einen Moment der Ruhe zu genießen. Ethan tritt an meine Seite, seine tätowierte Hand findet behutsam meine Schulter, und sein Blick durchbohrt mich mit einer Intensität, die kaum Worte benötigt.

»Suzanna, du kannst dich nicht ewig vor dem Problem mit Mark verstecken. Vielleicht ist es an der Zeit, nach Hause zu gehen und die Dinge zwischen euch zu klären«, rät er mir eindringlich, während seine Hand durch das rosafarbene Meer seiner Haare gleitet. Seine Worte rütteln mich auf, durchbrechen die Mauern meiner Verleugnung.

»Du hast recht. Ich sollte das klären.«

Ethan gibt meiner Schulter einen sanften Druck, seine Geste ein Anker der Unterstützung.

»Geh nach Hause, sprich mit Mark. Und sollte er weiterhin kein Verständnis für dich haben, bin ich hier. Was auch geschieht, du hast immer einen Platz bei mir – und es spielt keine Rolle, womit du dein Geld verdienst«, sagt er aufmunternd, seine Worte ein Leuchtturm in der Dunkelheit meiner Sorgen. Dankbar für Ethans Unterstützung stehe ich auf, sammle meine Sachen zusammen und verlasse das Tattoo-Studio. Der Weg nach Hause gestaltet sich wie eine Wanderung durch einen dichten Nebel der Ungewissheit. Jeder Schritt ist beschwert mit der Hoffnung, dass Mark diesmal wirklich bereit ist, mir zuzuhören, dass wir gemeinsam einen Weg aus dem Dickicht unserer Probleme finden, einen Pfad, der uns beide wieder mehr zusammenführt.

Im sanften Schein der untergehenden Sonne, die die Straßen San Franciscos in ein beruhigendes, goldenes Licht hüllt, erreiche ich schließlich unsere gemeinsame Wohnung. Mark sollte längst zu Hause sein. Schon im Flur empfängt mich der Duft seines Lieblingsparfüms, ein sanfter Vorbote seiner Präsenz. Ich höre leise, vertraute Worte aus dem Schlafzimmer, es scheint, als würde Mark telefonieren. Seine Stimme schwebt durch die Stille des Raumes. Die Tür, nur einen Spalt geöffnet, lädt mich ein, aber mein Herz schlägt Alarm, getrieben von einer unerklärlichen Unruhe, die mich ergreift.

Was ich dann höre, ist ein Schlag direkt ins Herz.

»Wir sehen uns morgen im Café. Ich liebe dich«, haucht er ins Telefon, Worte, die nicht für mich bestimmt sind. Mark, mein Verlobter, der Mann, dem ich mein Herz geschenkt habe, hat heimlich eine Affäre.

»Nein«, entweicht es mir flüsternd, ein stummes Echo meines Entsetzens. Mein Herz pocht wild, während die bittere Wahrheit langsam ihren Weg in mein Bewusstsein findet. Betrug. Verrat. Diese Worte umgeben mich, giftige Schatten, die sich in mein Herz bohren und es mit eiskalter Klarheit durchdringen. Ohne ein Wort zu verlieren, ohne den Luxus von Tränen oder einen letzten Blick, ergreife ich die Flucht aus der Wohnung.

»Suzanna? Bist du das?«, hallt Marks Stimme hinter mir, ein verzweifelter Ruf in der Dunkelheit, während ich versuche, der erdrückenden Wahrheit zu entfliehen. Der Flur dehnt sich vor mir aus, ein endloser Tunnel der Verzweiflung, während ich die Treppe hinabstürze, getrieben von einem Überlebensinstinkt, der mich nach draußen, in die Freiheit der Straße zieht. Mark setzt mir nach, ruft meinen Namen, seine Stimme durchdrungen von Flehen und Verwirrung. Aber der Wirbelsturm der Gefühle in mir lässt sich nicht mehr bändigen. Ich renne, getrieben von der illusorischen Hoffnung, ich könnte dem Schmerz, der mich zerreißt, einfach davonlaufen. Mark gibt nicht auf, folgt mir hartnäckig, sein Flehen ein stetiges Echo hinter mir. Seine Worte, sie verlieren sich im Rauschen des Windes, verwehen ungehört – genauso wie die Tränen, die ich nicht zu weinen wage.

Ein erschütternder Schrei ertönt plötzlich hinter mir. Mark, der mir verzweifelt gefolgt ist, bricht zusammen. Das Adrenalin, das mich zuvor angetrieben hat, weicht dem Schock und der Panik. Sein Stöhnen dringt in meine Ohren, als er sich vor Schmerz krümmt, eine Hand fest auf die Brust gepresst. Die Realität dieses Moments wird von einer bedrückenden Atmosphäre des Unausweichlichen durchtränkt. Ich stürme zu ihm, und die Dunkelheit der Nacht scheint sich mit jedem Moment zu verdichten. Meine eigenen Gedanken drehen sich im Kreis, während ich versuche, die Tragödie dieses Augenblicks zu begreifen.

Ein Fremder auf der Straße eilt zu Hilfe herbei, sein Gesicht von der Kapuze seines Regenmantels verdeckt. Er zückt sein Handy und setzt einen Notruf ab. Ich starre auf Mark, der am Boden liegt, seine Hände krampfhaft auf die Brust gepresst. Ich halte ihn in meinen Armen. Sein Atem ist flach und unregelmäßig, sein Gesicht von einem bleichen Schleier überzogen. Die Straßenlaternen werfen gespenstige Schatten, während die Welt um uns herum zu verblassen scheint.

»Mark, nein«, flüstere ich, als ich ihn näher an mich ziehe. Seine Hand klammert sich schwach an meiner, die Kälte seines Körpers durchdringt meine Finger.

Die Stille der Nacht wird nur von seinem mühsamen Atmen durchbrochen, das in der kalten Luft hängt wie ein Hauch des Abschieds. Ein letztes Aufbäumen durchzuckt seinen Körper, und seine Augen suchen, die meinen.

»Es tut mir leid«, flüstert er mit letzter Kraft, seine Lippen formen die Worte, die wie ein zarter Abschiedshauch in die Nacht entweichen. Sein Griff lockert sich, seine Augen verlieren ihren Glanz, und ich spüre, wie er sich in meinen Armen auflöst. Die Straße wird zum Schauplatz eines Dramas, während Mark in meinen Armen stirbt. Sein Körper wird schwer und leblos, das Leben entweicht mit jeder Sekunde, die verstreicht. Der Krankenwagen erreicht uns mit quietschenden Reifen und schriller Sirene. Die Retter eilen aus dem Fahrzeug, ihre Blicke fokussiert. Sie beginnen mit der Reanimation, jeder Handgriff präzise und energisch.

Ich stehe da, hilflos und zitternd, während der Lärm der Stadt um uns herum von der Anspannung des Moments übertönt wird. Die angestrengten Bemühungen der Wiederbelebung zeigen Erfolg. Marks regloser Körper reagiert allmählich auf die intensiven Maßnahmen. Ein schwacher, aber deutlich wahrnehmbarer Puls kehrt zurück, und der erleichterte Blick des Arztes trifft meinen. Ein Hauch von Hoffnung durchdringt die angespannte Atmosphäre. Gemeinsam, im Einklang mit dem monotonen Piepen der medizinischen Geräte, bringen sie Mark auf einer stabilen Trage zum bereitstehenden Krankenwagen. Jeder Schritt scheint eine Ewigkeit zu dauern. Die Zeit verlangsamt sich in dieser kritischen Phase, während der Ernst der Situation durch das unerbittliche Geräusch des Herzfrequenzmonitors unterstrichen wird.

»Miss, Sie können leider nicht mitfahren. Wir bringen ihn ins General Hospital, bitte komme Sie nach«, mit diesen Worten hält mich der Arzt auf, in den Krankenwagen einzusteigen. Der Fremde, der uns zur Hilfe geeilt ist, versucht mich zu beruhigen, während er ein heranfahrendes Taxi zu uns winkt.

∞

Im Krankenhaus angekommen, stürme ich in die Notaufnahme. Die Zeit dehnt sich aus, während ich auf Nachrichten über Mark warte. Ein Arzt tritt schließlich auf mich zu, sein Gesicht ausdruckslos.
»Es tut mir leid. Wir konnten nichts mehr für ihn tun. Ihr Freund ist verstorben.«
Mit nur einem Satz ist meine Welt, meine Zukunft zerbrochen. Die Liebe meines Lebens ist nicht mehr greifbar. Weg, verschwunden – für immer.
»Darf ich zu ihm?«, flüstere ich, meine Stimme kaum mehr als ein Hauch, daraufhin führt der Arzt mich zu Mark. Die sterile Atmosphäre der Notaufnahme umhüllt mich, als ich mich der Bahre nähere, auf der Marks lebloser Körper liegt. Das kalte Neonlicht wirft harte Schatten auf sein Gesicht, das so oft von Lachen und Liebe erleuchtet war. Mein Herzschlag hallt in meinen Ohren wider, als ich vor seinem reglosen Körper stehe.
Langsam, beinahe ehrfürchtig, strecke ich meine Hand aus und berühre seine kalte Haut. Die Realität des Verlusts durchdringt mich wie ein eisiger Wind. Tränen verschwimmen meine Sicht, während ich mich von der Unausweichlichkeit des Abschieds überwältigen lasse. Die Geräusche

der Notaufnahme, gedämpft durch den Schleier der Trauer, werden zu einem diffusen Hintergrund. Ich verweile einen Moment länger an seiner Seite, als könnte ich durch die Kraft meiner Liebe die Zeit zurückdrehen. Aber die Stille und Leere in seinen leblosen Augen sprechen eine unumstößliche Wahrheit. Schweren Herzens trete ich einen Schritt zurück, lasse meinen Blick ein letztes Mal über sein Gesicht gleiten. Eine Welle von Schmerz durchströmt meinen Körper, als ich den Raum verlasse. Seine Anwesenheit nur noch eine Erinnerung, die ich in der kühlen Atmosphäre der Notaufnahme zurücklasse.

∞

Ein kalter Wind streicht durch die Straßen, und die Lichter der Stadt werfen ein fahles Glühen auf den Gehweg. Meine Schritte sind schwer und ziellos, als würde ich versuchen, mich durch eine undurchdringliche Dunkelheit zu bewegen. Die Ereignisse der letzten Stunden wirbeln in meinem Kopf wie ein stürmischer Strudel aus Schmerz und Verlust. Marks Lachen, das unschuldige Glänzen in seinen Augen – all das ist jetzt verblasst und durch den bitteren Geschmack des Verrats ersetzt.

Schließlich erreiche ich das Studio, in dem Ethan gerade dabei ist, den Körper eines Kunden mit einem meisterhaften Kunstwerk zu veredeln. Beim Betreten des Ladens erfasst Ethan mich mit seinem Blick. Unverzüglich legt er die Tätowiermaschine beiseite. Sein Gesichtsausdruck wechselt von konzentriert zu besorgt, als er meine verstörten Augen erkennt.

»Suzanna, was ist los?«, fragt er beunruhigt, als er auf mich zukommt. Die Worte drohen mich zu ersticken, aber ich kann sie nicht länger zurückhalten.

»Mark ist tot.«

Ein Augenblick des Schocks legt sich über Ethans Gesicht, gefolgt von tiefer Traurigkeit. Er zieht mich in seine Arme, stark und tröstend.

»Wie? Was ist passiert? Es tut mir so leid, Suzanna.« Die Schleusen meiner zurückgehaltenen Tränen öffnen sich, während ich mich Ethans tröstender Umarmung hingebe. Die Außenwelt des Studios verliert an Kontur, verschmilzt zu einer verschwommenen Kulisse, und für einen flüchtigen, kostbaren Augenblick existieren nur Ethan und ich, vereint in unserem Kokon der Trauer. Nach einer kleinen Ewigkeit, in der jedes Schweigen und jedes Schluchzen eine eigene Sprache spricht, löst Ethan behutsam die Umarmung. Mit sanfter Bestimmtheit führt er mich zu einem Stuhl.

»Nimm Platz. Ich bin gleich wieder für dich da. Ich muss nur noch schnell Annas Tattoo fertigstellen, dann haben wir Zeit zu reden. Zwei Minuten«, sagt er, während er mir eine Packung Taschentücher reicht. Ich nicke ihm zu, überwältigt von Dankbarkeit für Ethans unerschütterliche Stütze.

Kurz darauf nimmt er mir gegenüber Platz und lauscht aufmerksam, als ich von der tragischen Entdeckung berichte. Wie die Welt, die ich kannte, zusammengebrochen ist und wie ich nun durch einen unergründlichen Schmerz wandere. Ethan hört schweigend zu, seine tätowierten Hände ruhen auf dem Tisch. Nachdem ich zu Ende geredet habe, entweicht ihm ein schwerer Seufzer.

»So etwas hätte ich ihm niemals zugetraut. Du hast das nicht verdient«, sagt er mit einer Stimme, die sowohl von Mitgefühl als auch von einer tiefen Enttäuschung durchzogen ist.

»Das Leben ist manchmal einfach nicht fair«, murmele ich, und ein Moment der Stille legt sich zwischen uns.

Ethan wirft mir einen nachdenklichen Blick zu, bevor er vorsichtig fragt:»Was hast du jetzt vor?«

»Ich weiß es nicht. Zurück in unsere Wohnung kann ich nicht. Das ertrage ich nicht«, gestehe ich, die Vorstellung allein ist unerträglich.

»Das verstehe ich vollkommen. Suzanna, falls du möchtest, kannst du so lange bei mir wohnen. Das ist kein Problem. Ich bin für dich da«, bietet Ethan an, seine Stimme ein sicherer Hafen in meinem Sturm der Gefühle.

»Danke, für deine Unterstützung«, erwidere ich.

Ethan lächelt sanft und ergreift meine Hand, ein Symbol der Verbundenheit und des Trostes.

»Alles wird gut, Suzanna. Wir stehen das gemeinsam durch.«

Seine Worte sind voller Mitgefühl, und ich fühle mich in diesem Moment wirklich dankbar, ihn als Freund zu haben.

»Es tut einfach so weh, Ethan. Mark war meine große Liebe, und dann – dann passiert so etwas, und jetzt ist er weg. Für immer«, breche ich erneut zusammen, die Worte begleitet von Tränen.

»Hast du eine Ahnung, mit wem er telefoniert hat?«, fragt Ethan vorsichtig.

»Nein, aber ich habe sein Handy. Eine Krankenschwester gab mir Marks persönliche Sachen, darunter auch sein Telefon.«

»Dann los, lass uns nachsehen, mit wem er zuletzt telefoniert hat. Oder möchtest du es gar nicht wissen?«, fragt Ethan, sein Blick voller Sorge.

»Was würde das ändern? Mark ist tot.«

»Vermutlich hast du Recht. Aber haben seine Eltern schon davon erfahren?«

»Oh Gott, daran habe ich gar nicht gedacht.«

»Soll ich das für dich übernehmen?«

»Nein, das mache ich selbst«, antworte ich, während ich mit zitternden Fingern mein Handy aus meiner Tasche ziehe und die Nummer von Marks Eltern wähle. Nach einigen nervenaufreibenden Sekunden nimmt jemand ab. Die Stimme am anderen Ende klingt warm und vertraut, dennoch zerreißt sie mein Herz.

»Mrs. Johnson?«, frage ich leise, meine Stimme brüchig vor Trauer.

»Ja, Suzanna bist du das?«

Es fällt mir schwer, die richtigen Worte zu finden, während ich versuche, die Tränen zurückzuhalten.

»Ja, ich habe eine schreckliche Nachricht.«

Die Luft wird dicker, und ein unangenehmes Schweigen legt sich über die Leitung.

»Was ist passiert? Geht es Mark gut?«, fragt sie, ihre Stimme von Sorge erfüllt.

Die Worte stecken mir im Hals, und ich schlucke schwer, bevor ich fortfahre.

»Es tut mir so leid. Mark ist ... Mark ist gestorben. Er erlitt heute Abend einen Herzinfarkt.«

Ein Aufschrei der Bestürzung dringt durch das Telefon.

»Nein, nein, das kann nicht wahr sein. Bitte, sag mir, dass das ein schrecklicher Scherz ist.«

»Es tut mir leid, Mrs. Johnson. Es ist die Wahrheit. Er ist weg«, sage ich, und meine Tränen brechen unkontrolliert hervor. In der folgenden Stille höre ich ihr Schluchzen.

»Oh Gott, mein Junge. Mein armer Junge ... Ich weiß nicht, was ich sagen soll«, antwortet sie mit gebrochener Stimme.

»Er liegt im General Hospital. Dort können Sie sich verabschieden und weitere Informationen erhalten.«

Von ihrer Seite ertönt ein ersticktes Schluchzen.

»Danke, Suzanna. Wir werden uns sofort auf den Weg machen.«

Das Gespräch endet in einem leisen, schweren Seufzen, während ich realisiere, dass nicht nur ich, sondern auch Marks Eltern vor den Trümmern einer einst so glücklichen Zukunft stehen. Ich lege das Handy beiseite und blicke auf und treffe die tröstenden Augen von Ethan, der in respektvollem Abstand steht.

»Wie geht es ihnen?«, erkundigt er sich.

»Nicht gut«, antworte ich leise, und die Tränen fließen erneut, unbeirrbar und schmerzhaft.

»Sie wollen ihn im Krankenhaus verabschieden.«

Ethan nickt verständnisvoll.

»Möchtest du jetzt dort hin?«, fragt er sanft.

»Nein, ich ... ich kann ihnen nicht gegenübertreten.«

»Verstehe, dann lass uns zu mir gehen.«

Wir machen uns gemeinsam auf den Weg zu Ethans Wohnung. Dort stellt er mir sein Gästezimmer zur Verfügung – eine freundliche und mitfühlende Geste.

»Nimm dir alle Zeit der Welt, die du brauchst, Suzanna. Ich bin hier, wenn du reden möchtest.«

Seine Worte begleiten mich in die Nacht, und ich fühle mich in dieser schweren Zeit etwas geborgener.

Im Bett liegend, fixiere ich die Krankenhaustüte, ein stummer Zeuge der letzten Momente von Mark. Unentschlossen erhebe ich mich und hole Marks Handy hervor. Ich starre es eine Weile an, mit dem Vorhaben in seine Anrufliste zu blicken. Der Schmerz, der wie eine Flutwelle in mir aufsteigt, rät mir davon ab. Ich folge meinem Verstand, lege das Handy zurück und versuche, den Schmerz für einen Moment beiseitezuschieben. In dieser Nacht bekomme ich keinen Schlaf. Jedes Mal, wenn ich die Augen schließe, sehe ich Mark vor mir, wie er auf der Straße zusammenbricht, sein Gesicht verzerrt vor Schmerz. In einer endlosen Schleife aus Trauer und Tränen verbringe ich die Stunden in Ethans Gästebett, umgeben von der Stille, die nur durch mein Weinen unterbrochen wird.

∞

Als die Morgensonne den neuen Tag empfängt, betritt Ethan mit einer dampfenden Tasse Kaffee in den Händen mein Refugium der Stille.

»Guten Morgen, Prinzessin«, begrüßt er mich mit einer Wärme, die das Zimmer zu erhellen scheint, während er sich neben mich auf die Bettkante setzt.

»Wie geht es dir heute?«, erkundigt er sich, seine Sorge um mich so deutlich hörbar in seiner Stimme, wie zuerkennen in seinen Augen.

»Ich weiß nicht genau«, antworte ich, die Worte schwer wie Blei.

»Die ganze Nacht über habe ich geweint, und jetzt ist da diese lähmende Leere in mir, die mich festhält, mich daran hindert, auch nur daran zu denken, aufzustehen. Ich möchte nur hier liegen bleiben.«

»Das ist in Ordnung. Falls du irgendetwas brauchst oder einfach nur reden möchtest, ruf mich an, ja? Ich bin den ganzen Tag über im Studio«, versichert er mir, während seine Hand liebevoll über meinen Kopf streicht, eine Geste, die mir für einen Moment Ruhe schenkt. Dann stellt er den Kaffee behutsam auf den kleinen runden Tisch neben dem Bett. Mein Blick schweift aus dem Fenster, wo Wolken gemächlich am Himmel entlangziehen, durchbrochen von gelegentlichen Vogelschwärmen, die ihre Freiheit in der Weite des Horizonts genießen. Ich wende mich ab, schließe für einen Moment die Augen, suche nach einer Flucht in der Dunkelheit hinter meinen Lidern. Als ich sie wieder öffne, hat sich der Tag bereits dem Ende geneigt, und der Himmel färbt sich in einem atemberaubenden Rosa.

»Guten Abend, Suzanna. Hast du Hunger? Ich habe für uns eine große Pizza mitgebracht«, sagt Ethan, während er mit dem Pizzakarton im Türrahmen steht. Meine Stimme bleibt mir im Hals stecken, als wären Worte zu schwerfälligen Steinen geworden, die ich nicht bewegen kann. Statt zu antworten, wende ich mich ab, zeige Ethan nur meinen Rücken und hülle mich in die Decke, als könnte ich mich damit vor der Realität verstecken. In diesem stillen Moment der Verweigerung, der so laute spricht als Schreie es je könnten, höre ich das leise Schließen der Tür. Ein Geräusch, das sanft durch den Raum hallt und mir die Einsamkeit meiner Entscheidung bestätigt.

Die Dunkelheit meines Zimmers wird nur vom flackernden Licht der Straßenlaternen draußen durchbrochen, das in unregelmäßigen Abständen durch die Ritzen der Jalousien tanzt. Hier, in meinem selbstgewählten Kokon, fühle ich mich sowohl geschützt vor der Außenwelt, die ohne Mark weitergeht. Die Minuten dehnen sich zu Stunden aus, in denen ich unter der Decke liege, gefangen in einem Wirbel aus Gedanken und Erinnerungen, die mich unerbittlich in die Tiefe ziehen. Der Duft der Pizza, der unter der Tür hindurch in mein Versteck kriecht, erinnert mich daran, dass das Leben außerhalb dieser vier Wände weitergeht, dass es noch Wärme und Fürsorge gibt, selbst in den dunkelsten Zeiten. Plötzlich klopft es vorsichtig an der Tür, ein zaghaftes Geräusch, das mich aus meinen Gedanken reißt.

»Suzanna?«, höre ich Ethans Stimme, leise.

»Ich lasse die Pizza hier draußen. Falls du später etwas essen möchtest.«

Seine Worte sind ein weiteres Angebot der Unterstützung.

∞

Nach einer endlos scheinenden Woche des Stillstands, in der die Tage ineinander übergingen ohne Bedeutung, treffe ich die Entscheidung, endlich aufzustehen und die erdrückende Trägheit abzuschütteln. Mit frischer Kleidung bewaffnet, verlasse ich mein selbstgewähltes Gefängnis der Einsamkeit, entschlossen, zumindest die einfachsten Routinen des Alltags wieder aufzunehmen.

»Suzanna, es ist schön, dich zu sehen«, entfährt es Ethan überrascht, als er mich erblickt, wie ich auf dem Weg ins Badezimmer an ihm vorbeigehe. Ich erwidere sein Erstaunen mit einem stummen Nicken und tauche unter die wohltuende Dusche. Das warme Wasser umhüllt mich wie ein heilender Mantel, spült den Schmerz, den Verlust und den Verrat von meiner Haut, lässt sie für einen kurzen, kostbaren Moment in den Abfluss verschwinden. Frisch und irgendwie erneuert trete ich aus dem Badezimmer und lasse mich neben Ethan auf das Sofa sinken.

»Welcher Tag ist heute?«, frage ich, mehr, um das Schweigen zu brechen, als aus echtem Interesse, während mein Blick über den laufenden Fernseher schweift, wo eine Episode von 'Game of Thrones' flimmert – Ethans Lieblingsserie. Ich spüre seinen Blick auf mir, warm und einladend, als sein Lächeln durch den Raum schwebt.

»Es ist Donnerstag«, antwortet er und reicht mir eine geöffnete Tüte Chips. Ich greife ohne Zögern zu, und gemeinsam verbringen wir den Abend, ein Stück Normalität in einem Meer aus Chaos.

Wie aus heiterem Himmel durchbricht ein Gedanke die Stille in meinem Kopf.

»Ich muss in die Wohnung«, sage ich, getrieben von einem plötzlichen Bedürfnis, mich den Geistern der Vergangenheit zu stellen. Ethans Augen suchen, die meinen, bevor er antwortet:

»Okay. Wir können morgen nach der Arbeit hingehen, wenn du möchtest.«

Seine Hand findet, die meine, eine stille Zusage der Unterstützung.

Mit einem zustimmenden Nicken akzeptiere ich sein Angebot, dankbar für die Gewissheit, diesen Schritt nicht allein gehen zu müssen.

∞

Am darauffolgenden Morgen brechen Ethan und ich auf, die Wohnung, die einst ein geteiltes Nest der Liebe zwischen Mark und mir war, zu betreten. Unsere Arme beladen mit Umzugskartons.

»Bist du sicher, dass diese ausreichen?«, erkundigt sich Ethan mit einem Hauch von Skepsis in seiner Stimme, als wir vor der vertrauten Tür stehen.

»Ja«, antworte ich entschlossen.

»Ich nehme nur das Nötigste mit. Alles andere spende ich an eine Wohltätigkeitsorganisation.«

Mit diesen Worten treten wir über die Schwelle. Das leise Knarren der Tür, die sich hinter uns schließt, hallt wie ein letzter, schwerer Atemzug durch den Flur. Ein Schauder erfasst mich, als ich einen Blick in das Wohnzimmer werfe.

Das Sofa, auf dem wir so viele gemeinsame Abende verbracht haben, der Tisch, an dem wir unsere Träume geteilt haben – alles scheint wie in einem Nebel der Vergangenheit gehüllt. Die Wände, die einst unser Lachen widerhallen ließen, verstummen nun in einer Atmosphäre der Leere. Der Flur erscheint endlos, als ich die letzten Schritte durch die gemeinsame Wohnung setze. Jeder Raum, jeder Winkel, erzählt eine Geschichte von Liebe und Schmerz. Ethan steht mir in dieser schicksalhaften Stunde bei. Mit zitternden

Händen beginne ich, die letzten Fragmente meines alten Lebens in Kartons zu verpacken.

Ethan, dessen Gesichtsausdruck ein tiefes Mitgefühl und Verständnis zeigt, legt behutsam einige Erinnerungsstücke dazu, als wolle er mir helfen, die Brücken zur Vergangenheit sanft abzubrechen.

»Das hier muss unvorstellbar schwer für dich sein, Suzanna«, sagt er leise, während wir nebeneinander die Kisten für den Umzug füllen. Ich nicke, unfähig, Worte zu finden, die den Sturm in meinem Inneren beschwichtigen könnten. Jedes Bild, jeder Gegenstand, ist wie ein stechender Dolch der Erinnerung. Ethans Anwesenheit ist wie ein ruhender Anker in diesem emotionalen Chaos. Beim Vorbeigehen am Schlafzimmer fährt ein stechender Schmerz durch meine Brust. Die Bilder von jener schicksalhaften Nacht überschwemmen meinen Geist. Marks Geständnis, die unbekannte Stimme am Telefon, der durchdringende Schrei, der die Stille der Nacht zerriss. Jedes einzelne Detail wirkt so frisch, als wäre es erst gestern geschehen. Mit einem tiefen Atemzug schließe ich die Tür hinter mir – ein symbolischer Akt des Abschlusses, ein Versuch, die Vergangenheit hinter mir zu lassen.

»Komm, wir sollten aufbrechen«, sagt Ethan sanft und legt beruhigend seine Hand auf meine Schulter. Gemeinsam tragen wir die Kartons und all die schweren Erinnerungen nach draußen, hinein in das von Ethan.
Beim Verladen der Kisten drehe ich mich noch einmal um, werfe einen letzten Blick auf das, was eins unser gemeinsames Zuhause war. Ein leises Seufzen entweicht mir, ein stummes Lebewohl an einen Lebensabschnitt, dessen Ende ich mir nie hätte vorstellen können.

Das Auto gleitet sanft durch die Straßen und wir halten vor Ethans Wohnung – meinem Zufluchtsort auf unbestimmte Zeit. Ethan entlädt geduldig einen Karton nach dem anderen, während ich mich bemühe, meine wirren Gedanken zu ordnen. Seine Wohnung unterscheidet sich grundlegend von dem Zuhause, das Mark und ich geteilt haben. Dunkles Holz dominiert die Einrichtung, die Wände zieren kreative Kunstwerke, die aus Ethan lebhaftem Geist entsprungen sind.

»Ethan, ich weiß gar nicht, wie ich dir je danken soll«, bringe ich hervor, als er die letzten Kartons in das Gästezimmer trägt. Sein Lächeln umhüllt mich mit Wärme und Geborgenheit.

»Das ist selbstverständlich, Suzanna. Du kannst hierbleiben, solange du möchtest. Wir stehen das gemeinsam durch.«

Erschöpft lasse ich mich auf das Bett sinken. Ethan gibt mir, den nötigen Freiraum, um anzukommen und verlässt diskret das Zimmer. Als ich die Augen schließe, kommen die Erinnerungen an Mark hoch – sein Lachen, unsere Pläne, die nun wie ein Kartenhaus in sich zusammengefallen sind. Doch dann schleichen sich auch die schmerzhaften Erkenntnisse ein, die ich kurz vor seinem Tod erfahren habe. Der Verrat, der sich zuvor ereignet hat. Ein schneidender Schmerz, der sich mit der Trauer um den Verlust vermischt.

Leise klopft es an die Tür, und Ethan betritt das Zimmer, sein Blick voller Sorge und Mitgefühl.

»Alles in Ordnung?«, erkundigt er sich behutsam. Seine Anteilnahme ist in diesem Moment alles, was ich brauche, und ich nicke schwach.

»Es ist alles etwas viel auf einmal. Aber deine Unterstützung bedeutet mir wirklich sehr viel.«

»Du brauchst dich für nichts zu rechtfertigen, Suzanna. Hier bist du in Sicherheit. Und wenn du reden möchtest, bin ich immer für dich da.«

Seine Worte sind wie ein Trost in dieser schweren Zeit. Die Nacht dehnt sich endlos aus, und ich finde keine Ruhe in meinem neuen Zufluchtsort. Eine innere Unruhe, ein Drang nach kreativer Entfaltung, hält mich wach. Wie von Geisterhand geführt, finde ich mich vor der Tür zu Ethans Atelier wieder, das sich direkt neben meinem Schlafzimmer befindet. Die Tür öffnet sich geräuschlos, und ich betrete den Raum, der von diffusen Lichtern und Schatten durchzogen ist. Das Atelier ist ein kreativer Kosmos, gefüllt mit der Aura von Inspiration und Leidenschaft. Ein großer Arbeitstisch beherrscht den Kern des Raumes, seine Oberfläche ein lebendiges Chaos aus Skizzenbüchern, Farbpaletten und Pinseln in allen erdenklichen Formen und Größen. Die Wände sind eine Galerie von Ethans Seele, jedes Gemälde ein Fenster in seine unermessliche Tiefe und seine unendliche Liebe zur Kunst. In einer Ecke thront eine Staffelei, als würde sie geduldig auf die ersten Striche eines neuen Meisterwerks warten. Die Luft ist erfüllt vom betörenden Duft nach Farben und Terpentin, eine olfaktorische Symphonie, die die Sinne belebt und die Seele berührt. Ich stehe da, umgeben von Zeugnissen purer Leidenschaft und ungezügelter Kreativität, und fühle mich gleichzeitig ermutigt und demütig. Die Atmosphäre im Atelier ist elektrisierend, geladen mit einer kreativen Kraft, die mich unwiderstehlich anzieht und mir Flügel verleiht. Mein Herz pocht vor Aufregung, als ich den Pinsel in die Farben tauche und die ersten Striche setze. Unter meinen Händen beginnt ein Tanz der Emotionen, ein lebhaftes Spiel zwischen Farbe und Form, dass die Szenerie vor meinen Augen zum Leben erweckt. Wie ein Traum entfaltet sich die Landschaft. Eine düstere Welt, von schattenhaften Figuren durchzogen, die zwischen Licht und Dunkelheit wandern. Das Bild wird zu einem Ausdruck meiner innersten Gedanken und Gefühle. Die Nacht schreitet fort, und ich verliere mich in der Symbiose von Farben und Leinwand. Das Atelier wird zum heiligen Ort, an dem meine Seele ihre tiefsten Geheimnisse enthüllt. Und so vergeht die Zeit, während ich in der Stille der Nacht meine Melancholie auf die Leinwand banne, ein Bild, das mehr sagt als tausend Worte.

In den frühen Morgenstunden, als die Dunkelheit langsam den sanften Strahlen der aufgehenden Sonne weicht, beende ich meine nächtliche Schaffensphase. Eine tiefe Zufriedenheit durchdringt das Atelier, vermengt mit der Ruhe nach dem kreativen Sturm. Der Raum, der in der Nacht meine Zuflucht war, offenbart nun die Früchte meiner kreativen Odyssee. Erschöpft, aber erfüllt verlasse ich das Atelier und kehre in mein Zimmer zurück. Als ich mich auf mein Bett setze, spüre ich die Erschöpfung, die mich übermannt. Meine Augenlider werden schwer, und die Müdigkeit einer durchlebten Nacht senkt sich über mich. Während ich mich in die Kissen lege, fällt mein Blick auf das Bild, das ruhend auf der Staffelei steht. Die düstere Landschaft mit ihren schattenhaften Figuren wirkt im sanften Morgenlicht wie ein Geheimnis, das sich langsam enthüllt. Die Melancholie, die in den Pinselstrichen eingefangen ist, scheint leise zu flüstern, eine Geschichte zu erzählen, die nur zwischen den Linien zu finden ist.

Ein sanftes Klopfen an der Tür unterbricht meine Gedanken. Ethan betritt das Zimmer, ein Lächeln umspielt seine Lippen, während er mir eine dampfende Tasse Kaffee entgegenstreckt.

»Guten Morgen, Prinzessin. Du hast die Nacht im Atelier verbracht«, bemerkt er liebevoll. Ich nicke zustimmend und ein Lächeln huscht über mein Gesicht.

»Es war, als hätte die Leinwand mir Geheimnisse offenbaren, die ich selbst noch nicht kannte.«

Ethan setzt sich zu mir aufs Bett, und wir genießen gemeinsam den Kaffee. Die Sonne kitzelt durch die Vorhänge, und ein neuer Tag bricht an. An diesem Morgen überkommt mich das Bedürfnis, meine Eltern anzurufen. Ich berichte ihnen über die Geschehnisse.

[3*]»¡Ay, Dios mío! Mi amor, das sind ja schreckliche Neuigkeiten. Ich mache mich sofort auf dem Weg zu dir«, entfährt es meiner Mutter am anderen Ende der Leitung.

[4*]»Ma, das ist nicht nötig. Ethan ist eine große Stütze für mich.«

[5*]»Mi princesa, ich bin deine Mutter. Ich möchte bei dir sein, gerade jetzt«, insistiert sie.

»Ich verstehe, Ma. Aber ich bitte dich, meinen Wunsch zu respektieren. Wir sehen uns bei Marks Beerdigung, in drei Tagen.«

»Ich akzeptiere deine Entscheidung, [6*]mi niña. Aber vergiss nie, ich bin für dich da, wann immer du mich brauchst. Ich liebe dich.«

»Danke, Ma. Das bedeutet mir sehr viel.«

»Ich bete für dich und Ethan. In Gedanken bin ich bei euch.«

»Das ist so lieb von dir, Ma. Wir halten zusammen und werden das gemeinsam durchstehen.«

[7]»¡Claro que sí! Ihr seid stark, und die Familie steht hinter dir.«

»Bis bald, Ma.«

»Pass auf dich auf, [8]mi amor.«

»Grüß Dad, lieb von mir.«

[9]»Si. Adios mi chicka.«

Kapitel 2

*I*n den folgenden Tagen vertiefe ich mich weiter in meine Kunst, finde Trost in den Farben und Formen, die auf der Leinwand Gestalt annehmen. Ethan unterstützt mich auf seine liebevolle Art und gibt mir Raum, mich zu entfalten. Diese friedvolle Stille wird jäh unterbrochen, als das Handy von Mark unerwartet zum Leben erwacht. Es liegt noch immer im Beutel mit seinen persönlichen Sachen, eine stumme Erinnerung an das, was war. Ein Schauder durchfährt mich bei dem Gedanken, dass das Gerät noch immer geladen ist. Langsam gleite ich aus meiner Erstarrung und greife nach dem Handy. Ich werfe einen Blick auf das Display – Lysette. Ein Sturm der Emotionen braut sich in mir zusammen, Hass und Entsetzen mischen sich in einem toxischen Cocktail. Hastig nehme ich den Anruf entgegen, meine Stimme ein zischender Strahl des Zorns: »Mark ist tot!«

Kaum habe ich aufgelegt, klingelt das Telefon erneut. Lysette. Diesmal zögere ich, bevor ich abnehme.

»Hallo? Mark, bist du das?«, ihre Stimme zittert, Verwirrung und Angst schwingen mit.

»Wenn das ein Scherz ist, ist er geschmacklos.«
Ein Moment vergeht, in dem ich mit meinen Gefühlen ringe, finde dann meine Stimme wieder.

»Hier spricht Suzanna, Marks Verlobte.«
Am anderen Ende herrscht erst Schweigen, dann stellt sie zaghaft ihre Frage:»Mark ist tot?«

»Ja, er ist vor etwa zwei Wochen an einem Herzanfall erlegen«, meine Stimme bricht fast unter der Last der Worte. Ein ersticktes Schluchzen erfüllt die Leitung, ihre nächste Frage trifft mich unvorbereitet:

»Du bist seine Verlobte?«

»Ja«, antworte ich mit fester Stimme,»Mark und ich waren sechs Jahre zusammen, sechs Monate davon verlobt, bis zu seinem Tod.«

»Ich ... ich hatte keine Ahnung«, das Schluchzen in ihrer Stimme ist echt, aber ich finde in mir keine Kraft für weitere Worte. Ich lege auf und stehe regungslos da, das Handy in der Hand, umgeben von der Stille des Zimmers. Marks Geheimnisse, nun offenbart, hinterlassen eine neue Wunde in meinem Herzen.

In dem Augenblick, als Ethan die Schwelle der Wohnung überschreitet, gehe ich ihm entgegen mit einer Offenbarung, die schwer auf meiner Seele lastet.»Lysette – so heißt sie«, beginne ich, die Worte fühlen sich an wie Blei auf meiner Zunge.

»Wer ist Lysette?«, fragt Ethan, seine Stirn in Falten gelegt.

»Marks Affäre. Sie rief auf seinem Handy an.«

Ethan zeigt sich überrascht. »Es war noch an?«, erkundigt er sich.

»Ja. Sie behauptet, sie wusste nichts von mir«, gebe ich preis.

»Dann hat er euch beide belogen«, schlussfolgert Ethan nüchtern, während er die Schlüssel beiseitelegt.

»Scheint so«, gebe ich zurück, die Tränen kämpfen sich erneut an die Oberfläche. Ethan legt seine Arme tröstend um mich.

»Alles wird gut, Prinzessin«, flüstert er mir ins Ohr. Ich klammere mich an ihn, suche Trost in seiner Umarmung, während Tränen ungehindert fließen.

Erneut brodeln Verrat und Schmerz in mir auf. Mit dem Namen Lysette gewinnt die Untreue an Kontur, wird greifbarer und zugleich quälender. Wer ist diese Frau, die unwissentlich in mein Leben getreten ist? Ist sie schöner? Klüger? Was sah Mark in ihr? Diese Fragen kreisen unaufhörlich in meinem Kopf, Tag und Nacht, ein endloser Strudel aus Zweifeln und Schmerz.

∞

Und dann ist der Tag gekommen, der Tag seiner Beerdigung. Der Himmel ist grau und trüb.

Der Friedhof erstreckt sich in sanften Hügeln, die von schattigen Bäumen und eintönigen Grabsteinen durchzogen sind. Die Luft ist schwer vor Trauer, als ich zusammen mit Freunden und Familie am Grab stehe.

Der Sarg, getragen von den kräftigen Schultern einiger enger Freunde, bewegt sich langsam auf das offene Grab zu.

Der Pfarrer, ein älterer Mann mit tröstenden Augen, beginnt mit sanfter Stimme die Sätze der Beerdigungszeremonie zu sprechen. Seine Worte schweben in der Luft, aber ich kann sie nicht wirklich hören, als ob ein Schleier aus Schmerz meine Ohren umhüllt. Mein Blick haftete auf dem Sarg, der immer näherkommt. Der Anblick löst einen Stich in meiner Brust aus, und die Realität von Marks Tod fühlt sich schmerzhafter an denn je. Jeder Schritt, den sie machen, führt ihn weiter weg von mir, und mein Herz schreit in stiller Verzweiflung. Die Trauergemeinde um mich herum senkt ihre Köpfe, als der Sarg behutsam über dem geöffneten Grab positioniert wird. Der Pfarrer spricht Worte des Trostes, aber sie dringen kaum zu mir durch. Meine Gedanken sind bei Mark, bei den ungesagten Worten, den unerfüllten Träumen und der Liebe, die nun für immer verloren ist. Meine Augen verfolgen den Sarg, der langsam in die Erde hinabgelassen wird. Jeder Zentimeter, denn er sinkt, fühlt sich an wie ein weiterer Riss in meinem Herzen.

Als die Worte des Pfarrers verstummen, setzt sich die Trauergemeinde in Bewegung, um ihre letzten Blumen über den Sarg zu legen. Ich kann den Anblick nicht ertragen und bleibe regungslos stehen, als die anderen Abschied nehmen. Die Rosen bilden eine bunte Decke über Marks Ruhestätte, eine stumme Hommage an den Mann, den wir verloren haben. Die Trauerfeier endet, und die Menschen beginnen sich zu verabschieden. Familie und Freunde drücken mir ihr Beileid aus, aber ihre Worte erreichen mich nur gedämpft. Schließlich ist der Moment gekommen, in dem auch ich Abschied nehmen muss. Mit zittrigen Schritten nähere ich mich dem offenen Grab. Ich zögere kurz, bevor ich die erste Handvoll Erde nehme. Die Körner gleiten durch meine

Finger. Mit jeder weiteren Handvoll Erde fühlt es sich an, als würde ein Teil von mir selbst in das dunkle Erdreich hinabgleiten. Die Trauer, die in meiner Kehle sitzt, droht mich zu ersticken. Die Tränen, die ich bisher zurückgehalten habe, brechen nun in einem schmerzhaften Strom hervor. Mein Körper bebt vor Kummer, als ich die Realität akzeptiere – Mark würde nie wieder neben mir aufwachen, nie wieder meine Hand halten, nie wieder in meinen Armen liegen. Der größte Teil der Trauergäste hat sich bereits entfernt, als ich allein mit Ethan und meinen Eltern am Grab stehe. Der Himmel über mir ist ein undurchdringliches Grau, als ob selbst die Natur um Mark trauern würde.

Ein tiefer, unermesslicher Schmerz füllt mein Herz, und die Welt scheint in diesem Moment in einem endlosen Schweigen zu verharren. Ein letzter Blick auf das frische Grab, ein letztes Lebewohl. Der Friedhof liegt still vor mir, und ich wende mich ab. Ethan reicht mir stützend seine Hand, als wir uns vom Grab entfernen. Meine Eltern weichen mir nicht von der Seite. Ma reicht mir fürsorglich ein Taschentuch. Während wir diesen Ort verlassen, fällt mir plötzlich eine blonde Frau mit schwarzem Hut und Sonnenbrille in der Ferne auf, die neben einem Baum steht und uns beobachtet. Ihr ganzes Outfit wirkt sehr exquisit. Sofort kommt mir Lysette in den Kopf. Ich gebe Ethan ein stummes Zeichen, der mir zuflüstert, dass er sie nicht kennt.

Entschlossen, die Wahrheit zu erfahren, löse ich mich aus Ethans Griff und nähere mich der Unbekannten. Hinter mir höre ich Mas besorgte Stimme, aber ich kann nicht innehalten. Mein Blick bleibt auf die Frau gerichtet, die, als sie meine Annäherung bemerkt, zur Flucht ansetzt. Sie verschwindet in einem grauen Ford, der hastig davonbraust.

Meine Bemühungen, sie einzuholen, sind vergeblich. Ethan, der zu mir aufschließt, fragt, ob es Lysette gewesen sein könnte.

»Mein Gefühl sagt ja«, antworte ich, während wir uns wieder meinen wartenden Eltern zuwenden.

»Mi amor, was war das gerade?«, fragt mich mein Vater verwundert, während er sich eine Zigarette anzündet.

»Es ist nichts, Dad. Ich dachte nur, ich würde sie kennen«, antworte ich ihm, während er mir schützend seinen Arm über meine Schulter legt. Mein Papá, ein großer stattlich gebauter Police Officer, mit so einigen Lebensfalten im Gesicht und graumelierten Haaren.

[10*]»¿Estás loco, Richard? Mach sofort diese Zigarette aus, wir befinden uns immer noch auf geheiligten Boden«, ermahnt ihn sogleich meine Ma. Sie ist ein streng gläubiger Mensch, und mein Dad immer der Pragmatiker, entgegnet scherzhaft:

»Wäre Rauchen ein Frevel in den Augen Gottes, gäbe es gewiss keine Zigaretten«, antwortet er mit einem schelmischen Funkeln in den Augen, dass die Schwere des Augenblicks für einen Moment zu vertreiben scheint. Mit einem charmanten Lächeln fügt er hinzu:

»Nur noch Zwei Schritte, Sofia, und ich habe den heiligen Boden verlassen.«

Seine Worte schweben in der Luft, während er demonstrativ zwei große Schritte setzt, sich umdreht und meiner Mutter mit einem frechen Lächeln gegenübersteht.

»Siehst du, außerhalb des heiligen Bezirks.«

»Du lockst noch Unheil herauf«, entgegnet meine Mutter, ihre Stimme ein Mischmasch aus Besorgnis und Tadel.

Sie bekreuzigt sich, ein Akt der Frömmigkeit und des Aberglaubens, während wir langsam den Friedhof hinter uns lassen. Dieser kleine Schlagabtausch zwischen ihnen, ein Tanz aus Worten und Gesten, webt ein Muster der Normalität in den Tag, eine Erinnerung daran, dass das Leben trotz allem weitergeht. Auf meinen Wunsch hin nehmen wir nicht an der anschließenden Trauerfeier statt und fahren geschlossen zu Ethans Wohnung.

Kaum haben wir das Apartment betreten, umhüllt uns eine Stimmung der Schwere. Gemeinsam suchen wir das Wohnzimmer auf, wo die Nachwirkungen des Friedhofsbesuchs wie ein unsichtbarer Nebel in der Luft hängen.

»Glaubst du wirklich, dass die Frau Lysette war«, hakt Ethan nach, seine Stimme getragen von einer Mischung aus Sorge und Neugier.

»Es ist durchaus möglich, oder?«, entgegne ich ihm.

»Lysette? Wer ist das?«, erkundigt sich mein Dad, der sich zu uns gesellt, während Ma aus der Küche mit besorgter Miene zu uns stößt.

»Dad, Ma, ich habe euch nicht alles über Mark erzählt«, beginne ich.

»Mi amor, was hast du uns verheimlicht?«, fragt sie, während mein Vater eine Zigarette zwischen den Lippen zum Glühen bringt.

»Mark hatte eine Affäre. Am Abend seines Todes habe ich gehört, wie er mit jemandem telefonierte. Er sagte ihr, wie sehr er sie liebt.«

»Gut, dass er bereits tot ist. Andernfalls hätte ich dafür gesorgt«, murmelt mein Vater, während er nachdenklich an seiner Zigarette zieht.

»Und du glaubst, die Frau auf dem Friedhof war seine Geliebte?«, hakt Ma nach.

»Wer sonst könnte es sein?«, erwidere ich.

»Schatz, du hättest uns das anvertrauen können«, sagt mein Vater sanft.

»Das alles hat Suzanna sehr mitgenommen und sie hatte nicht die Kraft, ihnen alles zu erzählen. Sie musste erst selbst die Geschehnisse verarbeiten«, antwortet Ethan für mich.

»Außerdem, was ändert das schon. Mark ist tot. Nichts wird je wieder so sein wie früher«, sage ich, mein Blick gesenkt auf meine ineinandergelegten Hände.

»Ich spüre dein Schmerz, mi amor. Wir sind für dich da und unterstützen dich, in all deine Entscheidungen«, sagt Ma und legt ihre Hand tröstend auf die meine. Ihre Augen glänzen wie Sterne in einer klaren Nacht, voller Liebe und tiefem Verständnis, als plötzlich ein Funkeln von Freude und Wärme in ihnen aufleuchtet.

»Das hätte ich beinahe vergessen. Ich habe eine Überraschung. Dein Lieblingskuchen wartet im Auto auf dich. Vamos, Richard, sei so gut und hole den Kuchen. Suzanna kann jetzt mit Sicherheit etwas Aufmunterung gebrauchen«, sagt sie mit einer Stimme, die keinen Widerspruch duldet, als könne ein Stück Schokoladenkuchen tatsächlich die Welt ein wenig heller malen. Mein Vater erhebt sich schwermütig mit der Zigarette im Mund, um die süße Versuchung zu holen. Dabei verstaut er seine Zigarettenschachtel in der Hosentasche, als bereite er sich auf eine Flucht vor. In der Zwischenzeit bereitet Ma mit ungeduldiger Hingabe den Tisch vor, holt Teller und Besteck, während sie gespannt auf die Rückkehr meines Vaters wartet.

Es dauert nicht lange, bis er, den Raum mit dem duftenden Kuchen betritt.

»Sehr gut. Dann lasst uns den Tag in etwas Angenehmeres verwandeln«, verkündet Ma, als würde sie einen unsichtbaren Schleier der Schwermut beiseiteschieben. So finden wir uns zusammen, während die Stunden des Samstags sanft an uns vorübergleiten.

Als der Abend sich langsam über die Stadt legt, bereiten sich meine Eltern auf den Heimweg vor.

»Mi amor, ich könnte bleiben, ein paar Tage, dich unterstützen«, bietet meine Mutter an. Sofort schaltet sich mein Vater ein, mit der pragmatischen Sicht, die ihn auszeichnet.

»Sofia, Suzanna wird es besser gehen, wenn wir ihr ein wenig Raum geben.«

»Ma, wirklich, ich komme zurecht. Mach dir keine Sorgen. Wenn ich etwas benötige, dann melde ich mich bei euch. Versprochen«, versuche ich, meine Mutter zu beruhigen, während ich ihren besorgten Blick auffange.

Ethan, immer der Friedensstifter, schlägt vor:

»Es ist immer gut, wenn die Familie zusammenhält. Vielleicht findet ihr eine Möglichkeit, Suzanna gemeinsam zu unterstützen.«

Mein Vater, skeptisch wie immer, mustert Ethan.

»Ist das wirklich nötig?«

»Das Teilen des Kummers könnte helfen, durch diese schmerzliche Zeit zu kommen«, ermutigt Ethan. Meine Mutter nickt, ergriffen von seinen Worten.

»Wir sind eine Familie. In schweren Zeiten sollten wir zusammenstehen.«

Sofort lenke ich ein.

»Ich bin nicht allein, Ethan ist hier. Ihr müsst euch keine Sorgen machen.«

»Du hast es gehört. Wir sollten Suzannas Wünsche respektieren«, schließt mein Vater die Diskussion.

»Danke, Dad.«

»Aber wenn irgendetwas ist oder du etwas brauchst, ruf an. Ist das klar?«, ihre Stimme trägt den unverkennbaren Ton einer mütterlichen Warnung.

»Versprochen, Ma«, erwidere ich und umarme sie zum Abschied.

[11*]»Te quiero, mi princessa.«

[12*]»Adiós, Papá.«

»Mach's gut, Kleines«, sagt er und küsst mich sanft auf die Stirn.

»Adiós, Mrs. Pérez, Mr. Pérez«, verabschiedet Ethan sie höflich. Nachdem die Tür hinter meinen Eltern ins Schloss fällt, fühle ich eine Erleichterung. Ihre Liebe ist ein Geschenk, aber jetzt im Moment benötige ich Abstand.

»Ich verschwinde ins Bett, Prinzessin«, sagt Ethan und küsst mich liebevoll auf die Stirn.

»Mach das, ich verkrieche mich ins Atelier. An Schlaf kann ich gerade nicht denken«, entgegne ich. In dieser Nacht lässt die Muse mich nicht zur Ruhe kommen. Der Pinsel, ein Teil von mir, bewegt sich unaufhörlich über das Papier. Dünne Linien ziehen sich durch die Leinwand.

Eine Ansammlung von Grau, Schwarz und Weiß dominieren, das Bildnis. Eine surreale Welt, beherrscht von Feuer und Gestein – der todbringende Abgrund.

Die nächsten Tage verlaufen wie in einem fiebrigen Traum, in dem ich Ethan konfrontiere mit Fragen, die er nicht beantworten kann, und versuche verzweifelt zu verstehen, warum das alles geschehen ist. Das Wohnzimmer von Ethans Apartment strahlt eine gedämpfte Gemütlichkeit aus. Der warme Schein der Stehlampe fällt auf das behagliche Sofa, auf dem ich mich neben Ethan niederlasse. Die weichen Kissen bieten einen gewissen Trost, während ich versuche, die Ereignisse der letzten Wochen zu verarbeiten. Ethan reicht mir eine dampfende Tasse Tee, deren beruhigender Kräuterduft uns umgibt.

»Hier, das wird dir guttun«, sagt er mitfühlend.

»Danke«, erwidere ich. Ein schwerer Mantel der Stille legt sich über uns, bis ich endlich den Mut finde, die Schatten meiner Gedanken in Worte zu fassen.

»Es fühlt sich an, als wäre meine Welt auseinandergebrochen. Alles, was ich über unsere Beziehung wusste, ist weg.«

Ethan nickt, sein Blick ist durchdrungen von Verständnis und Mitgefühl.

»Ich kann mir kaum vorstellen, wie schwer das für dich sein muss, Suzanna. Der Schock, der Verlust ... es ist so viel auf einmal.«

»Warum, Ethan? Warum hat er das getan?«, meine Stimme bricht unter der Last dieser Frage. Ethan legt tröstend einen Arm um mich.

»Manchmal verstehen wir die Menschen nicht, selbst wenn wir glauben, sie zu kennen. Die Wahrheit ist oft schmerzhafter als wir sie ertragen können, aber sie zu ändern, liegt nicht in unserer Macht. Du kannst nur entscheiden, wie du damit umgehst.«

Ein trauriges Lächeln umspielt meine Lippen.

»Danke, Ethan. Du warst immer da, wenn ich einen Freund brauchte.«

»Was wirst du jetzt tun, Suzanna? Wie soll es weitergehen?«, fragt er und seine Augen suchen, die meinen, voller Sorge und Anteilnahme.

»Ich weiß es nicht ... Es fühlt sich an, als wären alle Träume, die ich hatte, in tausend Stücke zerbrochen.« Ein tiefes Seufzen entweicht mir.

»Ich brauche Zeit, um zu verstehen, was passiert ist.« In der Stille, die uns umgibt, halten wir unsere Teetassen fest, ein schwacher Trost in dieser schweren Zeit. Plötzlich unterbricht Ethan das Schweigen.

»Vielleicht wäre es gut, wenn du dir eine Auszeit vom Tattoo-Studio nimmst, bis du dich stark genug fühlst.«

Ich zögere, bevor ich antworte:

»Nein, Ethan, die Arbeit wird mir helfen. Sie bietet mir eine Ablenkung von all dem Schmerz.«

Er nickt verständnisvoll und zieht mich sanft in seine Arme.

»Was auch immer du brauchst, Suzanna, ich bin für dich da.«

»Danke«, flüstere ich, und in dieser Umarmung finde ich einen Anker in der stürmischen See meines Lebens. In Ethans Freundschaft finde ich einen stillen Hafen der Hoffnung und des Trostes. Diese Worte sind schwer wie Blei, aber sie schwingen mit einer tiefen Wahrheit.

Kapitel 3

*D*as Summen der Tätowiermaschinen, kombiniert mit dem gedämpften Klang von Rockmusik, erfüllt das Studio. Ich sitze auf einem der Stühle in Ethans Arbeitsbereich und betrachte die Wand vor mir. Ein riesiges Gemälde mit einem bunten Phoenix, der majestätisch in den Himmel aufsteigt, zieht meine Aufmerksamkeit auf sich. Ethan ist nicht nur ein Künstler auf der Haut, sondern auch an den Wänden seines Studios.

»Beeindruckend, nicht wahr?«, Ethan tritt mit einem Lächeln an meine Seite. Seine Augen leuchten vor Freude über mein Staunen.

»Wann ist dieses Meisterwerk entstanden?«, frage ich, noch immer gefangen von der Pracht des Phoenix.

»In den Tagen, die du zu Hause verbracht hast. Ich dachte, das Studio könnte etwas neue Energie vertragen.«

»Du hast ein Händchen dafür, die Magie auf die Haut zu bringen und sie gleichzeitig hier an den Wänden zu bewahren«, antworte ich, während ich das Wandgemälde bewundere.

»Aber was ist mit dem Pinguin dort in der Ecke? Hat der eine besondere Bedeutung?«

Ethan lacht herzlich.

»Oh, das ist Dave. Er ist einem Freund von mir während einer durchzechten Nacht eingefallen. Und voilà, Dave, der Pinguin, war geboren.«

Amüsiert schüttele ich den Kopf.

»Deine spontanen Einfälle bringen immer etwas Besonderes hervor. Dave hat definitiv einen gewissen Charme.«

Während wir so dasitzen, unterbricht uns das Klingeln der Tür. Ein Kunde betritt das Studio, begleitet von einem Hauch von Nervosität. Ich hebe den Kopf und lächle ihm zu.

»Buenos días. Wie kann ich Ihnen helfen?«

Ein Moment des Zögerns, dann findet er seine Stimme.

»Ich bin Max. Ich hätte gerne ein Tattoo, bin mir aber unschlüssig über das Motiv und die Stelle.«

»Kein Problem, Max. Setzen Sie sich, wir finden gemeinsam heraus, was zu Ihnen passt.«

Ich schiebe meine Zeichnungen beiseite und widme Max meine volle Aufmerksamkeit.

»Haben Sie eine vage Idee oder soll ich Ihnen einige unserer Entwürfe zeigen?«

»Vielleicht etwas Kleines am Unterarm. Etwas mit Bedeutung wäre schön.«

»Ein hervorragender Gedanke. Tattoos sind etwas Persönliches. Gibt es ein Thema oder Symbol, das Ihnen am Herzen liegt?«

Er nickt nachdenklich. »Ich mag Musik. Sie hat mich durch gute und schlechte Zeiten begleitet. Vielleicht etwas, das das symbolisiert?«

»Das klingt nach einer großartigen Idee. Wie wäre es mit einem kleinen Notenschlüssel? Oder ein Musikinstrument?«

Max betrachtet verschiedene Skizzen. Schließlich zeigt er auf eine Zeichnung von einer Gitarre, die umgeben von Flammen ist.

»Das hier, aber es wäre schön, wenn die Flammen etwas dezenter zum Vorschein kommen.«

»Das lässt sich machen. Wir passen die Details an, um sicherzustellen, dass es genau das ist, was Sie wollen.«

Ich nehme, seine Vorstellung auf, und entwickele eine angepasste Skizze. Während ich zeichne, tauschen wir Geschichten aus, sprechen über Musik, Erlebnisse und das Leben im Allgemeinen.

Die Atmosphäre im Studio ist entspannt, und Max scheint sich wohler zu fühlen. Er vertraut mir seine Haut an, und das ist eine Verantwortung, die ich ernst nehme. Nachdem die Skizze fertig ist, zeige ich sie Max und ein Lächeln breitet sich auf seinem Gesicht aus.

»Genau das hatte ich mir vorgestellt. Wann können wir anfangen?«

»Wenn du willst, sofort.«

Ich bereite die Nadeln vor und sorge dafür, dass alles steril ist. Max setzt sich bequem hin, und ich beginne mit der

Tätowierung. Die Stille im Raum wird nur von dem surrenden Geräusch der Tätowiermaschine durchbrochen. Nach einer Weile ist das Kunstwerk vollbracht. Max betrachtet sein neues Tattoo im Spiegel, und seine Augen leuchten vor Freude.

»Das ist genau das, was ich wollte. Danke, Suzanna.«

»Es war mir eine Freude, Max.«

Er bezahlt und verlässt das Studio mit einem breiten Lächeln. Ethan kommt dazu und klopft mir auf die Schulter.

»Starke Leistung, Suzanna. Du hast es drauf.«

¹³*»Gracias. Die Arbeit hier tut mir richtig gut. Sie lenkt mich von all den Geschehnissen ab, wenn nur für kurze Zeit.«

Er nickt verständnisvoll.

»Das Leben ist kompliziert, aber du schlägst dich großartig.«

Wir setzen uns zusammen und plaudern weiter. Inmitten unserer Unterhaltung blitzt eine Idee in mir auf. Ein eigenartiger Impuls, der in meinem Inneren aufkeimt.

»Ethan«, sage ich zögerlich, »Ich habe einen verrückten Einfall. Bitte, tätowier mir eine weiße Schlange ums Handgelenk.«

Er hebt die Augenbrauen, leicht verwirrt.

»Eine Schlange? Das ist ungewöhnlich für dich. Warum so ein Motiv?«

Ich zögere einen Moment, bevor ich antworte.

»Sie soll mich an den Verrat erinnern, an die Schlangen in meinem eigenen Paradies. Ein symbolischer Akt, um loszulassen und weiterzugehen.«

Ethan betrachtet mich nachdenklich.

»Bist du sicher? Es würde dich immer daran erinnern.«

»Ja, ich bin mir sicher.«

Er lächelt verständnisvoll und nickt.

»In Ordnung, Suzanna. Lass uns eine Schlange erschaffen, die deine Geschichte erzählt.«

Wir setzen uns an den Tisch, um die Skizze zu entwerfen. Ethan lässt seiner Kreativität freien Lauf, während ich meine Gedanken und Emotionen in das Design einfließen lasse. Die Schlange wird nicht nur ein Symbol für Verrat sein, sondern auch für Erneuerung und die Fähigkeit, sich von alten Hautschichten zu befreien.

Nachdem die Skizze steht, bereitet Ethan die Werkzeuge vor. Ich nehme auf der Liege Platz, und er beginnt mit der Tätowierung. Das Surren der Maschine füllt den Raum, während die Nadel meine Haut berührt. Der Schmerz ist erträglich, fast schon befreiend. Jeder Stich fühlt sich an wie ein Schritt in Richtung Heilung.

Während Ethan konzentriert arbeitet, sprechen wir über die Symbolik von Schlangen in verschiedenen Kulturen. Über Transformation, Neuanfang und die Fähigkeit, sich den Widrigkeiten des Lebens anzupassen.

Die Unterhaltung wird zu einer Art therapeutischer Sitzung, während das Tattoo langsam Form annimmt.

Als die Arbeit abgeschlossen ist, betrachten wir gemeinsam das Ergebnis. Die weiße Schlange windet sich elegant um mein Handgelenk, ein bleibendes Symbol für meine eigene Wandlung. Ethan reicht mir einen Spiegel, und ich betrachte das Kunstwerk von allen Seiten auf meiner Haut.

»Es ist perfekt«, flüstere ich, eine Mischung aus Dankbarkeit und Erleichterung in meiner Stimme.

Ethan lächelt zufrieden.

»Du hast etwas Besonderes geschaffen, Suzanna. Ein Tattoo, das nicht nur die Vergangenheit repräsentiert, sondern auch die Kraft, daraus zu wachsen.«
Der Blick auf die Schlange erinnert mich daran, dass ich stark genug bin, mich selbst neu zu erfinden. In diesen Momenten des Schmerzes und der Kunst finde ich nicht nur Trost, sondern auch eine unerwartete Form der Befreiung.

∞

Die Nacht legt sich sanft über die Stadt, als Ethan und ich nach einem arbeitsreichen Tag im Studio beschließen, gemeinsam essen zu gehen. Die bunten Lichter der Straßencafés und Restaurants tauchen die Stadt in ein warmes Glühen, und wir lassen uns von der Atmosphäre treiben. Das italienische Lokal, das wir gewählt haben, empfängt uns mit dem verlockenden Duft von Knoblauch und Tomatensoße. Die gedämpfte Geräuschkulisse von Gläserklirren und Gesprächsfetzen verspricht eine entspannte Umgebung. Wir nehmen an einem gemütlichen Tisch nahe dem Fenster Platz, von dem aus wir das geschäftige Treiben der Stadt beobachten können. Ethan gießt den Rotwein in die Gläser, und wir stoßen an.
»Auf das Leben«, sagt er mit einem Lächeln.
»Auf das Leben«, wiederhole ich, die Wärme des Weins breitet sich angenehm in meiner Kehle aus.
Wir studieren die Speisekarte, bestellen wie immer Pasta und teilen uns eine Vorspeisenplatte. Die Atmosphäre ist ungezwungen, und das Gespräch fließt leicht zwischen uns.

Ethan erzählt von seinen neuesten Tätowierungen, von Geschichten, die ihm die Kunden anvertraut haben. Wir lachen über Anekdoten aus dem Studio und genießen die gemeinsame Zeit. Plötzlich vibriert mein Handy auf dem Tisch. Eine E-Mail-Benachrichtigung. Ich werfe einen flüchtigen Blick darauf und mein Herz setzt einen Moment lang aus. Die Betreffzeile lautet: *Einladung zum Vorstellungsgespräch.*

»Was ist los?«, fragt Ethan, als er meinen ernsten Gesichtsausdruck bemerkt.

»Ich habe soeben eine Einladung zu einem Vorstellungsgespräch für einen Job, auf den ich mich vor Wochen beworben habe, erhalten«, erkläre ich, meine Gedanken überschlagen sich.

»Von was redest du?«

»Ich habe dir nichts davon erzählt. Zu der Zeit war ich noch mit Mark glücklich und ich wollte das, dass so bleibt, und habe mich bei der Firma QuantumForgeDynamics beworben, als Datenanalystin.«

»Du willst wieder in deinem früheren Job arbeiten?«

»Ich habe das völlig vergessen. Es war eine spontane Entscheidung«, antworte ich, worauf Ethan verständnisvoll nickt.

»Hey, ein Vorstellungsgespräch bedeutet nicht, dass du den Job annehmen musst. Ich gebe dir den Rat, schau es dir an und hör dir an, was sie zu sagen haben. Du könntest überrascht sein. Vielleicht ist es genau das, was du gerade benötigst.«

»Wie meinst du das?«

»Du bist eine begabte Analystin, und so könntest du wieder allen dein Talent zeigen und lernst neue Leute kennen. Das alles würde dich von all deiner Trauer ablenken.«

»Und was ist mit der Arbeit im Studio? Das will ich nicht aufgeben.«

»Das musst du nicht. Du kannst am Wochenende immer mal wieder ins Studio kommen und einige Kunden bedienen. Für mich wäre das völlig okay.«

In Gedanken versunken blicke ich auf das Handy. Die Entscheidung, die mich im Vorstellungsgespräch erwartet, fühlt sich wie ein weiterer Schritt in eine ungewisse Zukunft an. Das Leben bietet mir neue Pfade, und ich stehe an der Kreuzung, unsicher, welchen Weg ich einschlagen soll.

Die Stadt schläft, als ich im Bett liege und über die E-Mail-Einladung zu dem Vorstellungsgespräch nachdenke. Der Handybildschirm wirft ein sanftes Licht auf meine Gesichtszüge, während ich die Nachricht auf dem Bildschirm lese. Die Worte tanzen vor meinen Augen und ich kann spüren, wie mein Herz schneller schlägt. Eine Einladung zu einem neuen Anfang, zu einer Möglichkeit, die ich mir vor Wochen spontan geschaffen habe.

Ein innerer Konflikt tobt in mir, eine Mischung aus Unsicherheit und Hoffnung, als ich die Vor- und Nachteile dieses Schrittes abwäge.

Die Erinnerungen an Mark, sein Wunsch, dass ich meinen Weg finde, sind allgegenwärtig. Die Wahrheit über seine Untreue nagt an mir. Ein Jobwechsel wäre nicht nur eine berufliche Veränderung, sondern wieder ein Schritt in Richtung persönlicher Unabhängigkeit.

Ich denke an die Worte von Ethan, seine Unterstützung und Ermutigung. Das Leben besteht aus unerwarteten Wendungen, und vielleicht liegt in dieser Einladung zu einem Vorstellungsgespräch eine Chance, die ich nutzen sollte. Mit einem tiefen Atemzug und einem gefestigten Blick auf den Bildschirm entscheide ich mich, die Einladung anzunehmen. Ein Klick auf die Bestätigungstaste und die E-Mail verschwindet aus meinem Posteingang. Ein Schritt, der mich aus meiner Komfortzone herausführt, hin zu neuen Möglichkeiten.

In dieser stillen Nacht fühlt es sich an, als würde ich die Kontrolle über mein eigenes Schicksal zurückgewinnen. Mark wird immer ein Teil meiner Vergangenheit sein, aber die Zukunft liegt noch vor mir. Der Jobwechsel könnte nicht nur mein berufliches Leben, sondern auch meine persönliche Entwicklung beeinflussen.
Die Gedanken schwirren in meinem Kopf, und ich frage mich, welche Herausforderungen und Abenteuer vor mir liegen.

Kapitel 4

ach drei endlosen Tagen ist der Termin für das Vorstellungsgespräch gekommen. Die Sonnenstrahlen werfen sanfte Muster auf den Boden meines Zimmers, als ich vor dem offenen Kleiderschrank stehe, tief in Gedanken versunken. Der Duft von frischem Kaffee liegt in der Luft, und die Vögel draußen zwitschern fröhlich. Es ist ein neuer Tag, voller Möglichkeiten und Veränderungen. Nachdenklich betrachte ich die Kleiderstangen, auf denen meine Auswahl an Alltagskleidung hängt. Die Gedanken an Ethan, der mich immer ermutigt, meinen eigenen Weg zu gehen, begleiten mich dabei. Ein schlichtes, aber elegantes Outfit wähle ich aus. Ein cremefarbenes Blusenkleid, das mir bis zu den Knien reicht, und ein dunkelblauer Blazer, kombiniert mit dezenten, schwarzen Absatzschuhen. Die Wahl der Kleidung ist nicht nur eine äußere Darstellung, sondern ein Ausdruck meiner inneren Stärke und Entschlossenheit. Ich lasse meine dunklen langen Haare sanft über die Schultern fallen und trage ein dezentes Make-up. Ein Hauch von Lippenstift, der meinen Lippen eine natürliche Farbe verleiht, und ein leichter Lidstrich, der meine grünbraunen Augen betont. Der Blick in den Spiegel zeigt eine Frau, die sich bereit fühlt, den nächsten Schritt zu gehen. Der Kaffee dampft auf dem Tisch, und ich nehme einen Schluck, während ich über die bevorstehende Begegnung nachdenke. Ein Gefühl der Aufregung und Nervosität liegt in der Luft, aber auch eine gewisse Zuversicht, dass dieser Tag etwas Neues und Positives bringen könnte.

Ich greife nach meiner Tasche, in der sich mein Lebenslauf und einige Notizen für das Gespräch befinden. Die Uhr erinnert mich daran, dass es Zeit ist, loszugehen. Ein letzter prüfender Blick in den Spiegel, und dann verlasse ich die Wohnung mit einem selbstbewussten Schritt. Die Tür fällt hinter mir ins Schloss, und ich mache mich auf den Weg zu dem Termin, der vor mir liegt, bereit für die neuen Wege, die sich mir eröffnen könnten.

Die Sonne steht hoch am Himmel, als ich an der Bushaltestelle warte. Die warmen Strahlen streicheln meine Haut. Die Straße ist lebendig, Menschen gehen eilig ihrer Wege, und das städtische Treiben wirkt beruhigend. Der Bus nähert sich mit einem vertrauten Brummen, und ich steige ein. Die Geräusche der Stadt dringen gedämpft herein, als ich mir einen Platz suche. Die klaren Anweisungen des Fahrers und das monotone Rauschen des Motors wirken wie ein vertrautes Lied, das mich begleitet. Während die Häuser und Geschäfte vorbeiziehen, schaue ich aus dem Fenster und lasse die Straßen hinter mir. Der Bus hält an verschiedenen Stationen, und Menschen steigen ein und aus.
Ein buntes Mosaik vielfältige Leben und Geschichten, die sich für einen kurzen Moment im Bus vereinen.

Das Firmengebäude taucht am Horizont auf, ein moderner Bau mit glänzender Glasfassade. Die Aufregung steigt in mir auf, als der Bus die Haltestelle erreicht. Ich steige aus und stehe einen Moment vor dem Eingang, mein Herz schlägt schneller. Die Brise trägt den Duft der Stadt, während ich tief einatme und mich auf den Weg zur Tür mache. Ein neues Kapitel beginnt, und ich trete voller Entschlossenheit in das Gebäude ein, bereit für die Herausforderungen und Chancen, die vor mir liegen.

Der Empfangsbereich der Firma ist modern und einladend. Große Pflanzen, gepflegt und grün, verleihen dem Raum eine angenehme Atmosphäre. Die Rezeptionistin begrüßt mich freundlich und weist mir den Weg zum Warteraum. Auf dem Weg dorthin durchquere ich einen Bereich, der von entspannender Lounge-Musik untermalt wird. Gemütliche Sitzgelegenheiten laden zum Verweilen ein, während die moderne Kunst an den Wänden den Raum mit kreativer Energie erfüllt. Als ich im Warteraum Platz nehme, versuche ich meine Nervosität zu unterdrücken. Die bequemen Stühle und das gedämpfte Licht tragen dazu bei, dass die Atmosphäre nicht zu angespannt wirkt. Ein paar andere Bewerber sitzen ebenfalls dort, und wir tauschen freundliche Blicke und ein aufmunterndes Lächeln aus.

Nach kurzer Zeit werde ich aufgerufen. Ich stehe auf und folge der Rezeptionistin durch einen Flur, vorbei an Besprechungsräumen, deren Glasfronten einen Einblick in kreative Brainstorming-Sitzungen gewähren. Wir erreichen das Büro des Personalverantwortlichen, das sich am Ende des Flurs befindet. Der große Konferenzraum im obersten Stockwerk der QuantumForgeDynamics wirkt fast majestätisch.

Die Wände sind mit abstrakten Kunstwerken geschmückt, und durch die raumhohen Fenster fällt das gleißende Sonnenlicht, das die Stadt unter uns in ein funkelndes Meer aus Hochhäusern taucht. Mein Herz klopft vor Aufregung, als ich auf den Stuhl gegenüber von Mr. Hollister zusteuere, dem Mann, der über mein berufliches Schicksal entscheiden wird. Mr. Hollister, imposant in einem maßgeschneiderten Anzug, erhebt sich von seinem Ledersessel und lächelt herzlich.

Seine dunklen Haare sind perfekt gestylt, und sein Dreitagebart verleiht ihm einen lässigen Charme. Seine Augen, intensiv und durchdringend. Sie scheinen jede Regung zu erfassen. Ein Mann von Statur, mit einer Aura von Selbstbewusstsein und Autorität, die den Raum erfüllt.

»Willkommen, Ms. Pérez«, begrüßt er mich, während er mir die Hand entgegenstreckt. Sein Händedruck ist fest, aber nicht übermäßig, und seine Augen funkeln mit einem gewissen Interesse.

»Ich freue mich, Sie persönlich kennenzulernen.«

»Danke, Mr. Hollister. Die Freude ist ganz meinerseits.«, erwidere ich. Wir nehmen Platz, und Jack Hollister widmet sich dem Dossier vor ihm zu. Seine grünen Augen gleiten über meine Bewerbungsunterlagen, und ich spüre den Druck des Moments.

»Risk-Managerin«, beginnt er und legt meine Unterlagen beiseite.

»Eine Position von entscheidender Bedeutung in unserem Unternehmen. Wir suchen jemanden mit einem scharfen Verstand und der die Fähigkeit besitzt, kluge strategische Entscheidungen zu treffen. Ihr bisheriger Werdegang ist beeindruckend, Ms. Pérez. Sie haben eine Menge Erfahrung in diesem Bereich gesammelt.«

Ich nicke und versuche, meine Nervosität zu verbergen.

»Ja, ich habe in verschiedenen Unternehmen als Risikomanagerin gearbeitet und habe Erfahrung in der Identifizierung und Bewertung von Risiken sowie in der Entwicklung von Maßnahmen zur Risikominimierung.«

Mr. Hollister lehnt sich zurück und studiert mich genauer.

»Es heißt, Sie haben eine beeindruckende Erfolgsbilanz bei der Umsetzung risikobasierter Entscheidungsprozesse. Können Sie mir ein Beispiel aus Ihrer bisherigen Karriere nennen, das dies unterstreicht?«

Diese Frage habe ich erwartet, dennoch spüre ich die Verantwortung, ein überzeugendes Beispiel zu liefern.

»Natürlich, Mr. Hollister. In meiner letzten Position bei SilentCorporation habe ich maßgeblich dazu beigetragen, ein Risikomanagementsystem zu implementieren, das nicht nur die Identifizierung und Bewertung von Risiken verbesserte, sondern auch die Reaktionszeit auf unvorhergesehene Ereignisse verkürzte. Durch die Einführung neuer Analysetools konnten wir Risiken frühzeitig erkennen und effektive Gegenmaßnahmen ergreifen, was letztendlich zu einer signifikanten Reduzierung von Verlusten führte.«

Er nickt zustimmend.

»Das klingt beeindruckend, Ms. Pérez. Risikomanagement ist eine Schlüsselkomponente für den Erfolg jedes Unternehmens. Aber abgesehen von Ihren beruflichen Fähigkeiten, was motiviert Sie, sich für die Position bei der QuantumForgeDynamics zu bewerben?«

Ich überlege kurz, bevor ich antworte.

»Die QuantumForgeDynamics hat sich einen hervorragenden Ruf erarbeitet, nicht nur in Bezug auf ihre Produkte und Dienstleistungen, sondern auch im Umgang mit ihren Mitarbeitern. Ich schätze das Engagement für Exzellenz und Innovation. Zudem bin ich von der ganzheitlichen Herangehensweise an Risikomanagement überzeugt, die hier verfolgt wird. Ich möchte meine Fähigkeiten einbringen, um dazu beizutragen, die langfristige Stabilität und den Erfolg des Unternehmens zu sichern.«

Er nickt wieder.

»Gute Einstellung, Ms. Pérez. Es ist wichtig, dass sich unsere Mitarbeiter mit den Werten der Firma identifizieren können. Nun, da wir über das Geschäftliche gesprochen haben, würde ich gerne wissen. Was motiviert Sie persönlich? Was sind Ihre Ziele und Ambitionen?«

Die Frage nach meinen Motivationen ist unerwartet, aber ich antworte aufrichtig.

»Ich bin motiviert von der Möglichkeit, einen positiven Einfluss zu haben, sei es auf ein Unternehmen oder auf das Leben der Menschen um mich herum. Meine Ziele sind es, kontinuierlich zu lernen und zu wachsen, sowohl beruflich als auch persönlich. Langfristig strebe ich danach, in Führungspositionen zu arbeiten, um einen größeren Beitrag zu leisten.«

Er betrachtet mich nachdenklich.

»Ehrgeizig. Das gefällt mir. Es scheint, als hätten Sie eine klare Vorstellung von Ihrem Weg. Ms. Pérez, ich denke, wir haben genug über Geschäftliches gesprochen. Lassen Sie uns ein wenig persönlicher werden. Was sind Ihre Hobbys und Leidenschaften außerhalb des Berufs?«

Die Frage überrascht mich angenehm.

»Ich habe eine Vorliebe für die Kunst des Tätowierens. In meiner Freizeit arbeite ich in einem Tätowierstudio, dass meinem besten Freund Ethan gehört. Es ist eine kreative und entspannende Auszeit für mich. Außerdem lese ich gerne, insbesondere Romane und Sachbücher über Management und Psychologie.«

»Interessant. Tätowieren ist eine Kunstform, die Disziplin und Kreativität erfordert. Gleichzeitig zeigt Ihre Vorliebe für Managementliteratur, dass Sie sich auch außerhalb Ihres Fachgebiets weiterentwickeln möchten. Das ist eine gute Balance. Wie verbringen Sie einen typischen Tag nach der Arbeit?«

»Nach der Arbeit bin ich oft im Tätowierstudio zu finden, wo ich meiner künstlerischen Seite freien Lauf lasse. Danach entspanne ich gerne bei einem guten Buch oder einem Abendessen mit Freunden. Ich bin der Meinung, es ist wichtig, nach einem arbeitsreichen Tag Momente der Erholung zu finden.«

Mr. Hollister nickt zustimmend.

»Verständlich. Der Ausgleich zwischen Arbeit und persönlichem Leben ist entscheidend. Ich habe noch eine Frage, die nicht direkt mit Ihrem beruflichen Hintergrund zu tun hat. Wenn Sie eine Superkraft wählen könnten, welche wäre das und warum?« Die Frage überrascht mich, aber ich überlege nicht lange.

»Ich denke, ich würde gerne die Fähigkeit haben, in die Zukunft zu sehen. Es wäre hilfreich, um besser aufkommende Herausforderungen vorbereitet zu sein und frühzeitig positive Veränderungen herbeiführen zu können.«

»Eine ausgeklügelte Wahl, Ms. Pérez. Jetzt, da wir einiges über Sie wissen, haben Sie Gelegenheit, Fragen an mich zu stellen.«

Ich nutze den Moment und richte einige Fragen zu den Unternehmenszielen, der Teamkultur und den zukünftigen Herausforderungen. Mr. Hollister beantwortet sie geduldig und gibt mir Einblicke in die inneren Abläufe der Firma. Nach einer intensiven Stunde des Austauschs kommt das Vorstellungsgespräch zu einem Ende. Mr. Hollister steht auf, und ich folge seinem Beispiel.

»Vielen Dank, Ms. Pérez, für das Gespräch. Wir werden uns in Kürze mit einer Entscheidung bei Ihnen melden.«

Ich bedanke mich höflich und verlasse den Konferenzraum.

∞

Am Tattoostudio angekommen, ist Ethan gerade mit einem Kunden beschäftigt, als ich eintrete. Seine Hände bewegen sich geschickt über die Haut, während er sich auf seine Kunst konzentriert. Er hebt den Kopf, als er meine Anwesenheit spürt, und ein Lächeln huscht über sein Gesicht.

»Suzanna, du siehst aus, als hättest du die Welt erobert. Wie ist es gelaufen?«

Ich lächle und setze mich auf einen der Sessel in der Warteecke des Studios.

»Es war ... beeindruckend.«

Ethan zieht die Augenbraue hoch und sagt:

»Erzähl mir alles.«, während er den Kunden weiter tätowiert.

Ich beginne, die Details des Gesprächs zu teilen, während Ethan mir aufmerksam zuhört. Die Atmosphäre im Studio scheint sich zu verändern, als wir über die Möglichkeiten sprechen, die sich mir bieten könnten. Ethan beendet das Motiv und verabschiedet den Kunden. Wir führen unser Gespräch fort.

»Suzanna, das ist großartig!«, sagt Ethan, als er sich zu mir setzt.

»Du hast das Zeug dazu. Deine Anwesenheit wird mir unter der Woche fehlen.«

»Lass uns erst einmal abwarten, wie sie sich entscheiden werden«, erwidere ich.

»Ich werde dich bei deiner Entscheidung unterstützen.« Ich lege meine Hand auf seine Schulter. Ethan schweigt für einen Moment, bevor er wieder aufblickt. Ein erleichtertes Lächeln stiehlt sich auf mein Gesicht.

»Danke. Das bedeutet mir viel. Aber bis dahin bin ich immer noch hier, und wir haben jede Menge Zeit, um gemeinsam kreative Meisterwerke zu schaffen.« Ethan grinst.

»Das klingt nach einem Plan. Jetzt lass uns auf diese neue Möglichkeit anstoßen und herausfinden, wohin dich dieser Weg führen wird.«

∞

Am Abend verlassen wir das Studio. Ethan schließt die Tür hinter uns, und wir machen uns auf den Weg zu seinem Apartment. Die Straßen sind belebt. Passanten erledigen ihre letzten Einkäufe für diesen Tag. Ich blicke in die Schaufenster, als ich in der Spiegelung die unbekannte Frau vom Friedhof hinter mir erblicke. Erschrocken drehe ich mich um und meine Augen blicken in ihre. Mein Herz pocht wie verrückt in meiner Brust. Ethan sieht mich an, ergreift meine Hand und verleiht mir so den nötigen Halt für diese surreale Situation.

»Suzanna Pérez?«, fragt sie mich mit zittriger Stimme.

»Du bist es, Lysette. Richtig?«, antworte ich ihr in einen strengen Ton. Ich spüre, wie die Wut mich gefangen nimmt. Heiße Lava brodelt in mir hoch. Ich erhebe meine Hand und ohrfeige sie mitten auf der Straße. Passanten bleiben schockiert stehen, ein Raunen fegt durch die Menge. Schmerz geplagt steht sie mit der Hand schützend an ihrer Wange vor mir.

»Ich wusste nicht, dass ihr verlobt wart. Das musst du mir glauben«, fleht sie mich an.

»Was willst du von ihr?«, fragt Ethan energisch.

»Ist es möglich, dass wir einen anderen Ort aufsuchen, wo wir uns in Ruhe unterhalten können?«, fragt sie, gefolgt von Stille. Ethan schaut mich ablehnend an. Nach kurzer Überlegung willige ich dem Vorhaben ein.

»Einen Moment, du entschuldigst uns«, sagt Ethan überraschend. Daraufhin er resignierend mit den Augen rollt und mich zur Seite nimmt, für einen kurzen Wortwechsel unter vier Augen.

»Bist du dir sicher das, dass eine gute Idee ist?«, fragt er mich eindringlich.

»So habe ich wenigstens eine Chance auf Antworten.«

»Und du glaubst, sie wird dir die ganze Wahrheit sagen? Suzanna, ich denke nicht, dass dir das gut tun wird. Du solltest es auf sich beruhen lassen«, empfiehlt mir Ethan.

»Das kann ich nicht«, erwidere ich ihm und wende mich wieder Lysette zu.

»Um die Ecke ist ein kleines Café, da können wir reden«, antworte ich ihr mit ernster Stimme.

»Vielen Dank, dass du mir diese Chance gibst.«

Im Café angekommen, wähle ich einen abgelegenen Tisch in der Ecke. Lysette setzt sich zögerlich mir gegenüber, während Ethan sie misstrauisch beobachtet. Die Atmosphäre im Café ist gedämpft, das Gemurmel der Gäste bildet eine ungewollte Geräuschkulisse.

»Lysette, du hast etwas zu sagen, bitte, wir sind ganz Ohr«, fordere ich sie auf und versuche, meine Emotionen unter Kontrolle zu halten. Sie senkt den Blick und beginnt, ihre Geschichte zu erzählen. Ihre Stimme ist leise, voller Reue und einem Hauch von Verzweiflung.

»Mark und ich haben uns vor ungefähr zwei Jahren bei einer Fortbildung für Finanzexperten kennengelernt«, beginnt sie. »Wir begegneten uns oft in ähnlichen Schulungen. Unsere Wege kreuzten sich, und wir teilten nicht nur berufliche Interessen, sondern es entwickelte sich eine tiefe persönliche Verbindung zwischen uns.« Sie schluckt schwer und setzt ihre Erzählung fort:

»Am Anfang wusste ich nicht, dass er eine Beziehung führt. Er hat es mir erst später erzählt, als wir bereits tief in unserer Affäre steckten.«

Lysette erzählt von den Treffen in einem ruhigen Café, den gestohlenen Momenten voller Leidenschaft und der geheimen Kommunikation, um die Beziehung vor seiner Familie zu verbergen.

»Ich war mir bewusst, dass es falsch war, aber Mark konnte mich mit seiner eloquenten Art und seinen charmanten Worten immer wieder überzeugen, weiterzumachen«, gesteht sie.

»Er sagte mir, er liebe mich, und dass er unglücklich in seiner Beziehung sei. Aber ich wusste nie, dass ihr vor hattet zu heiraten.«

Sie beschreibt die Höhen und Tiefen ihrer Affäre.

»Ich habe nie gewollt, dass jemand dadurch verletzt wird«, sagt sie schließlich.

»Aber ich konnte nicht aufhören. Bis zu dem Tag, als ich von seinem Tod erfahren habe.«

Die Tränen sammeln sich in ihren Augen, und ich kann ihre Reue förmlich greifen. Ethan und ich hören schweigend zu, während Lysette die dunklen Geheimnisse ihrer Beziehung offenbart. Nachdem sie mir ihrer Seite der Geschichte erzählt hat, herrscht für einen Moment eine tiefe Stille am Tisch. Ich versuche, all die Emotionen in mir zu sortieren. Ethan schaut zwischen uns hin und her, deutlich ist seine Abneigung ihr gegenüber ersichtlich. Schließlich breche ich das Schweigen.

»Es ändert nichts an der Tatsache, dass Mark uns beiden das Herz gebrochen hat. Er spielte mit unseren Gefühlen«, sage ich ruhig, aber der Schmerz in meinen Augen ist unübersehbar.

»Mir ist bewusst, dass du nicht allein daran schuld bist. Ich versuche, deine Seite zu verstehen und zu akzeptieren.«

Daraufhin sieht mich Lysette dankbar an.

»Deine Worte bedeuten mir so viel. Ich danke dir. Seit Marks tot, fühle ich eine Leere in mir, wie noch nie. Er fehlt mir so sehr. Dir auch?«

»Du solltest diesem Menschen nicht hinterher trauern. Er hat unsere Tränen nicht verdient. Zum Abschluss, ich will dich nie wiedersehen und bitte, stalke mich nicht mehr.«, sage ich bestimmend, erhebe mich gemeinsam mit Ethan und wir verlassen geschlossen das Café. Auf dem Heimweg fragt mich Ethan zögernd:

»Hattest du jemals das Gefühl, er würde dich betrügen?«

»Was soll diese Frage? Nein, das hatte ich nicht. Ethan, er hat mir ganze zwei Jahre etwas vorgemacht. Und hat von mir verlangt, dass ich mich für ihn ändere. Was sollte das?! Wie krank ist das bitte schön!«, sprudelt es aus mir heraus.

»Suzanna, ich verstehe deine Wut. Es ist unverzeihlich, was Mark getan hat.«

»Am liebsten würde ich ihn, jetzt aus seinem Sarg zerren und ihm die Meinung geigen«, antworte ich wütend.

»¡Ay! Was passiert hier?«, sage ich verwundert, als es unerklärlicherweise rotes Konfetti über uns regnet. Es färbt den Boden und den Himmel rot. Die Menschen um uns herum fangen aufgeregt die farbigen Schnipsel. Ich blicke nach oben und ein einziges Stück fällt direkt in meine geöffnete Handfläche. Mit schwarzer Schrift geschrieben, steht:

In stürmischen Zeiten, wenn die Seele bebt, denk daran, dass Liebe stets Hoffnung säet.

»Von wem ist der Spruch? Kommt er dir bekannt vor?«, frage ich Ethan.

»Nein, nie gehört. Steht sonst etwas drauf?«

»Nein, nur das Gedicht. Keine Firma, nichts«

»Das ist ein PR-Gag irgendeiner Media-Firma. Damit wollen die Aufsehen erregen. Die denken sich immer sowas aus.«

»Nie von so etwas gehört. Lass uns nach Hause gehen«, bitte ich Ethan und nehme den Streifen mit. Die Geräusche der Stadt schwinden, als wir die Tür zu Ethans gemütlichem Refugium öffnen. Ich spüre die Wärme und Geborgenheit, die von diesem Ort ausgeht. Das gedämpfte Licht, das durch die Vorhänge fällt, verleiht der Wohnung eine behagliche Stimmung.

»Willst du etwas trinken?«, fragt Ethan und deutet auf die gut ausgestattete Küche.

»Wir haben Wein, Bier oder etwas anderes?«

»Ein Glas Wein klingt verlockend«, antworte ich. Während Ethan die Getränke einschenkt, gehe ich auf die Dachterrasse und genieße diesen milden Abend.

Ich setze mich auf das Sofa und blicke in den Himmel. Unzählige Sterne funkeln am Firmament. Die Klänge der Stadt sind gedämpft im Hintergrund zu hören.

Ethan reicht mir das Weinglas und verschwindet zurück ins Apartment. Mit dem Blick in den Nachthimmel kommen die Erinnerungen an Mark hoch. Ich versuche sie zu unterdrücken und nehme einen Schluck Wein. Kurz darauf klingelt es an der Tür und Ethan kommt mit einem großen Pizzakarton auf die Terrasse.

»Essen ist fertig«, sagt er und der Duft von frisch gebackenem Teig zieht durch die Luft und wir lächeln uns einander an. Er öffnet den Karton und setzt sich zu mir auf das Sofa und wir genießen die Pizza unter dem funkelnden Nachthimmel.

Als der Wein seine Wirkung entfaltet, schenkt uns die Nacht eine besondere Magie. Ethan legt behutsam seinen Arm um meine Schultern, und ich lehne mich an ihm. Die Stille zwischen uns ist tröstlich, und der Glanz der Sterne wirkt wie eine sanfte Umarmung. Die Pizza ist längst vergessen, während wir den Moment genießen, der uns beide verbindet. In dieser bezaubernden Nacht unter dem Sternenhimmel finde ich unverhofft Frieden. Der Schmerz der vergangenen Ereignisse verblasst, wenn nur für einen Augenblick, und ich lasse mich von der Ruhe der Nacht und der Freundschaft, die mich umgibt, tragen. Die Zeit verfliegt, während ich in Ethans Armen langsam einschlafe.

∞

Der Morgen erwacht in sanften Pastelltönen, als ich sanft aus dem Schlaf gleite. Der warme Schein der aufgehenden Sonne fällt auf mein Gesicht, und ich finde mich in Ethans Armen wieder. Die Erinnerungen an die vergangene Nacht kehren zurück, und ein zartes Lächeln spielt um meine Lippen. Ich stehe auf und mache mich im Badezimmer frisch, anschließend bereite ich eine Kanne wohltuenden Kaffee vor. Der Klang der Stadt erwacht allmählich, und der Duft von Kaffee zieht durch die Wohnung.

»Guten Morgen, Prinzessin«, begrüßt er mich mit einem strahlenden Lächeln, als wir uns in der Küche begegnen.

»Wie hast du geschlafen?«, erkundigt er sich.

»Buenos días. Ich habe erstaunlich gut geschlafen«, antworte ich, und die Wärme seiner Worte durchströmt meinen Körper. Wir setzen uns an den kleinen Frühstückstisch, und während wir Kaffee trinken, beginnen wir den Tag in ruhiger Harmonie. Nachdem wir den Kaffee genossen haben, beschließen Ethan und ich, gemeinsam ins Studio zu gehen. Als wir im Laden eintreffen, wartet bereits ein Kunde auf Ethan. Ich nehme mir vor, die Zeit zu nutzen, um an neuen Designs zu arbeiten. Während ich an meinem Arbeitsplatz sitze, ertönt mein Handy. Die Benachrichtigung über eine eingegangene E-Mail fängt meine Aufmerksamkeit. Mein Herz klopft schneller, als ich die Betreffzeile lese:

"Betreff: Entscheidung zu Ihrer Bewerbung bei QuantumForgeDynamics "

Mit zittrigen Händen öffne ich die E-Mail und lese die erlösenden Worte.

Sehr geehrte Frau Pérez,

Hiermit teilen wir Ihnen gerne mit, dass wir uns für die Besetzung der offenen Position "Risk-Managerin", für Sie entschieden haben.
Herzlich willkommen bei QuantumForgeDynamics. Wir sind überzeugt, dass Sie, mit Ihrem Fachwissen und Ihrer Erfahrung ein überaus großer Gewinn für unser Unternehmen sein werden.

Mit freundlichen Grüßen,
Jack Hollister (CEO)

Ein Gefühl von Freude und Zweifeln durchflutet mich.

Der Kunde verlässt das Studio, und Ethan kommt zu mir. Bevor ich etwas sagen kann, bemerkt er mein strahlendes Gesicht.

»Was ist passiert?«

»Ethan, ich habe den Job! Die Firma hat mir die Zusage gemailt. Genau, das ist es, was Mark immer wollte. Und ich bin mir nicht mehr sicher, ob es das ist, was ich jetzt will.«

»Ich kann deine Verunsicherung verstehen, aber bevor wir das Gespräch mit Lysette hatten, hast du dich über diese Chance gefreut. Lass dir das nicht von der Vergangenheit kaputt machen. Du wirst großartig sein, da bin ich mir sicher.«

»Ich weiß. Irgendwie freue ich mich auch über diese positive Antwort.«

»Dann lass uns anstoßen und blick ab jetzt nie wieder zurück«, sagt er motivierend. Daraufhin stoßen wir mit einer Tasse Kaffee auf die gute Nachricht an, und ich spüre eine Welle der Dankbarkeit für diese besondere Freundschaft. Es ist ein Moment des Triumphs, den wir gemeinsam feiern. Der Rest des Tages verläuft in einem freudigen Arbeitsrausch, und ich bin voller Vorfreude auf die neuen Herausforderungen, die mich erwarten.

Kapitel 5

*E*s ist der Morgen meines ersten Arbeitstags bei QuantumForgeDynamics. Die Sonne kitzelt sanft den Horizont, als ich vor dem Spiegel stehe und mich auf meinen ersten Tag in der Firma vorbereite. Die goldenen Strahlen durchfluten mein Zimmer und werfen ein warmes Licht auf meine Auswahl an Kleidung. Nach einigem Überlegen entscheide ich mich für ein Outfit, das den Anlass würdigt – elegant, aber nicht zu förmlich. Ich greife zu einem taillierten Blazer in einem sanften Creme Ton, der meine Silhouette betont, ohne zu aufdringlich zu wirken. Darunter trage ich eine locker sitzende Bluse mit dezentem Muster, die Frische und Professionalität ausstrahlt. Die Hose ist klassisch schwarz, und betont meine Schritte mit jeder Bewegung. Dazu kombiniere ich schlichte Pumps, die nicht nur bequem sind, sondern einen Hauch von Eleganz verleihen. Während ich mich im Spiegel betrachte, kontrolliere ich jedes Detail meines Erscheinungsbilds. Das dezente Make-up unterstreicht meine natürliche Schönheit, und meine Haare trage ich offen, sodass sie sanft über meine Schultern fallen. In meiner Hand halte ich meine Aktentasche, die nicht nur funktional ist, sondern meine Vorfreude auf den neuen Tag widerspiegelt. Als ich das Haus verlasse, mache ich einen kleinen Abstecher ins SpicyGroveCoffee und bestelle mir einen Moccachino mit Mandelmilch. Auf dem Weg zur Bushaltestelle bemerke ich einen Obdachlosen, der vor einem verlassenen Haus sitzt. Sein grauer Bart und die abgenutzte Kleidung lassen darauf schließen, dass er viele raue Nächte durchgemacht hat. Etwas in seinem Blick berührt mich, und ich entscheide mich, ihm ein wenig Geld zuzustecken. Es ist nicht viel, aber vielleicht kann es ihm einen warmen Kaffee bescheren.

»Hola«, spreche ich ihn freundlich an und überreiche ihm das Geld.

»Ich hoffe, das macht dir den Tag ein bisschen angenehmer.«

Sein Blick trifft meinen, und in seinen Augen lese ich eine Mischung aus Überraschung und Dankbarkeit.

»Danke, junge Dame. Es gibt nicht viele wie dich da draußen. Möge das Glück dir hold sein.«

Ein Lächeln huscht über mein Gesicht, während ich mich auf den Weg zur Haltestelle mache. Es ist nur ein kleiner Akt der Freundlichkeit, aber er erinnert mich daran, wie wichtig es ist, einander zu helfen. Im Bus ziehe ich mein Smartphone heraus und überfliege noch einmal die E-Mail mit den Anweisungen für meinen ersten Tag. Ich versinke in meinen Gedanken, bis ich die Haltestelle erreiche.

Mein Herz pocht schneller, als ich durch die schicke Eingangshalle trete. Das Empfangspersonal grüßt mich freundlich und weist mir den Weg zum Büro von Sina Hill, meiner

Ansprechpartnerin. Sina sitzt hinter ihrem Schreibtisch und begrüßt mich mit einem strahlenden Lächeln.

»Ms. Suzanna Pérez, richtig? Herzlich willkommen! Ich bin Sina Hill, freut mich, Sie kennenzulernen.«

»Danke, Ms. Hill. Ich bin gespannt auf meinen ersten Tag«, erwidere ich und schüttle ihre Hand.

»Ms. Pérez, wenn Sie nichts dagegen haben, dann würde ich Ihnen gerne das 'Du' anbieten.«

»Sehr gerne.«

»Dann wäre das Wichtigste geklärt. Willkommen im Team, Suzanna«, antwortet sie mit einem netten Lächeln.

»Ich freue mich, hier zu sein«, erwidere ich, erleichtert über ihre freundliche Art.

»Super! Lass uns direkt loslegen. Ich werde dir alles zeigen und sicherstellen, dass du dich schnell einlebst«, sagt sie enthusiastisch. Als sie mich in mein Büro führt, fällt mein Blick sofort auf das großzügige Fenster, das den Raum mit natürlichem Licht flutet. Vor mir erstreckt sich ein beeindruckendes Panorama der Stadt, das sich wie ein lebendiges Gemälde präsentiert. Die Architektur der umliegenden Gebäude zeichnet sich scharf gegen den Himmel ab, während das geschäftige Treiben der Straßen unten eine faszinierende Dynamik verleiht.

Der Horizont verschmilzt in sanften Farbverläufen, die den Übergang vom regsamen Zentrum zu den ruhigeren Vororten markieren. Der Schreibtisch vor dem Fenster ist akkurat angeordnet und mit einem farbenprächtigen Blumenstrauß verziert, der dem ansonsten nüchternen Büro eine persönliche und einladende Note verleiht. Alles hier strahlt Professionalität aus und signalisiert zugleich eine warme Atmosphäre.

»Wie du siehst, haben wir hier eine angenehme Arbeitsatmosphäre. Wir sind wie eine kleine Familie«, erklärt Sina, während sie mir die verschiedenen Annehmlichkeiten des Büros zeigt.

»Wir haben viel zu tun, aber ich bin sicher, du wirst dich schnell einfinden«, fährt sie fort und konkretisiert mir die wichtigsten Abläufe.

»Wenn du Fragen hast, stehe ich dir gerne zur Verfügung. Und natürlich sind alle anderen hier sehr hilfsbereit.« Der erste Arbeitstag verläuft schnell und aufregend. Sina führt mich durch die verschiedenen Abteilungen und stellt mich meinen neuen Kollegen vor. Jeder ist freundlich und aufgeschlossen, was meine Nervosität langsam schwinden lässt.

»Das hier ist die Kaffeeecke. Hier bekommst du gratis Kaffee und Tee«, erklärt sie, während wir an einem kleinen gemütlichen abgegrenzten Bereich vorbeigehen.

»Da drüben befindet sich das Büro von Mr. Hollister, den du, glaube ich, im Vorstellungsgespräch kennengelernt hast. Er ist der Geschäftsführer und spielt eine maßgebliche Rolle in der Entwicklung des Unternehmens.«

Als wir uns dem Büro von Mr. Hollister nähern, öffnet sich die Tür, und sowohl Mr. Hight als auch Mr. Iyama treten heraus. Beide begrüßen mich freundlich.

»Herzlich willkommen, Ms. Pérez. Wir freuen uns, Sie im Team zu begrüßen«, sagt Mr. Hight, während er mir die Hand reicht.

»Ja, willkommen. Wir haben viel über Ihre Fähigkeiten gehört und sind sicher, dass Sie eine Bereicherung für unser Unternehmen sind«, fügt Mr. Iyama hinzu. Ich bedanke mich für die herzliche Begrüßung.

Als wir weitergehen, fällt mein Blick auf einen Mann mit einem Laptop, der konzentriert an einem Tisch arbeitet.

»Und das ist John, unser IT-Spezialist. Wenn du Probleme mit deinem Computer hast, ist er der Mann, den du ansprechen solltest«, sagt Sina und zwinkert.

Wir setzen unsere Tour fort, und ich beginne, mich in den Büros, Konferenzräumen und Gemeinschaftsbereichen zurechtzufinden.

Die Mitarbeiter scheinen eine positive Energie auszustrahlen, und ich spüre, dass ich in ein dynamisches Team eingebunden bin. Der Arbeitstag geht weiter, und Sina führt mich durch die verschiedenen Abteilungen und Etagen. Wir hatten einige Meetings, bei denen ich erste Einblicke in die laufenden Projekte erhalte. Die Zeit vergeht wie im Flug, und gegen Nachmittag haben wir die meisten Büros besichtigt.

In einem der eleganten Besprechungsräume treffe ich auf Mr. Hollister. Er begrüßt mich freundlich. Sein Lächeln ist ansteckend.

»Ah, Ms. Pérez! Schön, Sie anzutreffen. Wie geht es Ihnen, an Ihren ersten Arbeitstag bei uns?« Seine Stimme klingt herzlich, und sein Händedruck ist fest.

»Sehr angenehm, vielen Dank«, antworte ich mit einem Lächeln, während ich seinen Blick erwidere.

»Ich hoffe, Sie fühlen sich wohl hier. Unsere Firma ist wie eine große Familie, und ich bin sicher, Sie werden sich schnell integrieren«, sagt er und führt mich durch den Konferenzraum, der von großen Fenstern umgeben ist, die einen beeindruckenden Blick auf die Stadt bieten.

»Vielen Dank, Mr. Hollister. Ich freue mich darauf, Teil Ihres Teams zu sein«, erkläre ich aufrichtig. Daraufhin er zufrieden nickt.

»Ausgezeichnet. Sie werden sehen, dass wir hier eine positive und unterstützende Arbeitsumgebung haben. Wenn Sie Fragen haben oder Hilfe benötigen, stehen Ihnen meine Tür und die Türen aller Mitarbeiter offen. Wir schätzen Teamarbeit und fördern Kreativität.«

»Vielen Dank, das ist schön zu hören«, bedanke ich mich höflich bei ihm, daraufhin verlässt er den Raum.

∞

Nach einem erfüllten ersten Arbeitstag lädt mich Sina spontan zu einem Abstecher in ein charmantes Lokal in der Nähe ein. Die warme Atmosphäre des Restaurants lädt zum Verweilen ein, und der Gedanke an ein entspanntes Abendessen mit meiner neuen Kollegin weckt Vorfreude. Das Lokal, mit seinem sanften Licht und den rustikalen Holzmöbeln, strahlt eine einladende Gemütlichkeit aus. Wir nehmen an einem kleinen Tisch nahe dem Fenster Platz, von dem aus wir die geschäftige Straße beobachten können.

»Es freut mich, dass wir die Gelegenheit haben, uns besser kennenzulernen, Suzanna«, sagt Sina und schenkt mir ein herzliches Lächeln.

»Ich freue mich auch. Ohne deine Hilfe heute hätte ich mich mit Sicherheit hundert Mal in den unendlichen Fluren der Firma verirrt.«, erwidere ich und schaue mich im Lokal um. Die Kellner in ihren schicken Uniformen eilen eifrig hin und her, und das leise Murmeln der Gäste verleiht dem Raum eine angenehme Geräuschkulisse.

Während wir auf unser Essen warten, beginnen wir uns über persönliche Interessen zu unterhalten.

»Sag mal, Sina, was machst du gerne in deiner Freizeit?«, erkundige ich mich.

Sie überlegt kurz und antwortet dann begeistert:

»Oh, ich habe viele Hobbys. Ich liebe es, zu reisen und neue Orte zu entdecken. Letztes Jahr war ich in Südamerika. Die Kulturen, die Menschen, das Essen – alles war einfach unglaublich. Kommst du von dort?«

»Nein, meine Ma ist Mexikanerin und sie ist hier in Amerika aufgewachsen.«, sage ich.

»Und dann mag ich noch Sport. Ich spiele Tennis und bin Teil eines Teams hier in der Stadt. Es hält mich fit und macht einfach Spaß.«

»Das sieht man dir an. Dein Körper wirkt sehr athletisch.«

»Oh, danke für dieses Kompliment«, antwortet Sina, während das Essen serviert wird. Wir lassen uns von den köstlichen Aromen verwöhnen. Inmitten der Mahlzeit setzen wir unsere Unterhaltung fort.

»Sag mal, Suzanna, wie findest du Jack Hollister?«, fragt Sina aus heiterem Himmel, während sie genüsslich einen Bissen von ihrem Gericht probiert.

»Jack Hollister? Er scheint ein kompetenter Geschäftsführer zu sein, und alle sprechen positiv über ihn. Warum fragst du? Was denkst du über ihn?«, erkundige ich mich.

Sina legt ihre Gabel beiseite und lehnt sich leicht zurück.

»Oh, Jack ist nicht nur kompetent. Er ist unglaublich attraktiv. Ich meine, ernsthaft, wenn ich nicht wüsste, dass er unser Boss ist, würde ich denken, er ist ein Model.« Ich lache leicht über Sinas ehrliche Meinung und antworte:

»Du schwärmst ja förmlich von ihm.«

»Wie könnte ich es bei diesem Mann nicht. Aber sei vorsichtig, Suzanna. Attraktive Chefs können manchmal für Ablenkung sorgen«, sagt Sina zwinkernd. Die Worte bringen mich zum Lächeln, und ich spüre, dass zwischen uns eine angenehme Verbindung entsteht.

»Wie findest du die anderen im Team?«, frage ich. Sina zögert einen Moment, bevor sie antwortet:

»Die meisten sind nett und hilfsbereit. Aber du wirst schnell merken, dass es hier, wie in jeder Firma, ein paar Persönlichkeiten gibt, mit denen man klarkommen muss. Manche sind etwas ... speziell.«

»Ich kann mir vorstellen, dass das überall so ist. Ich hoffe, wir werden gut zusammenarbeiten«, sage ich und denke an die verschiedenen Gesichter, die ich an meinem ersten Tag kennengelernt habe.

Unsere Plauderei setzt sich fort, während wir das Dessert genießen und uns über die kleinen Nuancen des Arbeitslebens austauschten. Die Zeit vergeht wie im Flug, und ich spüre, wie die Verbindung zwischen Sina und mir wächst. Das Lokal, das von gedämpftem Licht und dem leisen Gemurmel der Gäste erfüllt ist, bietet einen perfekten Rahmen für unsere Unterhaltung.

Als wir uns entscheiden, aufzubrechen, verlassen wir das Restaurant mit dem Versprechen, uns in der nächsten Woche wieder zu verabreden.

Die Straßen von San Francisco leuchten im Abendlicht, als wir in den geschäftigen Rhythmus der Stadt eintauchen. Der Tag war ein voller Erfolg.

Erfüllt von Vorfreude und Dankbarkeit kehre ich in Ethans Wohnung zurück. Der herzliche Empfang bei der Arbeit lässt mich optimistisch in die Zukunft blicken.

∞

Die Monate verstreichen, seit ich bei QuantumForgeDynamics begonnen habe, und jede Woche bringt neue Erfahrungen und Herausforderungen mit sich. Die Atmosphäre in der Firma ist positiv, wie Mr. Hollister es beschrieben hat. Ich habe nicht nur beruflich viel gelernt, sondern auch menschlich enorm profitiert. Besonders die Beziehung zu Sina ist sehr erfrischend. Sie ist eine sehr gute Kollegin für mich geworden. Ihre fröhliche Art und ihre aufmunternden Worte sind Balsam für meine Seele. Gemeinsam haben wir an verschiedenen Projekten gearbeitet und uns dabei gegenseitig unterstützt. Die Geschehnisse mit Mark lassen mich nicht mehr jede Nacht aufwachen, voller Kummer und Trauer. Die Zeit heilt tatsächlich Wunden, auch wenn die Narben bleiben. Ab und zu gibt es Momente, in denen sich die Vergangenheit wieder aufdrängt. Ein Foto, ein Ort, eine Erinnerung – sie können all die Fortschritte in einem Augenblick zunichtemachen. An manchen Tagen, wenn die Sonne durch die Bürofenster scheint und das Lachen der Kollegen den Raum erfüllt, fühle ich mich leicht und frei. Die Arbeit gibt mir Struktur und einen Sinn, der über meine persönlichen Herausforderungen hinausreicht.
Es gibt dann noch diese Tage, an denen ich mich von der Vergangenheit eingeholt fühle. Ein zufälliges Treffen mit einem alten Freund, der nach Mark fragt, oder ein Lied, das

an gemeinsame Zeiten erinnert – dann spüre ich den Schmerz erneut, wenn nicht mehr so intensiv wie zu Beginn. In diesen Monaten habe ich Arthur, den freundlichen Obdachlosen vor dem verlassenen Haus, besser kennengelernt. Wir unterhalten uns oft, wenn ich nach der Arbeit an ihm vorbeigehe. Seine Geschichten sind wie Fenster in eine andere Welt, und ich schätze die Weisheit, die er in den Gesprächen teilt. Er erinnert mich daran, dass das Glück oft in den kleinen Dingen des Lebens zu finden ist. Die Monate verstreichen, geprägt von Höhen und Tiefen, von Fortschritten und Rückschlägen. Inmitten all dieser Emotionen finde ich Trost und Kraft in den Momenten des Glücks und den wachsenden Beziehungen, die mein Leben neugestalten.

Kapitel 6

*D*as Summen des Aufzugs begleitet mich auf dem Weg zur obersten Etage des beeindruckenden Bürogebäudes. Der Korridor ist in warmes Licht getaucht, als ich vor der Glastür von Mr. Hollisters Büro stehe. Ein Klopfen an der Tür kündigt meine Ankunft an.

»Herein«, erklingt seine kräftige Stimme, und ich betrete sein Büro mit einem Hauch von Nervosität und Vorfreude. Sein Office ist geräumig und elegant gestaltet. Hohe, dunkle Regale säumen die Wände, gefüllt mit einer erlesenen Auswahl an Fachbüchern, die von Wirtschaft und Finanzen bis hin zu seltener Literatur über die Kunst des Bonsai-Züchtens reichen. Überall im Raum verteilt thront eine kleine Sammlung dieser lebenden Kunstwerke – darunter ehrwürdige Eichen, feingliedrige Ahornbäume und blühende Kirschen, die in ihren Miniaturwelten eine faszinierende Ruhe ausstrahlen.

Jack sitzt hinter einem beeindruckenden Schreibtisch aus Glas und Stahl, der sowohl Macht als auch Geschmack symbolisiert. Die breiten Panoramafenster gewähren einen atemberaubenden Blick auf die Skyline von San Francisco.

»Ah, Ms. Pérez, kommen Sie herein. Es freut mich, Sie hier zu sehen«, begrüßt er mich mit einem freundlichen Lächeln. Er steht auf und reicht mir die Hand über seinen Schreibtisch.

»Danke, Mr. Hollister. Es ist mir ebenfalls eine Freude, hier zu sein«, erwidere ich und schüttele seine Hand.

»Bitte nehmen Sie Platz«, sagt er und deutet auf den bequemen Stuhl vor seinem Schreibtisch. Ich folge seiner Aufforderung.

»Ms. Pérez, ich hoffe, die ersten drei Monate waren angenehm und informativ.«

»Ja, sehr. Alle sind hier freundlich, und ich habe viel über die laufenden Projekte erfahren«, antworte ich.

»Das freut mich zu hören. Ich habe eine besondere Aufgabe für Sie. Ein Vorhaben, das wir als Herausforderung betrachten. Ich habe das Vertrauen in Sie, dass Sie das stemmen können.«

Mein Herz schlägt schneller vor Aufregung.

»Natürlich. Ich bin bereit, mich jeder Aufgabe zu stellen. Was ist der Auftrag?«

Er reicht mir eine Akte, und ich beginne, darin zu blättern.

»Wir planen eine Fusion mit NeroSyncSolutions, ein aufstrebendes Unternehmen im Bereich Technologie und Datenmanagement. Die Verhandlungen sind bereits im Gange, und es ist entscheidend, dass wir dieses Projekt erfolgreich umsetzen.«

Ich nicke und lese weiter, um mich mit den Details vertraut zu machen. Die Fusion mit NeroSyncSolutions ist zweifellos ein anspruchsvolles Vorhaben.

Mein analytischer Verstand beginnt, die verschiedenen Aspekte des Projekts zu erfassen.

»Das Ziel ist es, die Ressourcen beider Konzerne optimal zu nutzen und Synergien zu schaffen. Wir möchten die Position von QuantumForgeDynamics als führendes Unternehmen in der Branche weiter stärken«, erklärt er.

»Verstehe. Das ist eine ehrgeizige Aufgabe«, sage ich und schaue auf. Er nickt zustimmend.

»Genau deshalb habe ich Sie für dieses Projekt ausgewählt. Ihre Erfahrung im Risikomanagement und Ihr analytischer Ansatz werden von unschätzbarem Wert sein. Aber bedenken Sie, es wird nicht einfach. Es wird Verhandlungen, strategische Entscheidungen und unerwartete Herausforderungen geben.«

»Ich werde mein Bestes tun, um sicherzustellen, dass die Firma keinen Schaden erleidet«, verspreche ich entschlossen.

»Ich habe volles Vertrauen in Ihre Fähigkeiten, Ms. Pérez. Deshalb habe ich Sie für dieses wichtige Projekt ausgewählt.«

Die Worte von ihm motivierten mich zusätzlich. Ich spüre die Verantwortung, die auf meinen Schultern liegt. Das Vertrauen, das er in mich setzt.

»Vielen Dank, Mr. Hollister. Wenn es etwas gibt, worauf Sie besonders Wert legen oder spezielle Anforderungen bestehen, lassen Sie es mich wissen.«

»Das freut mich zu hören. Ich verlasse mich auf Sie. Wenn Sie Unterstützung benötigen oder auf Herausforderungen stoßen, zögern Sie nicht, mich anzusprechen.«

»Vielen Dank für diese Gelegenheit. Ich werde sofort mit den Vorbereitungen beginnen«, antworte ich während er mich zur Tür seines Büros begleitet.

»Ich freue mich darauf, die Fortschritte zu sehen. Machen Sie uns stolz.«

Mit einem letzten Lächeln verlasse ich sein Büro.

Die Aufgabe vor mir ist anspruchsvoll, aber ich bin bereit, mich der Herausforderung zu stellen.

Der Weg zu meinem Schreibtisch führt durch das pulsierende Herz des Unternehmens. Kollegen eilen in geschäftiger Hektik umher, Telefone klingeln, und das leise Summen der Konversation erfüllt den Raum.

Es ist der Klang eines Arbeitsplatzes, der lebt und atmet.

Sina wartet bereits an meinem Schreibtisch. Ihr Lächeln ist aufmunternd, als sie mich begrüßt.

»Was wollte er von dir?«

»Du wirst es nicht glauben, er hat mir das Fusionsprojekts mit NeroSyncSolution übertragen.«

Sinas Augen leuchten vor Freude.

»Herzlichen Glückwunsch, Suzanna! Das ist eine fantastische Gelegenheit für dich, dich zu beweisen.

Du wirst das großartig machen.«

»Das hoffe ich«, antworte ich verlegen und widme mich der Arbeit. Während Sina zur Kaffeeecke schlendert und sich einen Tee zubereitet.

Die Tage vergehen rasch, und mit jedem Augenblick, den ich in das Projekt investiere, wächst nicht nur meine fachliche Expertise, sondern auch mein Selbstvertrauen. Das Büro wird zu meinem zweiten Zuhause, und die Begeisterung, an einem Projekt dieser Größenordnung zu arbeiten, spornt mich an. Die Fusion mit NeroSyncSolution gestaltet sich komplexer, als ich es vermutet habe. Die Tage sind lang, die Nächte manchmal noch länger, aber die Aussicht auf den Erfolg treibt mich an. Ethan ist in diesen Wochen eine konstante Stütze. Seine beruhigende Art und sein Verständnis für meine Leidenschaft zum Job schaffen einen Ausgleich zu den Herausforderungen, die sich mir beruflich stellen. In den Momenten der Erschöpfung und Unsicherheit ist es sein Lächeln, das mir Kraft gibt.

∞

An einem neuen Arbeitstag, als Sina und ich aus der Pause kommen, begegnet uns überraschenderweise Mr. Hollister, der uns im Flur der Firma entgegenkommt.
Sein Lächeln ist charmant, und er hält kurz inne, um uns freundlich zu begrüßen.
»Ms. Hill, Ms. Pérez, wie schön, Sie zu sehen. Wie geht es Ihnen?«
»Sehr gut, vielen Dank, Mr. Hollister«, antworte ich höflich und sehe zu meinem Überraschen, wie auf Sinas Wangen eine leichte Röte zum Vorschein kommt.

»Ja, es ist ein toller Arbeitstag«, fügt Sina hinzu und lächelt dabei zurück. In ihren Augen liegt ein Funkeln der mehr, als nur geschäftliches Interesse verrät.

»Das freut mich zu hören. Dann will ich Sie beide nicht länger von der Arbeit abhalten. Morgen liegt ein wichtiges Meeting vor uns. Der Vorstand und ich sind schon gespannt auf Ihre Ergebnisse, Ms. Pérez.«

»Danke, ich wünsche Ihnen auch einen angenehmen Arbeitstag«, antworte ich und bemerke, wie Sina ihn mit einem Hauch von Bewunderung betrachtet.

»Es ist immer schön, wenn die Dinge reibungslos laufen. Wenn es etwas gibt, womit ich Ihnen behilflich sein kann, lassen Sie es mich einfach wissen«, bietet er an und sein Blick trifft dabei sowohl mich als auch Sina.

»Das werden wir, vielen Dank, Mr. Hollister«, erwidere ich höflich, während Sina ein leicht verschmitztes Lächeln aufsetzt. Mit einer kurzen Verabschiedung setzt Mr. Hollister seinen Weg fort.

»Was war das denn gerade? Du bist seinem Charme völlig verfallen«, sage ich mit einem breiten Grinsen. Sina rollt die Augen und antwortet: »Ich weiß. Er ist wie ein Rätsel, was ich lösen will.«

Ich lache und antworte: »Ah, das berühmte 'Jack Hollister Quiz'. Schwierigkeitsstufe: Expertin. Ich glaube, du musst mehr Geheimnisse lösen, um den Hauptpreis zu gewinnen.«

Sina kichert.

»Vielleicht sollte ich nach einer Schatzkarte suchen oder so. Im Ernst, er ist heiß.«

»Wenn du, das sagst«, antworte ich lächelnd.

Nach Feierabend schaue ich bei Arthur vorbei und beschließe, ihm etwas Wärmendes für die kühle Nacht zu bringen. Das nahe gelegene Lokal hat noch geöffnet und ich kaufe ihm eine dampfende Portion Suppe und ein frisches Brötchen. Der warme Duft steigt mir in die Nase, als ich die Tüte festhalte.

Auf dem Weg zu Arthur frage ich mich, wie oft er in den letzten Tagen eine warme Mahlzeit hatte. Als ich ihn wieder vor dem leerstehenden Haus finde, begrüßt er mich sofort.

»Suzanna, wie schön dich zu sehen.«

»Buenas noches, Arthur. Ich habe dir etwas Warmes zu essen mitgebracht«, sage ich und überreiche ihm die Suppe mit dem Brötchen.

»Das ist nicht nötig. Du musst das nicht tun«, sagt er, als er das Essen entgegennimmt.

»Es ist nur eine Kleinigkeit«, erwidere ich lächelnd. Er bedankt sich herzlich und beginnt, die Suppe zu genießen. Der warme Dampf steigt auf, und ich kann sehen, wie seine kühlen Hände sich langsam erwärmen. Wir setzen uns auf den Gehsteig, und ich lasse meine Gedanken schweifen.

»Wie lief es heute bei der Arbeit?«, fragt er plötzlich und unterbricht meine stillen Überlegungen.

»Es läuft gut. Morgen habe ich meine erste große Präsentation. Ich bin schon aufgeregt. Und meine Kollegen sind alle freundlich zu mir. Vor allem Sina, sie ist wirklich nett«, antworte ich und denke dabei an die herzliche Arbeitsatmosphäre im Büro.

Arthur nickt verständnisvoll.

»Freunde sind wichtig, gerade wenn es im Leben nicht immer so rund läuft. Halte sie nah bei dir.«

Der warme Dampf der Suppe steigt in die kalte Nachtluft.

»Suzanna, du bist so nett zu mir«, sagt Arthur und nimmt einen Löffel Suppe.

»Es ist das Mindeste, was ich tun kann. Darf ich fragen, wie du auf der Straße gelandet bist?«

Er seufzt schwer und schaut für einen Moment in die Ferne, bevor er beginnt zu erzählen.

»Es begann vor einigen Jahren. Ich hatte eine kleine Wohnung und einen Job in einer Fabrik. Alles lief gut, bis der Betrieb plötzlich geschlossen wurde. Über Nacht war ich arbeitslos, und ohne Einkommen und Rücklagen konnte ich die Miete nicht mehr bezahlen.«

»Das muss hart gewesen sein.«

»Ich habe versucht, einen neuen Job zu finden, aber es war schwieriger, als ich dachte. Die Schulden häuften sich, und schließlich wurde ich aus meiner Wohnung geworfen. Die Straße war mein einziger Zufluchtsort«, erklärt Arthur mit einem traurigen Unterton.

»Das ist unfair. Es könnte jedem von uns passieren«, murmele ich, während ich Arthur aufmerksam zuhöre.

»Ja, das stimmt. Das Leben kann manchmal echt hart zuschlagen. Aber ich versuche, das Beste daraus zu machen. Ich habe meine kleine Ecke hier. Es ist nicht viel, aber es ist mein Zuhause«, sagt er mit einer Mischung aus Resignation und Gelassenheit.

»Du hast viel durchgemacht, Arthur. Ich bewundere deine Stärke«, bemerke ich und schenke ihm ein aufmunterndes Lächeln.

»Danke, Suzanna. Man gewöhnt sich an alles. Aber es gibt jemanden, der mir durch die schweren Zeiten hilft«, sagt Arthur und öffnet vorsichtig den Deckel seines Kartons. Zu meiner Überraschung lugen zwei leuchtende gelbe Augen aus dem Dunkel der Box. Ein kleiner, dunkler Kater schaut uns neugierig an. Er ist so schwarz wie die tiefste Nacht, sein Fell glänzt wie flüssiger Teer. Aus seiner Schnauze blinzeln zwei obere Eckzähne hervor, als wäre er ein kleiner Vampir.

»Das ist Mr. Wiggles. Ich habe ihn gefunden, als er noch ein winziges Baby war. Seitdem sind wir unzertrennlich«, erzählt Arthur stolz und streichelt ihm liebevoll über sein Köpfchen, dabei schnurrt der Kater sanft.

»Oh, wie süß!«, rufe ich aus.

»Er ist niedlich. Wo hast du ihn gefunden?«

»Es war an einem regnerischen Abend. Ich hörte ein leises Miauen und fand ihn unter einem Müllcontainer. Er war so klein und hilflos. Seitdem sind wir beste Freunde. Er ist meine Familie hier draußen«, sagt Arthur mit einem liebevollen Lächeln.

»Du scheinst viel durchgemacht zu haben, und trotzdem behältst du deine Freundlichkeit und dein Mitgefühl. Das ist bewundernswert«, bemerke ich, beeindruckt von seiner Haltung. Arthur lächelt leicht.

»Man lernt, mit dem zufrieden zu sein, was man hat. Das ist der Schlüssel, denke ich.«

Wir unterhalten uns eine Weile über alltägliche Dinge, bis ich den Heimweg antrete, dabei denke ich an Arthur und die vielen Menschen da draußen, die ihr Zuhause verloren haben. Es gibt viel Leid in der Welt, aber vielleicht kann man durch kleine Gesten wie diese zumindest für einen Moment ein Licht in das Dunkel bringen.

In Ethans Wohnung angekommen, finde ich mich in einem Strudel aus Zahlen und Daten wieder. Der Laptopbildschirm wirft ein fahles Licht auf meine konzentrierte Miene, während ich die letzten Berechnungen für meine bevorstehende Präsentation durchgehe.

Der Druck ist hoch – der Vorstand erwartet klare Ergebnisse, und ich muss sicherstellen, dass meine Analyse für das Unternehmen von Bedeutung ist.

Die Tür fällt ins Schloss, und ich hebe den Blick von meinem Laptop, als Ethan nach Hause kommt. Ein müdes Lächeln huscht über mein Gesicht, als ich ihn begrüße. Er sieht erschöpft aus, aber sein Schmunzeln ist warm und erfrischend.

»Hey, arbeitest du immer noch?«, fragt er und lässt seinen Schlüssel auf den Tisch fallen, während er zu mir in die Küche kommt.

»Hola. Ja, ich muss die Analyse abschließen. Morgen ist die Präsentation, und ich möchte sicherstellen, dass alles perfekt ist«, erkläre ich.

»Hast du schon gegessen?«, fragt er.

»Zählt Kaffee?«, antworte ich mit einem schelmischen Lächeln.

»Nicht wirklich. Ich koche uns etwas zu Abend«, sagt er entschlossen und fährt sich durch die Haare. Ein vertrautes Ritual, das ihn in Arbeitsmodus versetzt. Nach einigen Minuten ertönt die Ansage:

»Pause. Das Essen ist fertig.«

Ethan reicht mir eine Schüssel mit dampfenden Nudeln und aromatischer Tomatensoße. Dankend nehme ich die warme Mahlzeit entgegen, während wir uns gemeinsam am Tisch niederlassen.

»Und wie wird es mit Mister Millionär ausgehen? Was sagt dein Programm?«, erkundigt sich Ethan, einen Happen Pasta essend.

»Egal wie ich es drehe oder wende. Die Zahlen sprechen eine eindeutige Sprache. Er ist ein zu großes Risiko für die Firma. Und das wird dem Vorstand nicht gefallen«, erkläre ich und spiele mit den Nudeln in meiner Schüssel.

»Es ist ihre Entscheidung. Entweder sie hören auf deine Empfehlung oder nicht. Du hast bis jetzt mit deinen Berechnungen nie falschgelegen. Sie sollten dankbar sein, dass sie dich haben.«

Ich seufze und nicke zustimmend.

»Ich weiß. Mein Algorithmus ist nahezu fehlerfrei.«

»Bei deinem Programm würde ich glatt durchfallen, mit meinen Kochkünsten«, scherzt Ethan und fügt hinzu.

»Lass uns morgen Abend ins 'Red' gehen. Ich muss mal etwas Vernünftiges essen.«

»Eine gute Idee, die Cannelloni sind dort so lecker«, stimme ich zu und genieße einen weiteren Bissen.

»Wie war dein Tag sonst so«, erkundigt sich Ethan.

Ich erkläre ihm, wie der Tag im Büro verlaufen ist, wie die Spannung zwischen Sina und dem Boss fast greifbar ist.

»Es ist wie in einer Seifenoper manchmal.«

Ethan kann nicht anders, als zu lachen.

»Wie hältst du das aus? Dieses ganze Drama mit Sina und dem Boss?«

»Ich versuche, mich da rauszuhalten und professionell zu bleiben. Aber es ist definitiv unterhaltsam, das zu beobachten.«

Während wir uns weiter unterhalten, holt Ethan Getränke aus dem Kühlschrank. Er nimmt einen Schluck von seiner Limo und setzt sich wieder zu mir.

»Und deiner?«, frage ich.

»Ziemlich gut. Ein paar Kunden hatten coole Ideen für Tattoos.«

»Mir fehlt die Zeit im Studio mit dir. Wenn das Projekt abgeschlossen ist, will ich an den Wochenenden wieder mehr im Laden arbeiten. Ich merke, wie ich in alte Verhaltensmuster rutsche und das tut mir nicht gut.«

»Du meinst dein Burn-out, den du vor Jahren mal hattest?«

»Ja, so etwas will ich nie wieder erleben. Diese Angstzustände, ich könnte versagen, hat mir viel Kraft geraubt.«

»Wenigstens ist dir jetzt bewusst, was du nicht willst. Dann wird es dir so auch nicht mehr ergehen, und wenn doch, bin ich immer noch hier und erinnere dich daran. Ich verschwinde in mein Zimmer. Mach nicht mehr so lange«, sagt er und stellt sein Geschirr in die Spülmaschine. Beim Vorbeigehen gibt er mir liebevoll einen Kuss auf die Stirn.

»Bis morgen«, hauche ich ihm nach. Der Abend schreitet voran, und ich tauche wieder in meine Zahlenwelt ein, aber mit dem Wissen, dass Ethan nur einen Raum entfernt ist, fühlt es sich weniger einsam an.

∞

»Suzanna. Wach auf«, hallt Ethans sanfte Stimme in meinen Ohren wider, als hätte er die Klänge eines Weckers imitiert. Die Worte dringen in mein Bewusstsein wie der erste Sonnenstrahl, der den Tag erhellt.

»Du verschläfst deine eigene Präsentation.«

Ein Stoß der Panik durchzuckt mich, als ich meine Augen öffne und den Kopf von der Tastatur meines Computers hebe. Der Raum wirkt für einen Moment verschwommen, bis sich die Realität wieder scharf vor mir abzeichnet.

»Mist, ich bin eingeschlafen«, entfährt es mir, meine Stimme klingt erschrocken, als wäre sie dem Traum entflohen.

»Wie spät haben wir es?«, frage ich panisch, als hätte die Zeit einen Wettlauf gegen mich begonnen.

»Es ist sieben Uhr vierundvierzig«, antwortet mir Ethan.

»Okay, das schaffe ich.«

Hastig renne ich in mein Zimmer. Der Schrank öffnet sich wie ein stiller Verbündeter, und ich greife nach einer schwarzen Hose und einer dunkelblauen Bluse. Mein langes, dunkelbraunes Haar bändige ich zu einem Zopf, während ich mich im Eiltempo mit Make-up versehe. Der Spiegel reflektiert eine Frau, die zwischen Pflicht und Zeit jongliert.

»Ethan, hast du meinen pinken Stick gesehen?«

»Welcher Stick?«

»Auf dem die Präsentation ist.«

»Er steckt in deinem Laptop auf dem Küchentisch.«

[14*]»Gracias a Dios«, entfährt es mir erleichtert. Laptop und USB-Stick wandern geschwind in meine Tasche, und ich mache mich auf den Weg in die Welt außerhalb meines Zuhauses.

Der Blick auf die Uhr – fünf nach acht. Ein paar kostbare Minuten verbleiben mir, um meine Rettung in Form von Koffein aus meinem Lieblingscafé zu suchen. Das SpicyGrove öffnet sich vor mir wie eine Oase, und ich trete ein in die Welt der verlockenden Düfte.

»Willkommen im SpicyGroveCoffee. Was möchten Sie bestellen?«, erklingt die freundliche Begrüßung der Barista.

»Hola. Zwei Moccachino mit Mandelmilch, bitte.«

»Mit Flavor?«

»No.«

»Das macht dann fünf Dollar achtzig.«

Ungeschickt wühle ich in meinem Portemonnaie nach dem Kleingeld, dabei entgleitet mir eine Münze, die tanzend auf dem Boden landet.

»Verdammt, dafür habe ich keine Zeit«, entfährt es mir leise, während der Penny davonrollt. Ich lege das Geld passend auf den Tresen, greife nach den Bechern und verfolge den Penny.

»Ein seltener Anblick«, durchdringt eine männliche Stimme die Kulisse des hektischen Cafés. Mein Blick wandert von den verschlissenen Lederboots entlang der grauen Jeans in Richtung Gesicht. Seine Haut und Haare strahlen schneeweiß, seine porzellanartige Blässe erscheint unwirklich. Seine Augen, so klar wie Quellwasser in der Morgensonne, halten meinen Blick gefangen.

»Was genau? Dass sich jemand für Geld bückt?«, entgegne ich spielerisch, eine leichte Herausforderung in meiner Stimme.

»Nein, dass sich ein Mensch für einen Penny bückt.«

»Man sollte immer das schätzen, was man hat, egal wie winzig es erscheint. Sind Sie so nett und halten kurz einen

96

meiner Becher«, bitte ich und drücke ihm meinen Kaffee in die Hand, während ich die Münze aufhebe.

»Danke«, sage ich und nehme meinen Becher zurück. Auf dem Weg zur Bushaltestelle mache ich einen kurzen Halt bei Arthur.

»Buenos días, Arthur«, begrüße ich ihn herzlich, überreiche ihm seinen Kaffee und lege fünf Dollar in seinen Becher.

»Du bist spät dran, beeil dich!«, ermahnt er mich mit einem Augenzwinkern, während er den Kaffee entgegennimmt.

»Keine Sorge, ich schaffe das schon«, erwidere ich mit einem Zwinkern und setze meinen Weg fort.

Der Bus nähert sich der Haltestelle, ich renne die letzten Meter und sprinte in den Wagen. Die Türen schließen sich hinter mir. Der Bus ist voller Menschen, ein Gemisch aus Gerüchen liegt in der Luft. Ich klammere mich an einer der Schlaufen über mir fest, den Kaffeebecher sicher vor mir haltend. Einige Haltestellen später verkündet eine sanfte Stimme aus den Lautsprechern:

»Nächster Halt St. Michael Street.«

Erleichterung durchflutet mich beim Verlassen des Busses, und ich eile zügig in Richtung QuantumForgeDynamics. Die kühle Morgenluft kitzelt meine Wangen, während ich die letzten Schritte zu meinem Arbeitsplatz mache. Die Morgensonne kämpft sich durch die Wolken. Der Haupteingang öffnet sich, und ich betrete die pulsierende Welt meines Arbeitgebers. Das gedämpfte Summen der Klimaanlagen, das Klackern von Absätzen auf dem glänzenden Boden und das leise Murmeln der Mitarbeiter erfüllen die Atmosphäre mit Geschäftigkeit und Professionalität. Ich betrete den Aufzug, mit jedem Meter steigt meine Aufregung. Die Türen öffnen sich, und ich trete auf die Etage, die heute den Mittelpunkt meiner beruflichen Bestrebungen darstellt. Die Tür schwingt auf, und Ellen White betritt den Raum mit einem Blick, der Kälte auszustrahlen scheint. Als Chefsekretärin von Mr. Hight ist sie die Verkörperung der Pünktlichkeit, und ihre Miene verrät, dass meine Verspätung nicht unbemerkt blieb.

»Ms. Pérez, da sind Sie ja endlich«, tönt ihre Stimme mit einem Hauch von Unzufriedenheit. Meine Frage nach dem Beginn der Sitzung wird von einem scharfen

»Sie sind zwei Minuten zu spät. Kommen Sie, schnell« beantwortet, während sie mir die Tür öffnet und mich in den Konferenzraum dirigiert. Um den massiven Konferenztisch sitzen der komplette Vorstand – Mr. Hight, Mr. Hollister und Mr. Iyama. Einzig Mr. Hollister erhebt sich freundlich, als ich den Raum betrete.

»Ms. Pérez ist anwesend«, verkündet Ms. White und verschwindet dann wortlos aus dem Raum, als hätte sie ihre Pflicht erfüllt.

»Schön, dass Sie da sind. Wir warten alle gespannt auf Ihre Ergebnisse. Bitte, der Präsentationsmonitor gehört Ihnen«, sagt Mr. Hollister und nimmt wieder Platz.

»Verzeihen Sie vielmals die Verzögerung«, antworte ich, während ich mich zielstrebig zum Präsentationstisch begebe. Der zweimeterlange Bildschirm erstrahlt, als mein Laptop angeschlossen ist, und während das Programm hochfährt, verteile ich die schriftlichen Ergebnisse meiner Auswertung. Mr. Iyama blättert durch die Broschüre, und seine Worte

»Ich hoffe, Sie haben gute Resultate für uns« durchschneiden die Spannung im Raum.

»Das kommt darauf an, aus welchem Blickwinkel man sie betrachtet. Meine Bewertungen dienen dem Wohl der Firma«, erwidere ich mit einem Hauch von Selbstbewusstsein.

»Fahren Sie fort, Ms. Pérez.«, sagt Mr. Hollister.

»Okay, Sie gaben mir den Auftrag, eine Risikoanalyse über die Firma NeroSyncSolution durchzuführen, dessen Inhaber Lucian West ist. Nach sorgfältiger Analyse bin ich zu dem Ergebnis gekommen, dass die geplante Fusion mit der Firma NeroSyncSolution zu diesem Zeitpunkt ein erhebliches Risiko für das Unternehmen darstellt. Und ich rate zu diesem Deal ab.«

»Ich muss zugeben, dieses Ergebnis überrascht mich. Ihnen ist klar, dass es hierbei um ein Milliardengeschäft geht?«, wirft Mr. Hight skeptisch ein.

»Ja, das ist mir bewusst. Gleichzeitig geht es hier um einige Milliarden Verluste«, erkläre ich, und ein Lächeln huscht über das Gesicht von Mr. Hollister.

»Risiko ist immer ein Teil des Geschäfts, Ms. Pérez. Wir können nicht jeden Deal vermeiden, der mit gewissen Unsicherheiten verbunden ist«, erklärt Mr. Hight.

»Das verstehe ich vollkommen, Mr. Hight. Jedoch zeigen unsere Modelle und Daten, dass die Risiken bei dieser Fusion über dem liegen, was wir normalerweise eingehen. Die finanzielle Belastung könnte unsere langfristige Stabilität gefährden«, kontere ich.

»Wir haben bereits mit den Finanzexperten darüber beraten. Sind Sie sicher, dass Ihre Berechnungen korrekt sind?«, hinterfragt Mr. Hollister.

»Ja, ich habe alle verfügbaren Informationen einbezogen und berücksichtigt. Es geht hier nicht nur um die Zahlen. Auch der Markt, die gegenwärtige Wirtschaftslage und andere Faktoren spielen eine Rolle in meinen Berechnungen. Es gibt einfach zu viele Unsicherheiten, die wir nicht ignorieren sollten«, verteidige ich meine Analyse.

»Wir verstehen Ihre Bedenken. Aber beachten Sie das Wachstumspotenzial der Firma, das diese Fusion mit sich bringt. Ein gewisses Risiko gehört dazu«, äußert sich Mr. Hight.

»Natürlich, aber ich bin der Meinung, wir sollten ein ausgewogenes Verhältnis zwischen Risiko und Belohnung finden. Diese Fusion könnte der Firma kurzfristige Vorteile bescheren, aber die langfristigen Risiken sind meiner Meinung nach zu groß.«

Mit diesen Worten schließe ich meine Präsentation nach zwanzigminütiger Erläuterung wieso, weshalb, warum ab.

»Vielen Dank für Ihre Einschätzung«, verabschiedet mich Mr. Hollister.

Ich packe meine Sachen zusammen und gehe an meinen Arbeitsplatz, an dem bereits Sina auf mich wartet.

»Da bist du ja. Und haben sie dich gefeuert? Weil du zu dem wohl wichtigsten Meeting der Firma zu spät gekommen bist?«

»Bis jetzt nicht.«

»Wie ist es gelaufen? Wird der Deal stattfinden?«

»Keine Ahnung. Sie haben sich alles in Ruhe angehört und dann haben sie sich bei mir bedankt und das war's.«

»Zu welche Entscheidung hast du Ihnen geraten?«

»Ich habe mich gegen eine Fusion ausgesprochen«, antworte ich und lege meine Unterlagen auf den Tisch.

»Darüber ist der alte Hight bestimmt nicht begeistert. Der ist sonst immer so cholerisch, wenn es ums Geld geht.«
»Sie waren skeptisch und haben versucht, meine Argumente zu entkräften. Aber ich habe mich nicht beirren lassen und meinen Standpunkt vehement verteidigt.«
»Es ist mutig von dir, dich gegen die Drei zu stellen, besonders bei so wichtigen Entscheidungen. Aber wenn du überzeugt bist, dass es das Richtige ist, hast du definitiv meinen Respekt«, antwortet sie nachdenklich.
»Es war nicht einfach, aber es ist mein Job, die Firma zu schützen. Wir werden sehen, wie die Chefs sich letztendlich entscheiden.«

∞

Wie verabredet treffe ich mich nach der Arbeit mit Ethan, und gemeinsam begeben wir uns ins 'Red', ein italienisches Lokal von zeitloser Eleganz.
Die Inneneinrichtung besticht durch ihre moderne Gestaltung in den Farben Rot, Weiß und Gold.
Die Wände geschmückt mit monochromen Porträts vergangener Filmlegenden, flüstern Geschichten von Glamour und Geheimnissen. Die dem Raum eine nostalgische Aura verleihen. Bequeme rote Sessel laden ein, sich gemütlich niederzulassen. In der Mitte des Restaurants erhebt sich eine kleine Bar mit stilvollen Sitzgelegenheiten. Von der Decke hängen goldene Scheinwerfer im Industrial-Stil, die den Raum in ein warmes Licht tauchen.
Die Atmosphäre ist einladend und versprüht einen Hauch von Luxus, der das Verweilen angenehmer gestaltet.

Während wir unsere Speisen genießen, gesellt sich ein Gast vom Nachbartisch zu uns. Er trägt einen dunkelblauen Anzug und eine Designeruhr ums Handgelenk. An seiner Seite eine attraktive Frau mit schulterlangen, dunklen Haaren, einer sportlichen Figur und einem knappen, enganliegenden weißen Kleid. Auffällig ist ihre goldene Kette mit einem opulenten Saphir-Anhänger.

»Verzeiht die Störung«, beginnt der Mann mit einer Stimme, die sanft und bestimmend zugleich ist.

»Dürfte ich mir vielleicht das Salz ausleihen? Auf unseren Tisch fehlt es leider und die Soße ist doch etwas fad.«, fragt der Mann im dunkelblauen Anzug und der Designer Uhr ums Handgelenk. Ohne zu zögern, reiche ich ihm den Salzstreuer.

Unsere Hände berühren sich flüchtig, und in diesem Moment spüre ich eine unerwartete Wärme.

Ethan, nie um einen Scherz verlegen, bietet augenzwinkernd auch Pfeffer an.

»Für den extra Kick.«

»Das klingt nicht schlecht. Übrigens, coole Tattoos, die du am Hals trägst.«

»Das sind nicht die Einzigen, die ich besitze«, antwortet Ethan mit einen funkeln in den Augen.

Der Mann lächelt und kehrt zu seiner Begleitung zurück.

»Der ist ja heiß«, lässt Ethan lüstern verlauten.

»Echt jetzt?«, frage ich, halb amüsiert, halb überrascht über Ethans unverblümtes Interesse.

»Ach komm schon. Er ist die Sünde pur.«, gesteht er mit einem Grinsen, das zwischen Verschlagenheit und Begeisterung oszilliert.

»So kenne ich dich gar nicht. Deine Hormone spielen verrückt«, antworte ich lachend und entreiße ihm die Serviette, die er zwischen die Zähne geklemmt hat.

»Das mag sein. Wie sieht es bei dir aus? Wie lange willst du noch Single bleiben? Die Sache mit Mark ist fast zehn Monate her«, hinterfragt er.

»Ich ... ich weiß es nicht. Meine Angst verletzt zu werden ist einfach zu groß. Nie wieder will ich so etwas erleben«, gestehe ich.

»Das kann ich verstehen, aber deswegen brauchst du nicht auf Sex verzichten. Du kannst Spaß ohne Liebe haben«, schlägt er vor.

»Ich bin nicht der Typ dafür. Sex ohne Gefühle kann ich mir nicht vorstellen«, antworte ich mit einem nachdenklichen Blick.

»Probier es einfach mal aus. Vielleicht gefällt es dir«, sagt er animierend.

»Eher schlafe ich mit dir als mit irgendeinem Fremden«, erkläre ich lachend.

»Okay, wenn es dir hilft«, sagt Ethan mit einem verschmitzten Lächeln.

»Hast du vergessen, du stehst auf Männer«, erinnere ich ihn lachend.

»Manchmal mache ich da eine Ausnahme«, gibt er offenherzig preis.

»Wie meinst du das?«, frage ich neugierig.

»Bei einen Dreier, kümmere ich mich auch um die Frau, wenn eine anwesend ist«, enthüllt er mit einem Augenzwinkern.

»Du bist so verdorben«, huscht es mir überrascht aus dem Mund.

»Hast du etwas anderes erwartet«, kontert er.

»Eigentlich schon, wir führen sonst nicht solche Gespräche«, erwidere ich.

»Ist es dir unangenehm, mit mir über Sex zu reden? Wir kennen uns fast ein ganzes Leben lang und sind zusammen aufgewachsen. Ich sehe da nichts Schlimmes dran.«

»Nein, ich bin nur überrascht über das Thema«, erkläre ich mich.

»Gut, Themenwechsel. Da du dein Spezialprojekt beendet hast, lass uns morgen ins 'DreamCastle' gehen. Und etwas feiern.«

»Ich würde lieber zu Hause bleiben.«

»Suzanna, es würde dir guttun. Einen lockeren Abend mit Musik und Trank«, sagt er überredend.

»Meinetwegen«, antworte ich zustimmend.

Kapitel 7

*J*m gedrängten Ambiente des SpicyGroveCoffee, einer Stätte, wo der Duft von frisch gebrühtem Kaffee die Luft erfüllt und die Hektik des Alltags für einen Moment Pause macht, ertönt meine Bestellung: »Hola. Zwei Moccachino mit Mandelmilch, bitte.« »Zum Mitnehmen oder hier trinken?«, erkundigt sich der Barista, deren Augen über die Theke hinweg lächeln. »To go, bitte.« »Das macht fünf Dollar achtzig.« »Stimmt so«, antworte ich und nehme die Becher in die Hand. Auf den Weg zum Ausgang, vorbei an all die wartende Kundschaft, sticht mir unverhofft ein Mann heraus. Er kommt mir bekannt vor, mit seinem schneeweißen Haar und seiner Haut, die im Licht des Cafés fast durchscheinend wirkt. Die Uhr an seinem Handgelenk erkenne ich, es ist derselbe Mann aus dem Restaurant, dessen Präsenz eine unerklärliche Vertrautheit ausstrahlt. Als ich an ihm vorbeigehe, mit einem Lächeln auf den Lippen, fängt er mich mit den Worten, die überraschend und zugleich neckend klingen:

»Wow, jetzt nimmst du mich wahr.«

Verwundert halte ich inne und blicke ihn direkt an.

»Wie bitte?«, entgegne ich, meine Verwirrung kaum verbergend.

»Gestern, als ich an derselben Stelle stand, hast du mich kaum bemerkt. Erst als ich dich angesprochen habe und am Abend im Restaurant konntest du dich nicht einmal mehr an unsere Begegnung erinnern. Du hast mich nicht wiedererkannt.«

Sein Blick ruht auf mir, als ob er die Antwort in meinen Augen suchen würde.

»Kennen wir uns?«, frage ich, die Stirn in Falten gelegt, während eine spürbare Spannung die Luft zwischen uns zum Vibrieren beginnt.

»Noch nicht, aber bald«, antwortet er mit einem Lächeln und schreitet an mir vorbei zur Theke. Seine Worte hängen wie ein Versprechen in der Luft und ich kann mich nicht davon abhalten, ihm nachzusehen. Verwirrt verlasse ich den Coffeeshop und gehe weiter zu Arthur, um ihm seinen Kaffee zu bringen. Sein Gesicht ist heute blass, und sein Husten klingt bedenklich.

»Arthur, du siehst nicht gut aus. Hast du dich erkältet? Brauchst du Medikamente?«, frage ich ihn besorgt, mein Blick voller Mitgefühl auf ihm ruhend.

»Du bist ein Engel. Mach dir keine Sorgen. Es geht mir gut«, antwortet er mit einem liebevollen Blick. Ich nicke leicht und sage:

»Wenn du etwas brauchst, dann lass es mich wissen.«

»Du kümmerst dich zu sehr um mich, Suzanna,« erwidert Arthur.

»Einer muss das ja tun«, antworte ich mit einem Lächeln und verabschiede mich mit einem,»Hasta luego, Arthur«, bevor ich mich auf den Weg zur Haltestelle mache.

Unterwegs beschließe ich, Ethan über das seltsame Zusammentreffen zu informieren.

»Hola, Ethan, du glaubst nicht, was mir eben passiert ist.«

»Ich bin gespannt«, erwidert er, und ich erzähle ihm von dem unerwarteten Wiedersehen.

»Wahnsinn, dass du ihm wieder begegnet bist. Du ziehst aufregende Begegnungen magisch an«, meint er amüsiert.

»Ich bin mir nicht sicher, ob das gut ist. Er war seltsam und meinte, wir würden uns bald kennenlernen«, gebe ich zu bedenken.

»Die Verrückten sind die interessantesten«, entgegnet Ethan spielerisch.

»Hast du ihn vorher schon mal irgendwo gesehen?«

»No, außer gestern. Zumindest denke ich das«, antworte ich, während mein Blick unwillkürlich über die Passanten schweift.

»Mach dir keine Sorgen, du kennst meine Menschenkenntnis. Der Typ ist harmlos, es war bestimmt nur ein ungewöhnlicher Versuch, mit dir zu flirten.«

»Ich hoffe, du hast Recht. Aber ich fühle mich seitdem beobachtet«, gestehe ich, während eine unerklärliche Unruhe in mir aufsteigt.

»Suzanna, mach dich nicht verrückt. Es war nur ein dummer Kommentar. Vergiss nicht, heute ist Freitag, und wir haben Pläne fürs 'DreamCastle'«, erinnert Ethan mich.

»Oh, das hatte ich vergessen. Okay, wir sehen uns dann zu Hause. Adiós«, beende ich das Gespräch und verstaue mein Handy wieder in meiner Tasche. An der Haltestelle angekommen, biegt der Bus um die Ecke. Die Türen öffnen sich mit einem zischenden Geräusch, und ich betrete den Bus, der von einer Vielzahl geschäftiger Pendler gefüllt ist. Der Morgenverkehr hat seinen Höhepunkt erreicht, und das Gedränge in den öffentlichen Verkehrsmitteln ist allgegenwärtig.

Ich finde einen Platz nahe der Tür und lehne mich leicht gegen die Stange, während der Bus sich wieder in Bewegung setzt. Die rhythmischen Geräusche der Stadt begleiten mich auf dem Weg zur Arbeit. Meine Gedanken schweifen ab und kehren zu der merkwürdigen Begegnung am Morgen zurück. Der Mann mit dem verschmitzten Lächeln und den seltsamen Worten beschäftigt weiterhin meine Gedanken.

Die Anspannung weicht langsam einer gewissen Neugierde. Vielleicht war es nur ein schräger Flirtversuch, wie Ethan vermutet. Ich lasse den Blick aus dem Fenster schweifen und beobachte die vorbeiziehenden Straßen. Die Haltestelle für mein Büro rückt näher. Ich quetsche mich durch die Menge. Die hektische Atmosphäre des morgendlichen Berufsverkehrs ist allgegenwärtig, und ich bahne mir meinen Weg durch die Menschenmenge. Nach einer kurzen Strecke erreiche ich das Bürogebäude. Der gläserne Eingangsbereich spiegelt die aufgehende Sonne wider, und ich trete ein, bereit für einen neuen Tag voller Herausforderungen und Überraschungen.

In Richtung meines Schreibtischs bahne ich mir geschickt meinen Weg durch das geschäftige Treiben des

Büros. Die monotone Geräuschkulisse von klickenden Tastaturen und gedämpften Gesprächen umgibt mich, als plötzlich der markante Duft von Mr. Hollisters Parfum meine Sinne erreicht. Ein Hauch von Eleganz und Männlichkeit durchströmt die Luft, als ich ihn bereits am Eingang wahrgenommen habe. Dann taucht er auf – Mr. Hollister. Sein selbstbewusster Gang und sein makelloses Äußeres sind charakteristisch für ihn. Lässig fährt er sich durch seine perfekt gestylten hellbraunen Haare und richtet seine schwarze Krawatte, die einen harmonischen Kontrast zu seinem eleganten Anzug bildet. Mit einem charmanten Lächeln nähert er sich mir.

»Ms. Pérez, schön Sie zu sehen. Ich wollte mich noch einmal bei Ihnen bedanken für Ihre exzellente Arbeit im Fall NeroSyncSolution. Wir haben Ihre Empfehlung ernst genommen und uns gegen eine Fusion entschieden.«

Ein Hauch von Verlegenheit macht sich in mir breit, als ich antworte:

»Vielen Dank, das ist mein Job.«

»Sie sind eine engagierte Mitarbeiterin. Davon könnten sich andere in der Firma eine Scheibe abschneiden. Sie leben für Ihren Job, und das gefällt mir. Ich mag solche Menschen wie Sie, die alles geben.«

»Das ist schön zu hören«, erwidere ich, während sich meine Verlegenheit steigert.

In dem Moment ruft ihn ein Kollege: »Mr. Hollister, kommen Sie?«

»Entschuldigung, ein wichtiges Meeting wartet auf mich. Ich hoffe, wir können diese Unterhaltung bei Gelegenheit fortsetzen«, sagt er und verschwindet im Aufzug.

An meinem Schreibtisch angekommen, erwartet mich Sina, wie an jedem Tag.

»Was wollte denn Mr. Hollister von dir?«, fragt sie neugierig, während sie mir einen prüfenden Blick zuwirft.

»Woher weißt du das, dass ich mit dem Boss gesprochen habe? Hast du überall Kameras versteckt?«

»Ich bin überall«, erwidert sie mit einem schelmischen Lächeln.

»Er wollte nichts Besonderes«, antworte ich und versuche, die Begegnung herunterzuspielen.

»Wie kannst du bei ihm so gelassen bleiben? Mich nimmt er nicht einmal wahr, was ich absolut nicht verstehe. Ich habe gehört, er ist seit kurzem wieder Single.«

Ein amüsiertes Lächeln huscht über meine Lippen, und ich kontere: »Wäre das dann nicht die beste Gelegenheit für dich? Du magst ihn, oder hat sich daran etwas geändert?«

»Oh ... mehr als das. Jack Hollister ist für mich die Männlichkeit in Person. Er könnte mir gerne so einiges diktieren«, antwortet sie und zwinkert mir frech zu.

»Er ist unser Vorgesetzter«, erinnere ich sie.

»Das ist mir sowas von egal. Er sieht gut aus und hat eine Menge Kohle. Er ist die perfekte Partie.« Sina zwinkert mir erneut frech zu.

»Du musst zugeben, er hat diese unglaubliche charmante Ausstrahlung. Und das gepaart mit seinem Status ... ich meine, wer könnte da widerstehen?«, fügt sie hinzu.

Ich schüttele leicht den Kopf und lächle.

»Ich kann das. Egal, wie attraktiv er ist.«

»Sei mal ehrlich, würdest du nicht gerne einen Blick hinter diese mysteriöse Fassade werfen?«, fragt sie mit einem frechen Grinsen.

»Ich denke, ich konzentriere mich lieber auf meine Arbeit. Außerdem ist es unprofessionell, etwas mit dem Vorgesetzten anzufangen. Das bringt nur Schwierigkeiten.«

»Professionell sein wird überbewertet«, antwortet Sina mit einem verschmitzten Lächeln. Die Unterhaltung wechselt zu leichteren Themen, während Sina weiterhin ihre Theorien über das Privatleben von Mr. Hollister teilt. Ich bin bemüht, mich dabei auf meine Arbeit zu konzentrieren, obwohl die Ablenkung allgegenwärtig ist.

∞

Es ist neunzehn Uhr dreißig und ich merke, dass es Zeit wird, das Büro zu verlassen. Am Aufzug angekommen, treffe ich erneut auf Mr. Hollister.

»Sie kommen hier auch nie pünktlich raus«, stellt er fest, während wir gemeinsam den Fahrstuhl betreten. Mit einer eleganten Geste lässt er mir den Vortritt.

»Nicht wirklich«, erwidere ich, während sich die Aufzugtür schließt.

»Sind Sie mit dem Auto hier?«

»Nein, ich muss zum Ausgang«, antworte ich. Daraufhin drückt er den Knopf für das Erdgeschoß und für die Tiefgarage.

»Wenn Sie wollen, kann ich Sie nach Hause fahren«, schlägt er vor.

»Oh, nein. Das ist nett von Ihnen, aber mein Bus kommt in fünf Minuten. Danke«, antworte ich höflich. Die Aufzugstür öffnet sich und ich verlasse das Gebäude.

»Einen schönen Abend«, ruft er mir nach. Ich drehe mich nicht um und laufe zügig zur Haltestelle. Von weitem erkenne ich bereits die Anzeige.

»Das darf nicht wahr sein. Verdammt!«, fluche ich vor mich hin. Mein Bus fällt aus und der nächste kommt erst in dreißig Minuten.

»Kommen Sie, ich fahre Sie nach Hause«, erklingt die Stimme von Mr. Hollister hinter mir, während er seinen schwarzen Porsche Spyder anhält.

»Der Nächste kommt gleich«, antworte ich.

»Wovor haben Sie Angst? Ich stehle Ihnen schon keine Niere. Steigen Sie ein.«

Unschlüssig schaue ich mich um. Letztendlich überwinde ich mich und steige zu ihm in den Wagen.

»Geht doch«, sagt er mit einem frechen Grinsen im Gesicht und fährt los.

»Wollen Sie mich nicht nach meiner Adresse fragen?«

»Sie arbeiten für mich. Ich weiß, wo Sie wohnen, außerdem fahre ich jeden Tag daran vorbei. Es liegt auf meinen Weg.«

»Das wusste ich gar nicht. Kennen Sie von jedem Mitarbeiter die Adresse?«

»Nicht von jedem. Nur von denen die mir auffallen.«

Während wir durch die beleuchteten Straßen fahren, ergibt sich eine entspannte Atmosphäre im Auto.

»Was halten Sie von den Veränderungen in unserer Stadt? Hat sich Ihrer Meinung nach viel verändert?«, fragt mich Mr. Hollister mit einem Blick auf die Stadtlichter. Ich schaue aus dem Fenster und überlege kurz.

»Ja, definitiv. Die Entwicklung ist beeindruckend. Neue Gebäude, veränderte Skyline. Es gibt eine gewisse Dynamik.«

Er nickt zustimmend.

»Es ist faszinierend, wie sich alles wandelt. Das eröffnet neue Möglichkeiten für Unternehmen.«

Die Unterhaltung wechselt zu beruflichen Themen, als er nach meiner Perspektive für die Zukunft der Firma fragt. Wir diskutieren über Innovationen, Markttrends und die Herausforderungen, denen wir gegenüberstehen könnten. Dabei gibt er mir Einblicke in seine Vision für das Unternehmen und seine Strategien für die kommenden Jahre.

Nach einer Weile, als wir uns dem Ziel nähern, wirft er einen Blick auf die Uhr und sagt: »Wir sind schneller als erwartet angekommen. Ich hoffe, die Fahrt war angenehm für Sie.«

»Ja, vielen Dank. Das war sehr nett von Ihnen«, antworte ich höflich.

»Keine Ursache. Es war eine unterhaltsame Fahrt. Wenn Sie jemals wieder eine Mitfahrgelegenheit benötigen, lassen Sie es mich wissen.«

Ich bedanke mich erneut und verlasse den Wagen.

Kaum habe ich die Schwelle unserer Wohnung überschritten, erblicke ich Ethan, der sich in voller Pracht vor dem Badezimmerspiegel präsentiert, nur bekleidet mit den kunstvollen Mustern seiner Tattoos. Seine Haut glänzt im sanften Licht, dank des Körperöls, das er nach jeder Dusche aufträgt. Seine rosafarbenen Haare arrangiert er mit akribischer Sorgfalt.

»Auf dem Tisch wartet Pizza auf dich. Ich war mir sicher, du hast heute kaum etwas gegessen. Und für den Durst steht Bier im Kühlschrank.«

»Du triffst wie immer ins Schwarze«, antworte ich und greife nach einem Stück der verlockenden Pizza. Mein grauer Blazer landet achtlos auf dem Sofa, während ich die Knöpfe meiner blauen Bluse öffne und aus den engen Pumps schlüpfe. Bequem lege ich meine Füße auf den Tisch und lasse den Stress des Tages von mir abfallen.

»Hier, ein kühles Blondes«, scherzt Ethan und schwingt eine Flasche Bier vor meinen Augen.

»Gracias«, erwidere ich und nippe an dem erfrischenden Getränk.

»Ich glaube, mein Chef hat ein Auge auf mich geworfen.«

»Welcher von den dreien?«, fragt Ethan, während er sich zu mir gesellt, mit einem eigenen Bier in der Hand.

»Hollister. Mein Bus fiel aus, und er bestand darauf, mich nach Hause zu fahren. Er wusste sogar, wo ich wohne.«

»Und deshalb glaubst du, er steht auf dich?«, hakt Ethan nach, ein skeptisches Lächeln umspielend seine Lippen.

»Ja, genau.«

»Vielleicht wollte er nur höflich sein. Und selbst wenn, wäre das so schlimm?«

»Er ist mein Boss, Ethan. Das ist keine Option für mich.«

»Entspann dich, Suzanna. Ein bisschen Flirten hat noch niemandem geschadet.«

»Das ist nicht komisch, Ethan.«

»Nächstes Mal rufst du einfach mich an, ich hole dich ab. Aber jetzt genug der ernsten Gespräche. Lass uns ausgehen und den Abend genießen«, schlägt er vor und drückt mir einen sanften Kuss auf die Lippen. Seine Berührung ist warm und vertraut, eine stille Einladung, sich den Sorgen des Alltags für einen Moment zu entziehen. »Prinzessin, du hast es bitternötig. Das sehe ich in deinen Augen«, fügt er hinzu, während ich ihn spielerisch in die Seite kneife. Mit einem Sprung entzieht er sich meinem Griff, greift nach seinem weißen Hemd und schlüpft hinein, die oberen Knöpfe lässig offenlassend, sodass seine Brusttattoos verführerisch hervorblitzen. »Komm, mach dich fertig. Ich bestelle uns ein Taxi.« Seine Worte sind der Auftakt zu einem Abend, der verspricht, die Schwere des Tages hinter uns zu lassen.

Ich verschwinde in mein Zimmer und schlüpfe in ein verführerisches schwarzes Minikleid, das meine Silhouette umspielt, ergänzt durch elegante Wildleder-Overknees, die meine Beine optisch verlängern. Aus dem Schrank ziehe ich meinen langen dunklen Wollmantel, der das Ensemble vollendet - ein Hauch von Mysterium und Eleganz zugleich. Meine Haare fallen sanft über meine Schultern, ein natürlicher Rahmen für mein Gesicht, das durch Smokey-Eyes und leidenschaftlich roten Lippen betont wird. Ethan, bereits an der Tür wartend, kann ein bewunderndes Pfeifen nicht unterdrücken.

»Unglaublich, Suzanna. Du siehst umwerfend aus«, entfährt es ihm, während sein Arm liebevoll über meine Schulter gleitet. Gemeinsam schreiten wir hinab, wo uns das Taxi erwartet.

Mit einer galanten Geste öffnet Ethan mir die Tür, und wir gleiten in das Innere des Wagens.

»Zum Boulevard, ins DreamCastle, bitte«, instruiert Ethan den Fahrer mit einer Stimme, die Vorfreude auf den bevorstehenden Abend verrät.

Die Stadt zieht an uns vorbei, ein Kaleidoskop aus Lichtern und Leben, während wir unserem Ziel entgegenfahren.

Kapitel 8

*D*ort angekommen, erhebt sich vor uns ein majestätisches Märchenschloss, eingebettet in einer malerischen Kulisse. Die Zinnen des Schlosses ragen hoch in den Himmel, farbenfrohe Scheinwerfer lassen sie in der Dunkelheit erstrahlen. Der goldene Zaun, der den Palast umgibt, wird von kleinen Laternen beleuchtet, die entlang des Pfads aufgestellt sind. Ihr Licht wirft zauberhafte Muster auf den Weg. Die Statuen an den Toren werfen lange Schatten, als ob sie lebendig werden könnten, um die nächtlichen Besucher willkommen zu heißen. Die Fenster des Schlosses sind wie glänzende Sterne am Nachthimmel, jedes einzelne mit warmem Licht erleuchtet. Ethan führt mich vorbei an der wartenden Menge. Die massiven Eichenholztüren des Schlosses öffnen sich geräuschlos, als Ethan und ich vom stolzen Türsteher begrüßt werden. Ein goldenes Licht umrahmt den Eingang, während wir in ein Farbenspiel von schillernden Lichtern eintauchen.

Die Kronleuchter in den hohen Gewölbedecken tauchen den Eingangsbereich in eine warme, einladende Atmosphäre. Unter unseren Füßen führt ein roter Teppich uns in ein Reich der Eleganz und Exklusivität. Am Checkpoint nach dem Eingang erhalten wir leuchtende Armbänder, die nicht nur den Eintritt markieren, sondern auch als Schlüssel für unsere zauberhafte Reise durch den Abend dienen. Die kunstvollen Verzierungen an den Wänden reflektieren das Licht und verleihen dem Raum eine königliche Aura.

Wir geben unsere Mäntel an der Garderobe ab, und Ethans weißes Hemd leuchtet im Schwarzlicht, während mein Kleid im sanften Glanz der diskreten Beleuchtung erstrahlt. Wir betreten den Hauptbereich des Schlosses, vorbei an kunstvoll verzierten Säulen und Statuen, die wie stille Hüter des nächtlichen Geschehens wirken. Die Tanzfläche breitet sich vor uns aus, von hohen Fenstern mit Blick auf den sternenklaren Himmel umgeben. Die Wände sind mit Gemälden vergangener Feste geschmückt, die die Geschichte und den Glanz des Schlosses repräsentieren. Ein sanfter Bass durchzieht die Luft, es verspricht eine Nacht voller rhythmischer Freude.

Auf dem Weg zur Bar passieren wir Paare, die sich im Schimmer des Lichts verlieren. An der Bar jonglieren die Barkeeper mit Flaschen, während sie Cocktails mixen, und die Geräusche von lachenden Gästen und klirrenden Gläsern fügen sich in den pulsierenden Beat der Musik ein. Der Raum ist erfüllt von Energie, und die Discokugel an der Decke wirft funkelnde Lichtreflexe in alle Richtungen. Die Diskothek ist ein Labyrinth aus verschiedenen Ebenen und Nischen, jeder Raum mit seinem eigenen Vibe und seiner eigenen Geschichte.

Es ist eine Welt für sich, die den Puls der Nacht einfängt und in einem Rausch aus Licht und Klang präsentiert. An der Bar angelangt, bestellt Ethan zwei Vodka Energie und scannt sein Armband bei dem Barkeeper. Er überreicht mir das Glas, und wir stoßen auf einen schönen Abend an, ein zartes Klirren erklingt. Ich lehne mich entspannt an die polierte Bar, mein Blick schweift durch die tobende Menge. Als plötzlich vor mir der Mann mit den schneeweißen Haaren auftaucht. Zwischen den tanzenden Gästen wird er zu einer faszinierenden Erscheinung. Gekleidet in ein tiefschwarzes, figurbetontes Top und eine enganliegende Stoffhose in der gleichen Farbe, wirkt er wie eine lebendige Silhouette im pulsierenden Licht des Clubs. Seine weiße Haut scheint im Spiel der Lichter zu leuchten, und sein Auftreten verleiht dem Raum eine geheimnisvolle Aura. Er fixiert mich mit seinem durchdringenden Blick, starr und funkelnd. Für einen flüchtigen Moment erstarrt die Welt um mich herum. Ich fühle mich, als würde ich in einen Tunnel aus Licht und Stille gezogen, während sein Blick sich wie ein Magnet in meine Augen brennt. Die Geräuschkulisse des Clubs verstummt, und ich finde mich in einer eigenartigen Ruhe wieder. Nur das rüttelnde Zurechtstoßen von Ethan an meiner Schulter reißt mich aus dieser kurzen Zeitreise. Ich kehre zurück in die pulsierende Realität des Clubs, aber der intensiv funkelnde Blick des Mannes mit den weißen Haaren bleibt wie ein geheimnisvolles Versprechen in der Luft hängen.

»Schau mal, wer da ist – der 'SaltMan'«, sagt er freudig, und seine Augen funkeln vor Aufregung. Ich wende meinen Blick zu Ethan und erwidere lächelnd:

»Ja, ich sehe ihn.«

Als ich meinen Kopf wieder in Richtung Tanzfläche drehe, befindet er sich unmittelbar vor mir – 'Mr. SaltMan'. Er sagt nichts, sondern steht einfach da und fixiert mich mit seinen durchdringenden Augen. Mit einer fast unnatürlichen Geschmeidigkeit lehnt er sich zu mir rüber, drängt sich zwischen Ethan und mich an die Bar.

»Drei Hemingways«, höre ich ihn bestellen. Der Klang seiner Stimme verströmt einen mir unbekannte Vertrautheit. Und sein Duft, ein Hauch von Vanille und Lavendel, der mich innerlich entspannt. Es umgibt mich wie eine unsichtbare Decke, als würde ich plötzlich auf einem Lavendelfeld in der Provence stehen und eine milde Sommerbrise weht durch mein Haar. Die Luft ist erfrischend und beruhigend zugleich. In diesem Moment schließe ich die Augen für einen Wimpernschlag und gebe mich vollkommen dem betörenden Gefühl hin.

»Es freut mich, euch zwei hier anzutreffen. Die Getränke sind für euch«, sagt er in einem selbstverständlichen Ton, als würden wir uns schon ewig kennen, und nimmt einen Schluck aus seinem Glas. Ethan klebt bereits an seinen Lippen wie die Motte am Licht. Seine Augen leuchten vor Erregung. Die beiden stoßen wie alte Kumpels an. Anschließend küssen sie sich wild und leidenschaftlich. Es fällt mir schwer wegzuschauen. Ihre Zungen winden sich wie Schlangen umeinander. Ihre Hände gleiten über den Körper des anderen.

Mein Herz schlägt wie ein Presslufthammer in meiner Brust als, sich Mr. SaltMan zu mir dreht und sich meinen Lippen nähert. Geistesgegenwärtig drehe ich mich weg und genehmige mir einige Schlucke von dem Drink, in der Hoffnung so aus der Situation zu entfliehen. Im Augenwinkel sehe ich, dass beide auf die Tanzfläche verschwinden. Die pulsierenden Lichter des Clubs umhüllen sie, als würde die Musik ihre Bewegungen lenken. Ethan, mit seinem charakteristischen Lächeln, lässt sich von der Melodie mitreißen, während Mr. SaltMan mit einer fast magnetischen Präsenz die Aufmerksamkeit auf sich zieht.

Ich lehne mich an die Bar, beobachte ihre Silhouetten im Wirbel des Tanzes. Die Blicke der anderen Gäste folgen ihnen, als wären sie die Hauptakteure in diesem nächtlichen Spektakel.

Ein leichter Duft von Vanille und Lavendel verfolgt sie, eine subtile Erinnerung an seine Anwesenheit. Die zitrusfrischen Aromen der Getränke, die er bestellt hat, mischen sich mit dem süßen Hauch seiner Präsenz.

Der Club vibriert vor Energie, und ich spüre, wie die Nacht sich in eine Geschichte von Begegnungen und Geheimnissen verwandelt, während ich weiterhin an der Bar stehe.

Nach einer Weile kehren Ethan und Mr. SaltMan von der Tanzfläche zurück. Ethan, mit einer Mischung aus Aufregung und einem breiten Grinsen, nimmt meinen Arm.

»Suzanna, du musst mit uns tanzen! Dieser Mann hat Moves drauf, die du sehen musst!«, ruft er über die Musik hinweg. Nach einem kurzen Zögern lasse ich mich von Ethans Enthusiasmus anstecken und folge den beiden zurück auf die Tanzfläche. Die Lichter tanzen um uns herum, als wir uns in den pulsierenden Klängen verlieren. Die Anwesenheit von Mr. SaltMan fügt eine geheimnisvolle Note hinzu, und ich kann spüren, wie seine Energie den Raum durchdringt. Seine Tanzbewegungen sind geschmeidig und gleichzeitig kraftvoll, und ich lasse mich von der Musik mitreißen.

Wir tanzen, lachen und tauschen uns in gestenreicher Stille aus. Die Nacht entfaltet sich zu einer Sinfonie von Momenten, und ich genieße jede Nuance. Als die Musik ihren Höhepunkt erreicht, finden wir uns außer Atem und mit leuchtenden Augen wieder. Mr. Salt-Man verneigt sich leicht mit einem geheimnisvollen Lächeln.

»Es war mir eine Freude, mit euch zu tanzen. Vielleicht sehen wir uns wieder, wenn die Nacht neue Geschichten schreibt.« Mit diesen Worten verschwindet er elegant in den schimmernden Lichtern der Tanzfläche. Ethan und ich bleiben zurück. Die Nacht schreitet fort, und wir lassen uns von den Klängen der Musik treiben. Ethan und ich, eng umschlungen, tanzen durch die Wirbel der Lichter. Die Hemingways haben ihre erfrischende Wirkung, und wir spüren die Leichtigkeit des Augenblicks. Die Tanzfläche ist gefüllt mit lachenden Menschen, die in den Rhythmen der Nacht versinken. Die Musik umhüllt uns wie eine unsichtbare Kraft, die die Grenzen zwischen Realität und Traum verschwimmen lässt. In diesem Schloss der Klänge und Lichter tanzen wir durch die Nacht, voller Lebensfreude und Euphorie. Plötzlich führt uns die Melodie zu einem ruhigeren Teil des Clubs, wo sich eine kleine Lounge befindet. Wir lassen uns in bequemen Sesseln nieder, die von gedämpftem Licht umgeben sind. Die Atmosphäre ist intimer, aber immer noch von der pulsierenden Energie des Clubs durchzogen. Ethan und ich tauschen Blicke aus, unsere Herzen im Gleichklang mit der Musik. Plötzlich tauch Mr. SaltMan erneut vor uns auf.

»Schließ dich uns an«, lädt Ethan ihn ein, und ein Lächeln ziert Mr. SaltMans Gesicht, als er zwischen uns Platz nimmt. Die Uhr schlägt Mitternacht, und der Club erreicht seinen Höhepunkt, die Musik intensiviert sich, und die Lichter nehmen eine dunklere Nuance an. Die Atmosphäre heizt sich auf, und zwischen Ethan und Mr. SaltMan entsteht ein intensiver Austausch tiefer Blicke. Ein Hauch von Unbehagen breitet sich in mir aus, als ich spüre, wie sich Angst in meinen Gedanken breitmacht. Mein Hals zieht sich zusammen, und mein Herz scheint gegen meine Brust zu schlagen. Ich entscheide mich, eine Pause einzulegen, stehe abrupt auf und beuge mich zu Ethan.

»Ich mache mich auf den Weg nach Hause. Für heute reicht es mir. Wir sehen uns später«, teile ich ihm mit.

»Soll ich dich begleiten?«, bietet Ethan an.

»Nein, ich nehme ein Taxi, das direkt vor dem Club steht. Genieß den Rest des Abends«, erkläre ich, während meine Blicke kurz auf Mr. SaltMan treffen.

»Ich könnte dich auch nach Hause fahren«, bietet sich SaltMan an.

»Nein, danke«, lehne ich höflich ab und verlasse die Location.

Der nächtliche Wind empfängt mich, als sich die Schlosstür hinter mir schließt. Die Straßen sind belebt, und das Treiben der Stadt hüllt mich ein. Mit jedem Schritt entferne ich mich weiter von den pulsierenden Rhythmen des Clubs, während die Lichter der Stadt den Weg beleuchten. Ich mache mich auf den kurzen Weg zum Taxistand, wo gelbe Autos geduldig auf Fahrgäste warten.

Ein Taxi hält vor mir, und ich steige ein, die Türen schließen sich mit einem gedämpften Klicken. Die Straßen ziehen an mir vorbei, und der Schein der Laternen malt Schatten auf die vorüberziehende Architektur der Stadt. Während die Fahrt fortschreitet, überkommt mich ein Gefühl der Erleichterung. Die Entscheidung, die Nacht für mich zu beenden, fühlt sich richtig an. In Gedanken versinke ich, betrachte die Stadt bei Dunkelheit durch das Fenster des Taxis. Die Gebäude ragen wie stumme Wächter in den Himmel. Der Wagen nähert sich meinem Zuhause, und ich spüre, wie sich die Anspannung in meinen Schultern löst. Der Fahrer stoppt vor meiner Tür, und ich zahle ihm den Fahrpreis. Mit einem Dank und einem freundlichen Lächeln verlasse ich das Taxi. Als ich die Wohnungstür öffne, empfängt mich ein vertrautes Gefühl der Geborgenheit. Das Apartment wird durch das gedämpfte Licht einer Lampe erhellt. Zu Hause angekommen schlüpfe ich aus den Klamotten, in meinen wohl fühl Pyjama und lasse mich ins Bett sinken. Es dauert nicht lange und mir fallen die Augen zu vor Erschöpfung.

∞

Am nächsten Morgen, als ich auf dem Weg in die Küche bin, um frischen Kaffee zubereiten, erscheint unerwartet Mr. SaltMan direkt aus Ethans Zimmer – wie eine Statur aus weißem Marmor, in seiner ganzen natürlichen Pracht. Sein Erscheinen ist so unvermittelt wie überraschend.

»Guten Morgen«, grüßt er lässig und schreitet an mir vorbei, Richtung Toilette.

Während meine Augen unwillkürlich dem markanten Schlangentattoo auf seinem Rücken folgen, das sich elegant über seine Taille windet. Fassungslos eile ich zu Ethan ins Zimmer.

»Warum ist er hier?«, frage ich leise, fast flüsternd, während ich Ethan sanft rüttle.

»Was ist los? Wen meinst du?«, murmelt Ethan verschlafen.

»Mr. SaltMan«, antworte ich.

Ethan versucht, mich mit den Worten zu beruhigen: »Er ist in Ordnung, wirklich. Entspann dich.«

In dem Augenblick tritt 'Mr. SaltMan' ins Zimmer, ein Schmunzeln umspielend seine Lippen.

»Gibt es ein Problem?«, erkundigt er sich mit einer Stimme, die eine leichte Amüsiertheit nicht verbergen kann.

»Kennen Sie den Begriff 'Anstand'? Es ist unhöflich, so unverhüllt vor anderen zutreten«, werfe ich ihm vor. Seine Erwiderung ist prompt:

»Ziehst du immer Flanellpyjamas an?«

Genervt verlasse ich den Raum und nehme mir eine Tasse Kaffee und begebe mich zurück in mein Zimmer. Ich tausche den Pyjama in eine Leggings und in ein Shirt ein. Und mache es mir wieder gemütlich. Das Geräusch der zufallenden Wohnungstür unterbricht kurz meine Gedanken, gefolgt von Ethans Klopfen an meiner Tür.

»Darf ich reinkommen? «, fragt er, seine Stimme durchwoben mit einer Mischung aus Vorsicht und Fürsorge.

»Seit wann fragst du? Komm einfach rein«, erwidere ich, meine Stimme ein Echo meiner inneren Unruhe.

Er gleitet neben mich ins Bett.

»Bist du immer noch verärgert?«, erkundigt er sich sanft, als würde er auf zerbrechlichem Eis wandeln.

»Ich kann nicht fassen, dass du ihn mitgebracht hast. Hast du unsere Gespräche so schnell vergessen?«, gebe ich zurück, meine Worte beladen mit Enttäuschung und Misstrauen.

»Du hast ihn doch auch gestern kennengelernt. Kam er dir vor wie ein Psychopath? Wir haben uns unterhalten, nachdem du gegangen bist. Er ist in Ordnung, wirklich. Glaub mir«, versucht Ethan zu beschwichtigen, seine Worte ein Versuch, Brücken zu bauen. »Er hat uns für heute Abend eingeladen. Bitte, komm mit.«

Seine Worte lassen mich innehalten.

»Ihr habt euch unterhalten?«, wiederhole ich skeptisch, meine Stimme ein Spiegel meiner Zweifel. Ethan seufzt, seine Geduld ein ruhender Pol in meinem Sturm der Emotionen.

»Ja, es ist nichts zwischen uns gelaufen. Gib ihm eine Chance, Suzanna«, bittet er, seine Augen durchdrungen von einer Wärme, die meinen Widerstand langsam schmelzen lässt.

»Ich habe keine Lust, jemanden kennenzulernen«, gestehe ich.

»Wovor hast du solche Angst?«, dringt Ethan tiefer in mein Gewissen, seine Worte wie ein sanfter Vorwurf.

»Du weichst jedem Mann aus. Du misstraust sogar deinem Boss. Du trägst noch immer die Narben der Vergangenheit. Aber nicht jeder Mann ist wie Mark. Es ist Zeit, loszulassen. Schließ ab, was gewesen war, und fang endlich wieder an ein Teil dieser Welt zu sein.«

Seine Worte treffen einen Nerv, der mich zweifeln lässt.

»Bleibst du bei mir? Die ganze Zeit?«, fordere ich, ein letztes Aufbäumen meiner Unsicherheit.

»Versprochen«, erwidert er und besiegelt es mit einem Kuss, der mehr verspricht als nur seine Anwesenheit. Ich schließe meine Augen und genieße Ethans vertraute Nähe. Gemeinsam verbringen wir den Tag, verloren in der Welt von Netflix, ein kleines Stück Normalität in unserem Wirbelsturm des Lebens.

∞

Der Abendhimmel hüllt die Stadt in ein sanftes Dämmerlicht, als wir uns für die Einladung von Mr. SaltMan vorbereiten. Mein Herz klopft in aufgeregter Erwartung, während ich in ein rotes Kleid schlüpfe, das spielerisch um meine Knie tanzt. Meine Haare fasse ich zu einer eleganten Hochsteckfrisur zusammen. Ethan, in seiner gewohnt lässigen Art, wählt ein Hemd, das mehr von seiner gezeichneten Haut preisgibt als es verhüllt, und kombiniert es mit seinen charakteristischen, zerrissenen Jeans. Ein Bild lässiger Nonchalance. Über mein Kleid ziehe ich einen schwarzen Wollmantel, der die Kühle der Nacht abhält, und gemeinsam treten wir in die frische Abendluft hinaus, wo uns ein Taxi in den Ungewissen Abend entführt.

»Zur Jones Street 1221, bitte«, instruiert Ethan den Fahrer.

»Er wohnt im Nob Hill?«, frage ich überrascht.

»Sieht so aus«, antwortet Ethan.

»Das ist nicht unsere übliche Gegend. In der Nähe lebt mein Boss.«

»Stell dir vor, er taucht auch auf der Party auf«, scherzt Ethan, seine Worte lassen einen kalten Schauer über meinen Rücken laufen.

»Dios, por favor no«, murmle ich, ein leises Gebet an das Universum sendend, um eine solche Begegnung zu vermeiden.

»Entspann dich. Ich passe auf dich auf «, beruhigt Ethan mich mit einer Leichtigkeit, die mir Halt gibt. Dabei hält er meine Hand fest in seinen Griff. Als wir durch die gepflegten Straßen von Nob Hill gleiten, umgeben von der Stille des Abends und den gedämpften Lichtern, die durch die Bäume flackern, spüre ich, wie die Anspannung in mir steigt. Mit jedem Meter, den wir unserem Ziel näherkommen, wächst die Aufregung in mir. Was wird uns erwarten? Welche Geheimnisse wird die Nacht enthüllen?

Dort angekommen, erhebt ein imposantes Bauwerk, ein Monument moderner Architektur, das den Nachthimmel durchsticht. Wir schreiten durch die helle und weitläufige Eingangshalle. Die vier Aufzüge, die symmetrisch an den Seiten angeordnet sind, versprechen einen schnellen Aufstieg in die oberen Etagen. Mein Blick fällt auf das Schild 'Penthouse' über einem der Fahrstühle.

»Lass mich raten, er wohn ganz oben?«, frage ich, halb amüsiert, halb erwartungsvoll.

»Ganz genau«, erwidert Ethan mit einem verschwörerischen Grinsen und zieht mich behutsam in den Aufzug. Die Auswahl ist simpel und doch aussagekräftig: 'Erdgeschoss' und 'Suite'. Ein Druck auf den 'Suite'-Knopf, und unser Aufstieg beginnt.

Als sich die Aufzugtüren mit einem 'Kling' öffnen, empfängt uns ein eleganter Flur, dessen Atmosphäre durch sanftes Licht von den Wandleuchten geprägt wird. Am Ende des Korridors befindet sich eine schlichte weiße Tür mit einem goldenen Knauf.

»Bist du sicher, dass wir hier richtig sind? Von einer Party ist nichts zu hören«, gebe ich zu bedenken, meine Stimme getragen von einer leisen Unsicherheit.

»Absolut«, entgegnet Ethan und drückt den Klingelknopf neben der Tür. Ein Moment der Stille, dann öffnet sich die Tür, und eine Welle aus Musik und Stimmen bricht über uns herein. Vor uns steht 'Mr. SaltMan', lässig und elegant in einem grauen Hemd, das seine Brust teilweise entblößt, und einer dunkelblauen Hose, die seine Statur unterstreicht. Mein Blick fällt unweigerlich auf das Tattoo an seiner Taille – der Schlangenkopf, der mich in seinen Bann zieht.

»Es ist mir eine Freude, dich hier zu begrüßen, Suzanna«, erklingt seine Stimme tief und resonant, die mir eine Gänsehaut beschert.

»Meine Anwesenheit gilt allein Ethan«, entgegne ich ihm. Mit einem unerschütterlichem lächelnd sagt er: »Fühlt euch wie zu Hause und genießt die Feier.« Mit diesen Worten entlässt er uns in den Abend und verschwindet in dem großen, weitläufigen Raum. Die Beleuchtung ist subtil, die Musik pulsierend und lebendig. Der Mittelpunkt der Wohnung gestaltet eine einladende Wohnlandschaft aus grauem Leder, auf der einige Gäste engumschlungen den Abend verbringen. Die ganze Atmosphäre dieser Wohnung strahlt eine Sünde aus, überall an den Wänden Gemälde von nackten Körpern in lasziven Posen umgeben von teuflisch aussehenden Figuren. Die Bildnisse, entführen einen in eine Zeit in der Fleischeslust ein purer Frevel war. Plötzlich wird

Ethan von einer charismatischen Erscheinung angesprochen:

»Hey, ich glaube, wir kennen uns noch nicht. Wie wär's mit einem Drink?«

»Das ist ein sehr verlockendes Angebot, aber ich muss es leider ablehnen«, entgegnet Ethan und wirft mir einen Blick zu.

»Du musst meinet wegen, nicht auf deinen Spaß verzichten. Geh ruhig, mit ihm mit«, sage ich zu ihm. Daraufhin entschwinden beide in Richtung der modern gestalteten Bar in der offenen Küche. Auf der Suche nach einem Rückzugsort schlängle ich mich vorbei an den knutschenden und koksenden Gästen. Ich betrete einen Gang, von dem vier weitere Räume abgehen. Mein Blick fällt in das erste Zimmer, dessen Tür einen Spalt geöffnet ist. Was ich dort sehe, lässt mein Blut in den Adern gefrieren – eine Szene entfaltet sich vor mir, so roh und unverhüllt, dass ich für einen Moment die Welt um mich herum vergesse. Die Darstellung menschlicher Verbindung in ihrer reinsten Form fesselt meinen Blick, und ich stehe da, unfähig, mich abzuwenden.

»Gefällt es dir, was du siehst?«, haucht eine Stimme direkt neben meinem Ohr.

Ich zucke zusammen, spüre die Präsenz von Mr. SaltMan direkt hinter mir, seine Nähe fast greifbar. Ohne ein Wort zu verlieren, weiche ich aus und eile zur nächsten Tür, getrieben von dem Wunsch, dieser intensiven Begegnung zu entkommen. Als die Tür hinter mir ins Schloss fällt, finde ich mich in einem Raum wieder, dessen einziges Licht von einer tiefroten Lampe ausgeht. Die Umrisse eines großen Bettes zeichnen sich im schwachen Schein ab, und ich taste die Wände ab, auf der Suche nach einem Schalter, um dem

Dunkel zu entfliehen. Die Wand fühlt sich unerwartet weich an, fast wie Samt. Mit einem leisen Klicken erfüllt warmweißes Licht den Raum und bändigt die Schatten. Vor mir steht überraschend Mr. SaltMan. Sein Anblick, lässt mich innehalten.

»Wie bist du hier reingekommen?«, frage ich, noch immer an der Tür stehend und gefangen von der plötzlichen Veränderung. »Dieser Raum hat zwei Türen«, antwortet er ruhig und nähert sich mir mit bedachtem Schritt. Das Licht fängt in seinen Augen ein Glitzern ein, das mich an eine Raubkatze erinnert. Sein Blick ist intensiv, und ich spüre eine merkwürdige Anziehung, die mich zurückweichen lässt, aber er folgt mir, unaufhaltsam und faszinierend zugleich. Sein Atem streift meine Wange, und ich fühle mich wie, gefangen in dem Moment. Die Nähe, die zwischen uns entsteht, ist elektrisierend, und ich kann nicht leugnen, dass eine seltsame Verbindung den Raum erfüllt. Seine Hand berührt fast beiläufig meinen Arm, und es ist, als würden tausend kleine Funken überspringen. Ich versuche, mich dem Sog zu entziehen, doch es ist, als hätte die Zeit um uns herum aufgehört zu existieren. Ich verliere mich in seinen Augen. Sanft gleitet er mit seiner Hand über meinen Oberschenkel. Die Versuchung ist zum Greifen nah. Mein Verstand ringt verzweifelt um Kontrolle, aber mein Körper hat sich längst der überwältigenden Anziehung hingegeben. Ruckartig zieht er meine Arme über meinen Kopf und drückt mich gegen die geschlossene Tür. Unablässig haftet sein Blick auf mich, kein Moment des Zögerns, als ob er jede Regung meiner Seele zu er fassen versucht.

»Ich erkenne das Verlangen in dir, die Sehnsucht, die in dir lodert. Wehr dich nicht dagegen. Lass es zu und öffne dich mir.«, spricht er in einen apodiktischen Tonfall. Seine Hand wandert weiter in Richtung meiner Mitte. Langsam gleitet er mit seinen Fingern sanft unter meinen String. Sein Spiel ist erregend und verführerisch. Dem ich nicht widerstehen kann. Ein leichtes Stöhnen huscht über meine Lippen. Seine Berührungen entfachen ein Feuer in mir. Es dauert nicht lange und ich erlange durch ihn meinen Höhepunkt.

»Ich freue mich schon jetzt auf den Moment, wenn sich unsere Körper vereinigen, aber für heute genügt das«, flüstert er mir ins Ohr, lässt von mir ab und verschwindet fast auf magische Weise aus dem Raum. Seine Abwesenheit entzieht sich meiner Wahrnehmung. Wie benommen stehe ich da und kann nicht recht begreifen, was gerade geschehen ist. Mein Geist kämpft noch damit, das Erlebte zu verarbeiten. Mein ganzer Körper kribbelt und pulsiert weiterhin. Ich richte meine Kleidung und setze mich für einen Moment auf das Bett. Die Luft ist noch immer erfüllt von seinem Duft, einer verführerischen Mischung aus Vanille und Lavendel, die mich sanft umhüllt. Nachdem ich wieder einen klaren Gedanken fassen kann, mache ich mich auf die Suche nach Ethan, um ihm mitzuteilen, dass ich die Party verlassen werde. Ich finde ihn in inniger Pose mit einem Gast auf dem Sofa, unweit von einem weiteren sich zärtlich umarmenden Paar. Auf dem Weg zum Aufzug habe ich Glück und begegne nicht Mr. SaltMan. Erleichtert drücke ich die Taste zum Erdgeschoss und verlasse diesen Ort zügig.

Als ich die anstößige Welt von Mr. SaltMan den Rücken kehre und die Tür hinter mir schließt, entfaltet sich eine ungewöhnliche Odyssee auf meinem Weg nach Hause. In den schattigen Straßen der Nacht tauchen immer wieder flüchtige Bilder von SaltMan auf, als hätte ich eine Halluzination, die mich auf Schritt und Tritt begleitet.

Der betörende Duft von Vanille und Lavendel scheint durch die Nacht zu tanzen, eine sinnliche Reminiszenz an seine sanften Berührungen. Unter dem flackernden Schein der Straßenlaternen entstehen verschwommene Schattenbilder, die seine Gegenwart fast greifbar machen. Mein Herzschlag beschleunigt sich, als ob er in den verborgenen Winkeln der Gassen auf mich wartet. Mit hastigen Schritten suche ich seine Nähe, aber mit jedem Augenblick, in dem ich meine, ihn zu erfassen, verschwindet er wie ein flüchtiger Traum. Ein zartes Lächeln, ein Hauch seiner Essenz, und dann löst er sich wieder auf in der umhüllenden Dunkelheit.

Die Linie zwischen dem Wirklichen und dem Imaginären beginnt zu verschwimmen. Ich stehe vor der Frage, ob die eindringlichen Erlebnisse der vergangenen Stunden mich trüben oder ob Mr. SaltMan tatsächlich, wie ein Phantom meinen Pfad säumt. Die Straßen sind still, nur das Wispern der nächtlichen Winde begleitet mich. Ich erreiche den Taxistand, das gelbe Licht eines herannahenden Fahrzeugs durchbricht die Dunkelheit. Der Fahrer grüßt mich freundlich, aber ich spüre immer noch die ungreifbare Präsenz von Mr. SaltMan um mich herum. Die Fahrt nach Hause ist von einer seltsamen Atmosphäre durchzogen, als würde sein Schatten neben mir sitzen.

Die Straßen ziehen vorbei, und mit jedem Kilometer entferne ich mich weiter von der exklusiven Welt der Party.

Die Realität gewinnt wieder die Oberhand, aber die Erinnerung an diesen mysteriösen Mann haftet wie ein sanfter Schleier in der Nachtluft.

∞

Zuhause angekommen, betrete ich die Wohnung, die Dunkelheit wird von einem schwachen Licht durchbrochen. Die Stille umgibt mich, und ich lasse mich auf das Sofa sinken. Die Frage nach der Realität dieses Erlebnisses bleibt unbeantwortet, während ich in den Nachthimmel blicke, der sich über der Stadt erstreckt. Der süße Duft von Vanille und Lavendel, ein letztes Echo der Begegnung mit Mr. SaltMan, verliert sich langsam in der Einsamkeit der Nacht.

∞

Ich habe Ethan kein Wort von dem Vorfall erzählt. Die Scham und das Unbehagen halten mich zurück. Ich darf nie wieder derart die Kontrolle verlieren. Es war ein Moment der Schwäche, der es ihm erlaubte, mich auf eine Weise zu berühren, die weit über das Körperliche hinausging. Und dennoch, trotz meines Vorsatzes, quält mich die Erinnerung an ihn unaufhörlich. Stunde für Stunde kreisen meine Gedanken um die Intensität seiner Berührung, die nicht nur meine Haut, sondern auch die Tiefen meiner Seele erreicht hat. Es war eine Verbindung, ein Gefühl der Zugehörigkeit, das mir bis dahin unbekannt war und das sich nun fest in mein Bewusstsein gebrannt hat.

Kapitel 9

ine neue Arbeitswoche hat begonnen, und wie gewohnt kehre ich in mein liebstes Kaffeehaus ein, um zwei Moccachino mit Mandelmilch zu erwerben. Mit jedem Schritt, den ich auf das vertraute Café zugehe, scanne ich instinktiv die Umgebung, in der Hoffnung, sowie in der Befürchtung, Mr. SaltMan könnte irgendwo auftauchen. Aber heute bleibt er eine bloße Erinnerung – weder bei meiner Ankunft noch bei meinem Abschied kreuzen sich unsere Wege. Bei meiner Ankunft bei Arthur offenbart sich ein Bild der Sorge – sein Zustand hat sich keineswegs verbessert.

»Arthur, es ist Zeit, einen Arzt aufzusuchen«, mahne ich und reiche ihm den dampfenden Becher.

»Ach, es ist halb so wild. Ich fühl mich schon besser«, wehrt er ab. Aber ich lasse nicht locker.

»Es geht um deine Gesundheit. Dies auf die leichte Schulter zu nehmen, könnte folgenschwer sein. Ein Arzt könnte Licht ins Dunkel bringen und dir gezielt helfen.«

»Suzanna, ich weiß deine Sorge zu schätzen, wirklich. Aber es ist nur ein kleiner Husten. Ein Arztbesuch ist unnötig«, versucht er zu beschwichtigen.

»Ein Arzt könnte dir vielleicht helfen, schneller wieder auf die Beine zu kommen«, erwidere ich, mein Blick durchdrungen von Sorge. Arthur schenkt mir ein mattes Lächeln. »Du bist wirklich eine fürsorgliche Seele, Suzanna. Ich verspreche dir, wenn es mir morgen nicht besser geht, werde ich über einen Arztbesuch nachdenken, okay?«

Mit einem zögerlichen, »In Ordnung, aber du musst es mir versprechen«, gebe ich nach. Arthur nickt, und ich setze meinen Weg zur Bushaltestelle fort, das Herz schwer von Sorge um meinen Freund.

Unmittelbar, bevor ich die Haltestelle erreiche, taucht der schwarze Porsche von Mr. Hollister auf der gegenüberliegenden Straßenseite auf. Ein kurzes Hupen durchbricht das morgendliche Treiben der Stadt, sein Arm schwingt außerhalb des Fensters, ein Zeichen, dass er mich erkannt hat. Während ich noch zögere, schallt mein Name über die Straße. Mit einem Gefühl des Widerstrebens überquere ich die Fahrbahn zu ihm.

»Guten Morgen, Mr. Hollister.«

»Bitte, nennen Sie mich Jack«, entgegnet er mit einem charmanten Lächeln.

»Steigen Sie ein. Wir haben bestimmt das gleiche Ziel.«

»Mr. Hollister…«, beginne ich, aber er fällt mir ins Wort und sagt: »Jack.« Ich presse kurz die Lippen aufeinander, und ringe um Fassung.

»Jack, das ist wirklich nett von Ihnen, aber sollten die Kollegen sehen, wie ich erneut in Ihrem Wagen mitfahre, könnte dies zu unerwünschten Spekulationen führen. Ich möchte kein Anlass für Gerede sein.«

»Sie machen sich zu viele Sorgen. Lassen Sie die Leute reden. Es wird immer jemanden geben, der etwas zu mäkeln hat. Kommen Sie jetzt, ich stehe im Halteverbot.« Seinen Worten nachgebend, gleite ich in den Beifahrersitz des Porsches. Wir setzen unsere Fahrt fort, die Straßen entlang, die uns zur Firma führen, jede Sekunde im Auto unterstreicht die ungewöhnliche Situation.

»Übrigens, der Neid Ihrer Kollegen ist Ihnen längst sicher. Ist Ihnen das nicht aufgefallen?«

Überrascht schüttele ich den Kopf.

»Ehrlich gesagt, nein. Meine Pausen verbringe ich in letzter Zeit immer am Schreibtisch, vertieft in die Arbeit. Die Stunden fliegen nur so dahin.«

Er wirft mir einen besorgten Blick zu.

»Sie wissen aber schon, dass solch ein Arbeitspensum auf Dauer nicht gesund ist, oder? Ihr Engagement ist lobenswert, aber es ist ebenso wichtig, auf sich selbst zu achten.«

»Da könnten Sie recht haben«, erwidere ich mit einem leichten Lächeln.

»Wie war Ihr Wochenende, Suzanna. Wenn ich mir die Frage erlauben darf.« Seine Stimme sanft, fast neugierig.

Ich zögere einen Moment, bevor ich antworte,

»Eigentlich habe ich es recht ruhig angehen lassen. Meine Zeit ging größtenteils für ein Buch drauf. Es war eine angenehme Flucht aus dem Alltag.«

Ein Hauch von Schuldgefühl schwingt mit, als ich ihm die halbe Wahrheit erzähle. Er nickt verständnisvoll.

»Mein Wochenende war recht entspannt«, teilt er mir mit.
»Ich habe die Zeit genutzt, und einige Geschäftsdokumente durchgesehen. Am Abend traf ich mich mit alten Freunden. Es war eine schöne Zeit.«
»Das hört sich nach der perfekten Balance zwischen Arbeit und Freizeit an«, entgegne ich.
»Genau das strebe ich an«, antwortet er. »Es ist essenziell, sich auch Zeiten der Entspannung zu gönnen. Und welches Buch hat Sie so gefangen genommen?«
»Es ist ein Roman, der mich ein wenig von allem ablenkt«, erkläre ich. »Ein Weg, um den Kopf für eine Weile freizubekommen.«
Als wir die Firma erreichen und uns auf den Weg in die Tiefgarage machen, sagt Jack mit einem Lächeln, das seine charismatische Aura unterstreicht:
»Die Zeit vergeht wie im Flug, wenn man in so angenehmer Gesellschaft ist. Ich hoffe sehr, dass wir unsere Unterhaltung bald fortsetzen können.«
Mit einem Lächeln auf meinen Lippen erwidere ich:
»Das hoffe ich ebenfalls.«
In der Tiefgarage angekommen, können wir nicht unbemerkt bleiben. Zu dieser frühen Stunde füllt sich die Firma mit Leben, und ein beträchtlicher Teil der Belegschaft trifft ein. Jacks Frage durchbricht meine Gedanken:
»Sind Sie bereit?«
»Ehrlich gesagt, nein«, gestehe ich, während in mir eine leichte Unruhe aufkeimt.
»Sie werden das Meistern«, ermutigt er mich mit einem Augenzwinkern, bevor er aus dem Porsche steigt.

Ich folge ihm, bemüht, Zuversicht auszustrahlen. Seite an Seite schreiten wir zum Aufzug, wohlwissend, dass zahlreiche Augen uns folgen. Die spürbare Aufmerksamkeit unserer Kollegen lädt die Luft mit einer unbestimmten Spannung auf. Ein flüchtiger Blick zu Jack, der mir ein beruhigendes Lächeln schenkt, verleiht mir zusätzlichen Mut. Bevor die Türen des Aufzugs hinter uns ins Schloss fallen, lassen wir die neugierigen Blicke der anderen hinter uns. Beim Verlassen des Aufzugs wendet er sich noch einmal mir zu:

»Ich wünsche Ihnen einen schönen Arbeitstag.«

»Danke, das Gleiche gilt für Sie«, antworte ich, bevor wir uns in verschiedene Richtungen aufteilen.

Kaum habe ich meinem Arbeitsplatz erreicht, stürmt Sina, sichtlich erregt, aus der Kaffeeküche heran.

»Ist das wahr, du und Hollister? Wie kannst du mir das antun? Von wegen, du würdest nichts mit ihm anfangen.«

Mit einem resignierten Seufzer lasse ich meine Tasche sinken.

»Na, das ging ja schnell. Beruhige dich. Zwischen uns ist nichts. Er hat mich auf der Straße abgefangen, kurz vor der Bushaltestelle. Was hätte ich denn tun sollen? Er bestand darauf, mich mitzunehmen«, versuche ich die Situation zu erklären.

»Aber jetzt reden alle darüber. Hollister hat noch nie jemanden mitgenommen. Das ist das erste Mal.«

»Dann sollen sie glauben, was sie wollen«, erwidere ich mit einer Gelassenheit, die mir selbst fremd ist.

»Das klingt gar nicht nach dir«, entgegnet sie verwundert.

»Sina, vielleicht ist es an der Zeit, dass wir uns nicht immer um die Meinungen anderer kümmern. Ich weiß, wer ich bin, und ehrlich gesagt, ist es mir gleichgültig, was die anderen denken. «

»Okay. Da fühlt sich heute jemand besonders selbstsicher«, kontert Sina mit einem Hauch von Sarkasmus und zieht sich in ihr Büro zurück. Ich wende mich meiner Arbeit zu, entschlossen, die neugierigen Blicke und das Flüstern um mich herum zu ignorieren.

Der Arbeitstag neigt sich dem Ende zu und ich betrete den Aufzug, um das Bürogebäude zu verlassen. Die Türen gleiten auf und zu meiner Überraschung steht Jack Hollister bereits im Aufzug.

»Ah, guten Abend«, entfährt es mir, ein Hauch von Überraschung in meiner Stimme.

»Guten Abend, Suzanna«, erwidert er, sein Lächeln strahlt eine unwiderstehliche Charmeoffensive aus.

»Ist Ihre Arbeit für heute getan?«, fragt er.

»Ja«, bestätige ich und erwidere sein Lächeln, während ich den Knopf für das Erdgeschoss drücke.

»Wenn Sie nichts dagegen haben, kann ich Sie nach Hause fahren. Es liegt ohnehin auf meinem Weg«, bietet er großzügig an.

»Das ist sehr nett von Ihnen, aber ich gehe noch einen Freund besuchen«, lehne ich höflich ab.

»Ich verstehe. Dann wünsche ich Ihnen einen angenehmen Abend, Suzanna«, verabschiedet er sich, sein Lächeln so warm und einladend wie ein Sommerabend. Als die Aufzugtüren sich öffnen und ich meinen Weg nach draußen fortsetze, schleicht sich ein leises Schmunzeln auf meine Lippen. Es ist ein Lächeln, das die süße Versuchung und die stille Sehnsucht in mir widerspiegelt. Ein Blick zurück offenbart mehr als tausend Worte je könnten – ein stilles Geständnis meiner Unsicherheiten und versteckten Wünsche.

∞

Als ich mich Arthur nähere, erfasst mich eine tiefe Besorgnis. Er wirkt wie ein verlassenes Bündel Menschlichkeit, zusammengekauert auf seiner Pappunterlage, eingehüllt in einen zerschlissenen Schlafsack. Sein Körper bebt unter schweren Hustenanfällen. Vorsichtig gehe ich in die Hocke, und versuche seine Aufmerksamkeit zu erlangen, aber er bleibt regungslos. Erst als ich sanft seine Schulter rüttele und seinen Namen rufe, öffnet er mühsam die Augen und unsere Blicke treffen sich. Besorgt lege ich meine Hand auf seine Stirn – sie glüht.

»Arthur, du hast Fieber.«, stelle ich fest. In diesem Augenblick unterbricht mich die Stimme von Mr. SaltMan. Unerwartet tritt er an unsere Seite.

»Er muss sofort ins Krankenhaus. Wenn er hierbleibt, wird er die Nacht nicht überleben«, sagt er mit einer Dringlichkeit, die keinen Widerspruch duldet. Verwundert sehe ich ihn an und frage:

»Woher willst du das Wissen? Bist du ein Arzt?«

»Nein, aber ich erkenne den Tod, wenn er vor mir steht«, entgegnet er ernst, sein Blick auf Arthur gerichtet, als könne er durch ihn hindurchsehen.

»Arthur, du musst ins Krankenhaus. Hast du das verstanden?«, frage ich ihn besorgt. Er scheint kaum die Kraft zu haben, zu reagieren. Sein Kopf nickt vor Schwäche, seine Augenlider kämpfen mit der Müdigkeit. In diesem Moment wird mir die Ernsthaftigkeit seiner Lage bewusst, und ich weiß, dass wir keine Zeit zu verlieren haben.

»Hilf mir, ihn ins Krankenhaus zu bringen«, wende ich mich bittend an SaltMan. Ohne weitere Worte, hebt er Arthur behutsam auf, als wäre er federleicht, und trägt ihn zu seinem Wagen, der nur einige Schritte entfernt parkt. Ich schnappe mir den Karton mit Mr. Wiggles drin und folge beiden. Zu meiner Verblüffung entpuppt sich sein Fahrzeug als ein glänzender silberner Mercedes-Benz Cabrio 190SL, ein Bild von Eleganz. Keine gute Wahl für eine derartige Rettungsmission.

»Das ist nicht dein Ernst. Ein Zweisitzer? Wo soll ich Platz nehmen?«, frage ich empört.

»Entschuldige, als ich losgefahren bin, ahnte ich nicht, dass ich heute zum Chauffeur werde.«

»Chauffeur? Das muss ich mir nicht gefallen lassen. Hol Arthur sofort aus den Wagen. Ich rufe einen Krankenwagen. Dann brauchst du dich nur noch um dich selbst kümmern«, sage ich, meine Worte scharf wie eine Klinge, während ich mein Handy aus der Tasche ziehe. Bevor ich reagieren kann, entreißt Mr. SaltMan mir das Telefon und versteckt es in seiner Jackentasche.

»Hey, gib mir sofort mein Handy wieder!«, brülle ich ihn an.

»Wenn wir weiter hier herumtrödeln, wird es dein Freund nicht schaffen«, entgegnet er, sein Blick bohrend und ernst. Seine Worte treffen mich wie ein Schlag, und ich erkenne, dass jeder weitere Moment des Zögerns Arthur nur näher an den Rand des Abgrunds bringt.

»Und wo soll ich bitte sitzen?«, frage ich SaltMan, meine Stimme durchdrungen von Skepsis.

»Setz dich einfach auf meinen Schoß«, schlägt er vor, als wäre es die naheliegendste Lösung der Welt.

»Das soll ein Witz sein, oder? Das kommt nicht infrage«, entgegne ich.

»Na gut, dann fahre ich eben allein ins Krankenhaus«, erwidert er mit einer Kälte, die mich frösteln lässt. Er nimmt Platz hinter dem Steuer, und in einem Moment der Verzweiflung reiche ich ihm den Karton mit dem Kater. Mr. Wiggles wird vorsichtig im Fußraum platziert, und ich zwänge mich, widerstrebend und mit einem Gefühl der Absurdität, auf seinen Schoß. Der Raum ist eng und unbequem. Ich kann es kaum fassen, in welch bizarre Situation ich mich gebracht habe. Starr blicke ich auf die Straße, während er das Lenkrad fest umklammert und mich gleichzeitig sicher in seinen Armen hält.

»Langsam sollte dir meine Nähe vertraut sein«, sagt er mit einem schadenfrohen Grinsen im Gesicht. Ich drehe meinen Kopf zu ihm, meine Augen funkelnd vor Trotz.

»Dies wird das letzte Mal sein, dass wir uns so nahekommen«, entgegne ich scharf, mein Zynismus unverhüllt. Die Spannung zwischen uns ist greifbar, eine Mischung aus Widerwillen und der seltsamen Vertrautheit, die sich in den engen Grenzen des Autos bildet.

In der Ferne zeichnet sich das Krankenhaus ab, erleuchtet von grellem Neonlicht. Mit zögernden Schritten trete ich ein und jeder Blick, jedes Geräusch ruft Erinnerungen an den schlimmsten Tag meines Lebens wach.

Wir bringen Arthur, der deutlich geschwächt ist in die Notaufnahme. Das lebhafte Treiben um uns herum verstärkt mein Unbehagen. Der allgegenwärtige Krankenhausgeruch von Desinfektionsmitteln und medizinischen Material erfüllt die Luft. Am Empfangstresen wende ich mich an die diensthabende Krankenschwester.

»Guten Abend, mein Freund Arthur benötigt dringend ärztliche Hilfe. Er leidet unter hohem Fieber und heftigem Husten und kann sich kaum auf den Beinen halten«, erkläre ich ihr. Ihr Blick schweift kurz zu Arthur, der von Mr. SaltMan gestützt wird. Nachdem sie ihre Brille zurechtgerückt hat, sagt sie:

»Bitte füllen Sie diese Formulare aus. Ihr Freund wird umgehend in den Behandlungsraum drei gebracht.«

Ich nehme die Unterlagen entgegen, während eine weitere Krankenschwester mit einem Rollstuhl erscheint, um Arthur ins Untersuchungszimmer zu fahren. Wir folgen ihr und ich versuche, so gut es geht, den Fragebogen auszufüllen. Im Untersuchungsraum angekommen, unterstützt Mr. SaltMan Arthur beim Aufstehen, der sich mit großer Anstrengung auf die Untersuchungsliege legt. Kurz darauf gesellt sich der behandelnde Arzt zu uns. Nachdem ich die ausgefüllten Formulare der Schwester übergebe, erkundigt sie sich:

»Sind Sie mit dem Patienten verwandt?«

»Nein, er ist ein guter Freund«, antworte ich.

»Dann muss ich Sie beide bitten, den Behandlungsraum zu verlassen. Nur Familienmitglieder ist es gestattet bei der Untersuchung anwesend zu sein.«

»Hören Sie, er hat niemanden außer mich und seine Katze.«

»Es tut mir leid, aber so sind die Vorschriften. Der Arzt wird nach der Untersuchung zu Ihnen ins Wartezimmer kommen.«

Mit schwerem Herzen wende ich mich Arthur zu, ergreife seine Hand und versichere ihm:

»Ich bin hier. Du bist nicht allein. Und mache dir keine Sorgen um Mr. Wiggles, ich kümmere mich um ihn.«

Arthur gibt mir ein schwaches Blinzeln als Antwort.

Mit einem letzten besorgten Blick verlassen Mr. SaltMan und ich den Raum, um im Wartezimmer auf Nachrichten zu warten. Die Gedanken an meinen verstorbenen Verlobten drängen sich in mein Bewusstsein und machen den Aufenthalt im Krankenhaus zu einer emotionalen Herausforderung. Die Erinnerungen kehren mit überwältigender Macht zurück, jede Ecke scheint mit Echos seiner Abwesenheit gefüllt zu sein. Mr. SaltMan, der die stumme Qual in meinem Blick erkennt, legt behutsam seine Hand auf meine Schulter.

»Alles wird gut. Arthur ist hier in guten Händen. Ich werde sicherstellen, dass er die beste Behandlung erhält.«

Ich nicke dankbar, aber meine Gedanken wandern zu den Erinnerungen, die in jedem Winkel des Krankenhauses lauern. Der Verlust von Markt hallt in den kühlen Fluren wider, und ich fühle mich gefangen in einer Mischung aus Sorge um Arthur und der Trauer um das, was einst war.

»Ms. Pérez?«, fragt mich ein junger Arzt, der aus dem Behandlungsbereich kommt.

»Ja, das bin ich. Geht es Arthur gut?«, frage ich ungeduldig.

»Guten Abend. Ich bin Dr. Brown, der behandelnde Arzt von Mr. Silver. Bitte, kommen Sie mit mir«, sagt er und wir folgen ihm zu Arthur. Besorgt nähere ich mich Arthur und greife nach seiner Hand, als wolle ich ihm Kraft durch diese Berührung schenken. Überwacht von einem Gerät, das die Fragilität seines Zustandes in Zahlen und Kurven übersetzt. Der leise Piepston des Monitors unterstreicht die Stille, die zwischen unseren Sorgen schwebt. Seine Atmung, unterstützt durch einen Sauerstoffschlauch, wirkt mühsam. Seine Augenlider fallen ihm immer wieder zu, es ist, als kämpfe er gegen die Müdigkeit. Als würde sie ihn in eine andere Realität ziehen wollen, weit weg von Schläuchen und Pieptönen.

»Mr. Silver hat eine Einverständniserklärung unterzeichnet, die Sie, Ms. Pérez, als seine nächste Angehörige ausweist. Er leidet an einer schweren Lungenentzündung und muss umgehend auf die Intensivstation verlegt werden, wo wir ihn angemessen behandeln können.«

»Bitte tun Sie alles, was in Ihrer Macht steht«, flehe ich, während ich Arthurs Hand halte.

Ohne Vorwarnung ergreift SaltMan das Wort, seine Stimme durchdrungen von Entschlossenheit.

»Ich übernehme die Kosten.«

Er präsentiert eine schwarze American Express Karte, als wäre sie ein Schwert, bereit, gegen das drohende Unheil anzukämpfen.

»Wir setzen alles daran, dass sich Mr. Silver nach Beginn der Therapie binnen vierundzwanzig Stunden zumindest ein wenig erholt, solange keine unvorhergesehenen Komplikationen eintreten. Eine Beatmung möchten wir im Augenblick noch vermeiden, obwohl seine Sauerstoffwerte besorgniserregend sind.«

»Bitte, informieren Sie mich, sobald es Arthur schlechter geht. Kann ich zu ihm, wenn er auf der Intensivstation liegt?«

»Für heute ist das leider nicht möglich«, antwortet er mit sanfter Bestimmtheit.

»Aber das Team wird sich hervorragend um Mr. Silver kümmern. Bitte machen Sie sich keine unnötigen Sorgen.« Kaum hat der Arzt die Sätze ausgesprochen, kommen zwei weitere Mitarbeiter, die Arthur behutsam auf die Intensivstation bringen. Sein Abgang hinterlässt eine Leere, die sich wie ein enger Ring um mein Herz legt. Die Wände des Krankenhauses drängen plötzlich auf mich ein, und ein Erstickungsgefühl breitet sich aus. Panik schnürt mir die Kehle zu, und ich sehne mich nach dem Freiraum der Nacht.

»Wir sollten jetzt gehen«, sagt Mr. SaltMan sanft, seine Hand auf meinem Arm eine stille Einladung zur Flucht. Vor den Toren des Krankenhauses atme ich die Nachtluft ein, ein kühler Balsam für meine aufgewühlte Seele.

»Fühlst du dich wieder besser?«, erkundigt er sich.

»Ja, es geht schon« antworte ich, ein schwaches Lächeln auf meinen Lippen.

»Die Geräusche, der Geruch ... es hat mich alles an ihm erinnert. Ich dachte, ich wäre darüber hin weg.«

»Einen Verlust zu verarbeiten, braucht Zeit «, erwidert er.

»Es ist okay sich von Emotionen überwältigen zu lassen.«

Seine Gegenwart, unerwartet sowie tröstlich, gibt mir Halt in einem Moment der Schwäche.

Gemeinsam treten wir den Weg zum Auto an. Ich öffne die Tür des Wagens und entnehme behutsam den Karton mit Mr. Wiggles aus dem Wageninneren.

»Was hast du vor?«, durchbricht SaltMans Stimme die Stille, mit einen Hauch Verwunderung.

»Ich wollte nur den Kater mitnehmen«, antworte ich.

»Steig ein. Ich fahre euch nach Hause. Es ist schon spät und hier in der Gegend schleichen finstere Gestalten herum. Außerdem wartet Ethan auf mich«, entgegnet er mit einer Selbstverständlichkeit, die keine Widerrede duldet.

»Ethan hat mir nichts von euren Plänen erzählt«, werfe ich ein, mit einem Funken von Zweifel in meiner Stimme.

»Ruf ihn an, wenn du mir nicht glaubst«, erwidert er und reicht mir mein Handy aus seiner Jackentasche. Ich nehme mein Telefon entgegen und lasse mich widerstrebend auf den Beifahrersitz nieder, Mr. Wiggles sicher in seinem Karton in meinen Armen. Während wir durch die Straßen fahren, schweift mein Blick hinaus in die sporadisch erleuchtete Nacht. Einzelne Passanten huschen vorbei, Schatten, die sich im Zwielicht verlieren. Die vorbeiziehenden Lichter der Stadt malen flüchtige Bilder auf meine Netzhaut.

»Ich möchte dir danken, dass du mir bei Arthur geholfen hast«, sage ich, während ein Seufzer meine Lippen verlässt.

»Arthur wird es schaffen, dank dir. Ohne deine Fürsorge hätte er keine Chance gehabt. Du bist ein bemerkenswerter Mensch «, erwidert er, sein Blick intensiv und durchdringend, ein Funkeln in seinen Augen, dass die Schwere des Moments für einen Augenblick vergessen lässt. Zu Hause angekommen, empfängt Ethan uns sofort an der Tür.

»Welch positive Überraschung. Meine zwei Lieblingsmenschen zur gleichen Zeit. Was ist in dem Karton? «, fragt

Ethan neugierig. Ich berichte ihm kurz über die Geschehnisse mit Arthur. Daraufhin zieht Ethan mich in eine Umarmung, während ich immer noch den Karton mit Mr. Wiggles im Arm halte.

»Und da drinnen ist der Kater?«, erkundigt er sich und lüftet vorsichtig den Deckel des Kartons. Die neugierigen Augen von Mr. Wiggles blinzeln uns aus seinem Pappgefängnis entgegen.

»Willkommen in deinem vorübergehenden Zuhause, mein Freund«, sage ich zu dem Kater und entlasse ihn aus dem Karton. Meine Hand gleitet behutsam über sein glänzendes schwarzes Fell, ein sanftes Schnurren ertönt und dabei schmiegt er sich sanft an meine Beine. Währenddessen begrüßen sich Ethan und SaltMan mit einer innigen Umarmung. Ein Sturm aus Gefühlen überrollt mich. Zu sehen, wie nah sie sich sind, fühlt sich für mich unerträglich an. Ein Anblick, der mich tiefer trifft, als ich es mir je eingestehen würde. Mein Herz rast in meiner Brust, mein Blut brodelt in meinen Adern. Was war nur auf einmal mit mir los. Obwohl sie sich nur umarmen, ist dieser Anblick für mich kaum zu ertragen. Ohne ein weiteres Wort entfliehe ich der Szenerie, durch die Tür, hinaus in die Nacht.

∞

Ich mache mich auf den Weg zum Vierundzwanzig-Stunden-Supermarket, um die nötigen Utensilien für Mr. Wiggles zu besorgen. Während ich meinen Einkaufswagen mit Katzenstreu und Futter belade, bemerke ich, wie belebt der Laden um diese Uhrzeit noch ist.

Beim Durchqueren der Gänge kommt mir unerwartet Jack Hollister entgegen, beladen mit einem Einkaufswagen voller Gemüse, Wein und Hundefutter. Es ist das erste Mal, dass ich ihn in legere Kleidung sehe. Gekleidet ist er mit einer Jeans, ein enganliegendes weißes Shirt und darüber trägt er eine offene graue Shirtjacke. Die lässige Bekleidung unterstreicht seinen athletischen Körperbau auf eindrucksvolle Weise.

»Jack, das ist ja eine Überraschung, Sie zu dieser späten Stunde hier anzutreffen«, begrüße ich ihn, leicht erstaunt über das unverhoffte Zusammentreffen.

»Guten Abend, Suzanna. Was für eine angenehme Überraschung, Sie hier zu sehen. Wie war Ihr Abend, bei Ihrem Freund? erkundigt er sich.

»Leider nicht so, wie ich gehofft hatte. Mein Freund, Arthur, ist ernsthaft erkrankt und wurde ins Krankenhaus eingeliefert. Ich mache mir große Sorgen um ihn«, gestehe ich und fühle, wie die Schwere der Situation mich erneut erfasst.

»Das tut mir wirklich leid zu hören. Hoffentlich ist es nichts Ernstes«, sagt Jack, und in seinem Blick liegt eine aufrichtige Anteilnahme.

»Er hat eine Lungenentzündung und befindet sich jetzt auf der Intensivstation«, teile ich ihm mit, die Worte schwer auf meiner Zunge.

»Ich drücke fest die Daumen, dass es Ihrem Freund bald besser geht«, sagt er mitfühlend.

»Danke, Jack.«

»Und wie ich sehe, haben Sie auch ein Haustier. Eine Katze?«, wechselt er das Thema, ein Lächeln umspielt seine

Lippen, als er den Inhalt meines Einkaufswagens betrachtet.

»Nein, eigentlich nicht. Die Katze gehört Arthur. Ich kümmere mich um sie, solange er im Krankenhaus ist«, erkläre ich.

»Das ist sehr fürsorglich von Ihnen. Es überrascht mich nicht, dass Sie sich so engagieren. Es bestätigt nur, was ich schon immer über Sie gedacht habe – Sie sind etwas Besonderes«, sagt er, und seine Worte wärmen mein Herz.

»Danke, Jack. Aber ich bin mir sicher, jeder andere würde das Gleiche tun. Und Sie? Sie kümmern sich um Ihren Hund, wie ich sehe «, sage ich, versuchend, das Thema zu wechseln und ein wenig von der Schwere der Situation abzulenken.

»Ja, sie wartet gerade im Auto. Möchten Sie sie kennenlernen?«

»Sehr gerne«, erwidere ich und gemeinsam schlendern wir durch den Supermarkt an die Kassen. Nachdem wir unsere Einkäufe bezahlt haben, hilft mir Jack geschickt, die Tüten zu packen. Wir verlassen den Laden und nähern uns seinen Wagen, der diesmal kein eleganter Porsche, sondern ein beeindruckender Lamborghini Urus performante in einem tiefen Mattschwarz ist. Er öffnet die Tür und ein schwarzer großer Hund mit spitzen Ohren springt auf Kommando aus dem Wagen. Ihre Augen funkeln freundlich. Jack streichelt ihr liebevoll übers Fell und lässt sich die Wange ablecken.

»Das ist meine Ruby«, sagt er stolz. Der Hund hüpft wie ein nervöser Hase um ihn herum, bis ich ihre volle Aufmerksamkeit erlange. Unruhig und freudig schnüffelt sie an mir. Ich halte ihr meine Hände entgegen und sie schleckt sie liebevoll ab. Nach einem kurzen Moment der Aufregung setzt sie sich diszipliniert neben Jack, der ihr mit einem festen Kommando signalisiert, wieder ins Auto zu steigen. Ruby gehorcht ohne Zögern und springt zurück auf ihren Platz.

»Faszinierend, was für eine großartige Verbindung sie zueinander haben«, äußere ich mich beeindruckt. Jack lächelt und beobachtet, wie Ruby gehorsam in das Auto zurückkehrt.

»Ja, wir sind ein eingespieltes Team. Sie ist für mich mehr als nur ein Haustier – sie ist meine Freundin, meine Vertraute.« Jacks Hand gleitet sanft über Rubys Kopf, während er diese Worte spricht:

»Ihre Loyalität ist unbezahlbar. Ruby und ich haben viele Abenteuer zusammen erlebt und sie ist immer an meiner Seite – durch dick und dünn. Auf sie kann ich mich bedingungslos verlassen.«

Jack lächelt wieder, dieses Mal jedoch mit einer Spur von Melancholie in seinen Blick.

»Man sagt, ein Hund ist der beste Freund des Menschen. In Rubys Fall kann ich dem nur zustimmen.«

»Es ist bewundernswert, wie stark ihre Verbindung zueinander ist. Ich habe nie einen Hund gehabt, aber ich kann mir vorstellen, dass die Beziehung zu einem so loyalen Begleiter sehr erfüllend ist«, sage ich. Jack sieht mich nachdenklich an und erwidert:

»Hunde haben erstaunliche Fähigkeiten, Menschen zu verstehen. Manchmal scheinen sie mehr zu erfassen als wir selbst«, sagt Jack und kommt auf mich zu.

»Aber genug über meine Ruby. Wie verlief Ihr Arbeitstag? Ich hoffe, er war nicht zu stressig.«

»Um ehrlich zu sein, dieser Tag hatte bisher wenig Positives für mich parat – es war einiges los. Wie war Ihr Tag?« Jack öffnet mir galant die Beifahrertür seines Wagens und lädt mich ein.

»Bitte, nehmen Sie Platz. Ich bringe Sie nach Hause, dann können wir uns noch etwas unterhalten.« Ich zögere einen Moment, lasse mich jedoch auf sein Angebot ein und gleite in den bequemen Sitz des Autos. Über uns spannt sich ein sternklarer Himmel, eine seltene Klarheit in der städtischen Nacht. Jack bringt den Motor mit einem sanften Brummen zum Laufen, und wir gleiten durch die Straßen. Nach einer Weile des Schweigens beginnt Jack leise zu sprechen:

»Das Leben konfrontiert uns manchmal mit Herausforderungen, die uns an unsere Grenzen bringen. Aber ich bin sicher, dass Sie stark genug sind, um damit umzugehen. Und vielleicht kann ich Ihnen ein wenig Ablenkung bieten.«

»Ablenkung?«, wiederhole ich leise.

»Jeder von uns hat seine eigene Art, Stress zu bewältigen. Für mich sind es meine Hobbys und die Zeit mit Ruby wichtige Ausgleichsmomente. Wie sieht das bei Ihnen aus? Gibt es etwas Bestimmtes, das Ihnen hilft, sich zu entspannen?«

»Ich versuche, meine Zeit mit kreativen Aktivitäten zu füllen, wie zum Beispiel mit dem Tätowieren. Es hilft mir, meine Gedanken zu ordnen und gibt mir das Gefühl, etwas Eigenes zu schaffen«, erkläre ich. Jack nickt verständnisvoll und sagt:

»Das ist eine großartige Form der Selbstexpression. Es ist wichtig, Dinge zu finden, die uns Freude bereiten und uns erlauben, dem Alltag zu entfliehen.«

Nach einer Weile erreichen wir mein Zuhause. Jack schaltet den Motor aus und wendet sich mir zu.

»Suzanna«, beginnt er, seine Stimme weich und einladend, »ich würde Sie gerne morgen zum Abendessen einladen. Die Unterhaltungen mit Ihnen sind eine wahre Freude. Bitte, sagen Sie ja.«

Ein Moment des Zögerns hält mich gefangen, bevor ich antworte: »Jack, ich weiß Ihr Angebot zu schätzen, aber ich bin mir unsicher. Sie sind mein Vorgesetzter und ich möchte nicht, dass es zu Missverständnissen im beruflichen Umfeld kommt.«

»Suzanna, ich versichere Ihnen, ich weiß, wie man berufliche und private Angelegenheiten trennt. Bitte, lassen Sie sich nicht von solchen Befürchtungen abhalten. Es ist lediglich eine Einladung zum Abendessen, mehr nicht.«

Nach einem Moment des Nachdenkens willige ich ein.

Seine Augen leuchten auf.

»Das ist wunderbar. Ich werde Sie morgen nach der Arbeit abholen. Ist acht Uhr für Sie in Ordnung?«

Ein Lächeln erblüht auf meinen Lippen.

»Acht Uhr ist perfekt.«

»Sehr schön. Dann bis morgen. Schlafen Sie gut.«

»Danke, das wünsche ich Ihnen auch«, erwidere ich, steige aus dem Auto und schließe die Tür hinter mir. Während er davonfährt, bleibe ich einen Moment mit den Tüten in der Hand stehen und betrachte die Sterne am Nachthimmel. Es ist eine angenehme Ruhe nach einem aufregenden Tag. Ich laufe die Treppe rauf und schließe die Tür auf.

Die Wohnung empfang mich mit einer wohltuenden Stille, als ich durch die Tür trete. Ethan und Mr. SaltMan sind nirgends zu sehen, was mir einen Moment der Ruhe beschert. Ich nehme mir eine frische Kiste und fülle sie sorgfältig mit Katzenstreu, die ich im Bad platziere. Mr. Wiggles, stets ein neugieriger Beobachter, verfolgt jede meiner Bewegungen mit wachsamen Augen. Nachdem ich für sein Wohlbefinden gesorgt habe, zieht es mich ins Bett. Bevor ich einschlafe, lasse ich den Tag nochmal Revue passieren. Die Sterne funkeln durch das Fenster. Die Ruhe der Nacht umhüllt mich mit ihrer Präsenz. Neben mir auf dem Bett macht es sich Mr. Wiggles bequem und beginnt zufrieden zu schnurren, ein beruhigendes Geräusch, das die Stille zärtlich durchbricht. Langsam schließe ich meine Augen, die Gedanken an den Tag beginnen zu verblassen, und ich lasse mich in die Arme der Nacht sinken. Die Welt um mich herum wird still, nur das sanfte Schnurren von Mr. Wiggles bleibt, eine beruhigende Konstante in der Dunkelheit. Ich gebe mich der Ruhe hin, umgeben von der sanften Umarmung der Nacht, und gleite hinüber in den Schlaf.

∞

Ein sanftes, aber hartnäckiges Summen durchdringt die Stille meines Schlafzimmers. Widerwillig öffne ich meine Augen, nur einen Hauch weit, während meine Hand sich ihren Weg zum Wecker bahnt. Ich taste nach dem schmalen Gerät auf dem Nachttisch, bis meine Finger den richtigen Knopf finden und das aufdringliche Summen endlich verstummt. Ein neuer Tag bricht an, aber mein Körper wehrt sich gegen die Vorstellung, aus der warmen Umarmung der Bettdecke aufzustehen. Mit einem weiteren Seufzen recke und strecke ich mich, versuche, den Schlaf aus meinen Gliedern zu vertreiben. Die Gedanken an die bevorstehenden Aufgaben und Verpflichtungen drängen langsam in mein Bewusstsein und lassen mich erkennen, dass es Zeit ist, aufzustehen. Ich werfe einen Blick auf den Wecker, der stumm auf dem Nachttisch thront. Es ist früher Morgen, die Welt draußen liegt noch im Dämmerlicht. Mein Körper fühlt sich schwer und träge an, als würde er protestieren, gegen die Müdigkeit, die sich in jeder Faser meines seins festgesetzt hat.

Der Gedanke an die bevorstehenden Verpflichtungen, der Arbeitsweg, die Meetings, lässt mich erschwert aus dem Bett aufstehen. Meine Füße berühren den kalten Boden, und ich spüre, wie die Müdigkeit langsam von mir abfällt. Mit einem tiefen Atemzug richte ich mich auf, bereit, mich den Herausforderungen eines neuen Tages zu stellen. Im schummrigen Licht des Badezimmers steuere ich zielstrebig den Schrank an. Meine Finger fahren über die glatte Oberfläche, während ich nach den notwendigen Utensilien für die Morgenroutine suche. Der Anblick der verschiedenen Pflegeprodukte und Parfums erinnert mich an die kleinen Ritualen, die mir helfen, mich für den Tag zu rüsten. Das einladende Zischen der Dusche begrüßt mich, als ich das Wasser aufdrehe. Eingehüllt in warmen Dampf, der die Luft mit dem Aroma meines Lieblingsduschgels schwängert, fühle ich, wie meine Lebensgeister erwachen. Das Wasser, das sanft auf meine Haut prasselt, wäscht die Reste der Nacht fort und schenkt mir neue Energie. Nach der erfrischenden Dusche, die meine Sinne belebt hat, trete ich vor den beschlagenen Spiegel. Während ich mein Haar trockne, perlen die Wassertropfen von meiner Haut. Meine Sicht in den Spiegel klärt sich und zeigt mir eine Frau mit entschlossenen Augen, bereit, den Herausforderungen des Tages zu begegnen.

In der Stille meines Zimmers öffne ich behutsam den Kleiderschrank, meine Finger gleiten sanft über die verschiedenen Stoffe. Jedes Material flüstert eine Geschichte, doch nur eine wird heute erzählt. Meine Wahl fällt auf einen maßgeschneiderten Blazer in tiefem Dunkelblau – der Autorität und Eleganz zugleich verkörpert. Die straffe Taille zeichnet eine Silhouette, die sowohl Stärke als auch Finesse suggeriert. Ein Seidenblusenhemd, zart bedruckt mit subtilen Blumenmotiven, fügt eine weiche, feminine Note hinzu, ohne die professionelle Haltung zu mindern. Eine Hose in feinem Grau vollendet das Ensemble, ihre schlanke Linie ergänzt das Bild einer Frau, die sowohl in der Welt der Zahlen als auch in der der Kunst zuhause ist. Der letzte Blick in den Spiegel bestätigt meine Entscheidung.

Meine Haare umrahmen sanft mein Gesicht, das Make-up ist bewusst leicht gehalten, es unterstreicht, ohne zu dominieren. Ein Hauch von Vanille und Sandelholz, aufgetragen in einem Moment der Stille, begleitet mich, ein unsichtbares, aber spürbares Zeichen meiner Anwesenheit. Bevor ich die Schwelle zur Außenwelt überschreite, widme ich Mr. Wiggles meine Aufmerksamkeit. Sein ungeduldiges Miauen wird belohnt mit frischem Futter und einer sauberen Toilette. Mein Laptop findet seinen Platz in meiner Ledertasche, die ich mir über die Schulter schwinge. Mit einem letzten Blick auf mein Zuhause trete ich hinaus in den Tag, bereit, mich den Herausforderungen zu stellen, die er bereithält.

Der kalte Morgenwind spielt mit meinen Haaren, während ich die Straße entlanggehe. Der Himmel nimmt langsam seine bläuliche Färbung an, und die ersten Sonnenstrahlen brechen durch die Wolkendecke. Der Duft von frischem Kaffee zieht mich magisch an, als ich das Café erreiche. Der warme und einladende Geruch vermischt sich mit dem kalten Morgenwind. Ich betrete das Lokal und werde von einem angenehmen Summen der Gespräche und das leise Klappern von Geschirr empfangen. Ich trete an die Theke und den freundlichen Barista begrüßt mich mit einem Lächeln.

»Guten Morgen! Wie immer zwei Becher Moccachino?«

»Si, aber heute nur einen« erwidere ich und spüre, wie sich ein kleiner Kloß in meinem Hals bildet. Ich muss an Arthur denken, wie es ihm wohl gerade geht. Mit einem tiefen Seufzer richte ich meinen Blick wieder nach vorn, auf die Herausforderungen des Tages. Das Bürogebäude ragt vor mir auf, ein monolithischer Riese aus Glas und Stahl. Ich betrete die vertrauten Räumlichkeiten von Quantum-ForgeDynamics. Der Empfangsbereich ist bereits lebhaft gefüllt mit Kollegen, die sich begrüßen und erste Gespräche führen. Der Fahrstuhl bringt mich hinauf in die Etage, auf der sich mein Arbeitsplatz befindet. Kaum habe ich meine Abteilung erreicht, spüre ich die Blicke einiger Kollegen. Einige grüßen freundlich, andere, wie Sina, scheinen mich zu meiden, immer noch verärgert über jüngste Ereignisse. Trotz des allmorgendlichen Betriebs kann ich meine Sorgen um Arthur nicht abschütteln. Sein Zustand schwebt wie ein dunkler Schatten über mir. Der Vormittag verfliegt mit der Bearbeitung von E-Mails und der Planung anstehender Projekte. Von Jack keine Spur. Als die Mittagspause näherkommt, beschließe ich, Arthur zu besuchen.

Als ich mich dem Ausgang nähere, begegnet mir unerwartet Mr. Hollister. Sein Auftreten strahlt eine natürliche Autorität aus, sein Lächeln ist warm und einladend.

»Guten Tag Ms. Pérez. Schön Sie zu sehen«, begrüßt er mich.

»Haben Sie schon etwas von Ihrem Freund gehört?«, erkundigt er sich aufmerksam.

»Hallo Mr. Hollister. Ich nutze meine Mittagspause. Um ihn zu besuchen und mich persönlich nach seinem Befinden zu erkundigen«, antworte ich.

»Eine noble Geste. Wir sehen uns dann heute Abend. Ich freue mich darauf«, sagt er und verabschiedet sich mit einem Nicken. Während er seinen Weg fortsetzt, erscheint Sina wie aus dem Nichts um die Ecke, ihre Miene eine Mischung aus Missbilligung und Enttäuschung. Anstatt weiterzugehen, halte ich kurz inne und entscheide mich, mit Sina zu reden, um Klarheit zu schaffen.

»Es ist nicht das, wonach es aussieht, Sina«, beginne ich, aber sofort unterbricht sie mich.

»Ich weiß, was ich gehört habe, Suzanna.«

»Das stimmt, aber es ist nicht so, wie du denkst. Zwischen Mr. Hollister und mir gibt es keine romantischen Gefühle«, versichere ich ihr.

»Und trotzdem verabredest du dich mit ihm?«, fragt sie skeptisch.

»Wir verstehen uns gut, ja, aber rein platonisch«, erkläre ich, bemüht, ihr meine Sichtweise zu verdeutlichen.

159

»Mach dir nur weiter etwas vor, aber mich täuschst du nicht«, entgegnet sie bitter und lässt mich allein mit meinen Gedanken zurück.

∞

Auf der Intensivstation angekommen, begleitet mich die nette Krankenschwester zu Arthur. Er scheint gerade zu schlafen. Die Monitore neben seinem Bett summen leise, ein stetes Zeichen seines Lebensflusses. Er bekommt weiterhin Sauerstoff über einen feinen Schlauch in der Nase. Ein Urinbeutel ist diskret an seinem Bett befestigt, der sich langsam füllt. Leise setze ich mich neben ihn, ein stiller Wächter in der flüchtigen Welt zwischen Wachen und Schlafen. Die Schwester, die kurz das Zimmer betritt, versichert mir, dass sich Arthurs Zustand langsam verbessert. Als er seine Augen öffnet und meinen Namen flüstert, fühlt sich der Moment unendlich kostbar an.

»Hola, Arthur. Wie geht es dir?«, frage ich sanft und umschließe seine Hand mit der meinen. Arthur richtet seinen Blick auf mich, in seinen Augen ein Schimmer von Dankbarkeit.

»Mir geht es schon etwas besser. Danke, dass du für mich da warst. Du bist wahrhaftig ein Engel«, sagt er mit schwacher Stimme. Ich winke ab, versuche die Schwere des Moments mit Leichtigkeit zu überbrücken.

»Jeder hätte das Gleiche getan.«

»Nein, Suzanna, das ist nicht wahr, und tief im Inneren weißt du das auch«, widerspricht Arthur leise, jeder Atemzug ein Kampf.

»Für die Gesellschaft bin ich unsichtbar, nicht mehr als vergessener Abschaum auf den Straßen. Täglich spüre ich die Blicke, die über mich hinweggleiten, erfüllt von Gleichgültigkeit und manchmal Verachtung. Sie wandeln vorbei, in ihrer scheinbar sicheren Welt, unfähig zu erkennen, wie schnell das Leben sich verändern kann.«

Ich schlucke schwer, finde keine Worte, die der Tiefe seiner Erkenntnis gerecht werden könnten.

»Ich weiß, Arthur«, antworte ich schließlich, meine Stimme kaum mehr als ein Flüstern. In diesem Moment fühle ich die ganze Tragweite unserer Gesellschaft, die allzu oft die Augen vor dem Elend verschließt, dass direkt vor ihrer Haustür liegt.

»Dein Freund hat mich heute Morgen besucht. Er ist ein sehr netter Mensch.«

Verwundert frage ich nach: »Was hat er hier gewollt?«

Arthur richtet sich ein wenig auf, so gut es sein Zustand zulässt.

»Er wollte sichergehen, dass die Ärzte sich gut um mich kümmern. Und mehr noch, er hat mir Unterstützung angeboten, sobald ich aus dem Krankenhaus entlassen werde. Einen Job und eine Wohnung ... Ich konnte es kaum fassen. Seine Worte klangen so aufrichtig. Und dann, als wäre das nicht schon genug, hat er gesagt, dass ich mir keine Gedanken über die Krankenhauskosten machen muss – er würde alles übernehmen.«

Überrascht blicke ich Arthur an. Die Großzügigkeit und das Engagement von Mr. SaltMan überraschen mich zutiefst. Warum er sich so einsetzt, bleibt mir ein Rätsel.

»Ja, es stimmt, er übernimmt die Kosten«, bestätige ich langsam, immer noch von seiner Geste überwältigt. Arthur lächelt schwach.

»Du hast einen wunderbaren Freund gefunden. Warum hast du ihn mir bisher vorenthalten?«

Ich zögere, dann antworte ich: »Eigentlich ist er mehr ein Freund von Ethan ... und nicht direkt meiner.« Das Gespräch nimmt eine leichte Wendung, als Arthur sich nach Mr. Wiggles erkundigt.

»Wie geht es Mr. Wiggles?«

»Es geht ihm gut. Er genießt seinen kleinen Urlaub bei mir und hat die ganze Nacht neben mir in meinem Bett verbracht«, antworte ich. Arthur nickt langsam, sein Lächeln verblasst, als die Müdigkeit ihn wieder einholt und seine Augenlider schwer werden. Er schlummert erneut ein. Die Zeit im Krankenhaus vergeht wie im Flug, ich mache mich auf den Rückweg zur Arbeit, mein Herz schwer von der Sorge um Arthur, aber auch erfüllt von der Gewissheit, dass es ihm schon etwas besser geht.

Nach meinem Besuch im Krankenhaus finde ich mich wieder im geschäftigen Rhythmus der Firma ein. Der Tag zieht an mir vorbei, gezeichnet von einer gewissen Normalität, die jedoch durch Sinas auffälliges Meiden gebrochen wird. Sie umgeht jede Gelegenheit für einen Blickkontakt und lässt eine unsichtbare Mauer zwischen uns bestehen, die ihre Enttäuschung und Distanz spürbar macht. Als der Arbeitstag seinem Ende zuneigt, beginne ich, meine Unterlagen zu ordnen und meinen Arbeitsplatz sorgfältig aufzuräumen. Das Büro hat sich merklich geleert, die Hektik des Tages weicht einer stillen Ruhe. Mit gemischten Gefühlen stehe ich auf, um den Heimweg anzutreten. Als ich den

Aufzug betrete, finde ich mich unerwartet in der Gesellschaft von Jack Hollister wieder, der mit einer nonchalanten Eleganz gegen die Wand gelehnt ist, während seine Finger geschickt über das Glas seines Smartphones tanzen.

»Guten Abend, Ms. Pérez«, begrüßt er mich, sein Blick löst sich von dem leuchtenden Display und fängt meinen mit einer warmen Intensität.

»Hallo, Mr. Hollister. Anscheinend sind die Aufzüge hier ein beliebter Treffpunkt für Sie«, entgegne ich, ein Hauch von Amüsement schwingt in meiner Stimme mit, während die Aufzugtüren sich mit einem sanften Summen schließen.

»Oh, man begegnet hier tatsächlich den faszinierendsten Persönlichkeiten«, erwidert er, sein Lächeln verbreitet ein schmeichelndes Glühen, das die kühle Aufzugluft zu erwärmen scheint.

Die Fahrt nach unten vergeht in einer flüchtigen Stille, durchbrochen nur von dem leisen Surren des Aufzugs. Ein kleines Universum, in dem Zeit und Raum für einen Moment irrelevant erscheinen. Als wir das Erdgeschoss erreichen und die Türen sich erneut öffnen, um uns die Welt außerhalb dieses engen Raumes zu präsentieren, lässt Jacks Stimme mich innehalten.

»Bis gleich, Suzanna«, verabschiedet er sich mit einem Lächeln, das Versprechen und Geheimnisse in sich birgt, und verschwindet dann mit einem letzten augenzwinkernden Gruß in die Tiefgarage.

∞

Zu Hause angekommen, spüre ich die Erleichterung, dass der Arbeitstag vorbei ist. Ich schließe die Tür hinter mir. Mr. Wiggles thront königlich auf dem Sofa. »Hola, wie war dein Tag?«, begrüße ich ihn, während meine Hand sanft über sein weiches Fell streicht. Ein zufriedenes Schnurren ist seine Antwort, eine einfache, aber herzerwärmende Kommunikation. Einen Moment später befinde ich mich im Badezimmer, das warme Licht der Deckenlampe hüllt den Raum in eine gemütliche Atmosphäre. Der Spiegel über dem Waschbecken reflektiert das Bild einer müden Frau. Ein tiefer Atemzug durchflutet meine Lungen, und ich beschließe, den Stress des Tages mit einem entspannenden Bad abzuschütteln. Das Wasser umfängt mich in der Badewanne, warm und einladend. Der Duft von Rosen umhüllt mich, während die wohlige Wärme meine Muskeln entspannt. Die Anspannung des Tages perlt von meiner Haut ab, und ich schließe für einen Moment die Augen, um die Ruhe zu genießen. Erfrischt und belebt steige ich aus der Wanne, umhüllt von einem Gefühl der Erneuerung. Mit bedachter Sorgfalt durchstöbere ich meinen Kleiderschrank, auf der Suche nach dem perfekten Outfit für den bevorstehenden Abend. Es soll elegant sein, ohne dabei zu formell zu wirken. Meine Wahl fällt auf ein dunkelgrünes Kleid, das sich wie eine zweite Haut an meinen Körper schmiegt und jede Kontur sanft umspielt. Zu diesem Outfit passt perfekt meine goldene Kette, die ich immer bei mir trage. Ich lasse meine Haare offen und trage ein dezentes Make-up auf, das meine natürlichen Züge unterstreicht. Der Blick in den Spiegel zeigt nicht nur das sorgfältig ausgewählte Outfit und das sanfte Make-up, sondern auch die reflektierten Emotionen. Es ist meine erste Verabredung seit dem schmerzlichen Verlust von Mark, und die Gefühle, die mich durchfluten, sind wie ein vielschichtiges Gemälde. Die Aufregung pulsiert in meinem Inneren, begleitet von einem Hauch Unsicherheit. Ein ungewohntes Kribbeln durchzieht meinen Magen, als ich die Vorfreude auf diesen Abend mit einer Spur Nervosität mische. Die Gedanken an Mark, an die Vergangenheit, werden von einem Schimmer von Neugier und Hoffnung durchzogen.

Der Blick auf die Uhr verrät mir, dass es jeden Augenblick soweit sein könnte. Ich schlüpfe in meine Lieblingsschuhe, ein letztes Mal prüfendes Innehalten, als die Wohnungsklingel durch die Stille schneidet. Ich schnappe mir meinen Mantel und gehe runter zu Jack.

Ich schreite aus dem Haus, lasse die Tür mit einem sanften Klicken ins Schloss fallen und bewege mich auf Jacks Auto zu. Die Abendluft küsst meine Haut, erfrischend kühl, und über mir erstreckt sich ein Samtvorhang, bestickt mit funkelnden Sternen, die in der Dunkelheit wie unzählige Diamanten glitzern. Ein laues Lüftchen spielt mit meinen Haaren, ein zarter Tanzpartner auf meinem Weg durch die Nacht. Jack, der in vornehmer Zurückhaltung neben seinem Wagen steht, bemerkt meine Annäherung und schreitet mit einer Bewegung voller Anmut vor, um mir die Tür zu öffnen. Sein Lächeln ist ein stilles Versprechen auf den Abend, der vor uns liegt.

»Guten Abend, Suzanna. Du siehst bezaubernd aus«, begrüßt er mich mit einem Lächeln, das die Sterne am Himmel verblassen.

»Vielen Dank, Jack. Das Kompliment gebe ich gerne weiter«, erwidere ich, während meine Augen die Perfektion seines dunklen Anzugs erfassen, der sich an ihn schmiegt, als wäre er eine zweite Haut. Das weiße Hemd unterstreicht seine vornehme Ausstrahlung, und die sorgfältig gewählte Krawatte fügt eine Nuance von Raffinesse hinzu. Die Manschettenknöpfe funkeln diskret im Scheinwerferlicht, ein stilles Zeugnis seines ausgeprägten Stilgefühls. Ich gleite ins Auto, und die sanften Klänge, die aus den Lautsprechern schweben, umhüllen uns in eine Atmosphäre von Gelassenheit.

Als wir das Ziel unserer Fahrt erreichen, gleitet Jacks Wagen elegant vor dem Eingang des EastSideRiver zum Halten. Er schwingt sich mit der Geschmeidigkeit eines Panthers aus dem Auto, um mir mit einer Geste, die an die Höflichkeit vergangener Epochen erinnert, die Tür zu öffnen.

»EastSideRiver, das ist ja eine exklusive Wahl«, bemerke ich anerkennend, als ich aus dem Wagen steige.

»Für dich nur das Beste«, entgegnet er. Wir schreiten durch die Eingangstür, und sofort empfängt uns die wohlige Atmosphäre des Lokals. Das gedämpfte Licht, das von sorgfältig platzierten Kerzen ausgeht, und das sanfte Stimmengewirr der Gäste schaffen eine Szenerie, die sowohl intim als auch einladend wirkt. Unser Tisch, dezent hinter einer feinen Gardine aus cremefarbenem Stoff am Fenster, bietet uns einen Blick auf die nächtlich beleuchtete Stadt. Kaum haben wir Platz genommen, erscheint der Kellner, um uns die Speisekarte zu überreichen. Ein flüchtiger Blick genügt, und ich entscheide mich für Coq au Vin – das Hähnchen, zartgeschmort in einer Rotweinsauce, klingt verlockend. Jack wählt mit einem Kennerblick Canard aux Cerises, Ente, kombiniert mit dem süßen Akzent von Kirschen.

»Kommst du oft hierher?«, frage ich, während ich die Menükarte beiseitelege.

»Einige Male«, gibt er zu und sein Lächeln vertieft sich. »Ich schätze die ruhige Atmosphäre und die Qualität des Essens hier sehr.«

»Das klingt vielversprechend«, sage ich und erwidere sein Lächeln.

»Du wirkst angespannt. Wie wäre es, wenn wir mit einer Flasche Wein die Atmosphäre etwas auflockern?« Jacks Vorschlag wird von einem augenzwinkernden Charme begleitet.

»Ist dir meine Anwesenheit so unangenehm?«, fragt er, sein Blick durchdringend und voller Wärme.

»Es ist nicht das, was du denkst. Es ist nur ... du bist mein Vorgesetzter, und ich möchte nicht den Anschein erwecken, als würden wir Grenzen überschreiten«, erkläre ich, meine Stimme zögerlich. Jack lehnt sich zurück, ein nachdenkliches Lächeln umspielt seine Lippen.

»Ich dachte, wir hätten diese Bedenken bereits ausgeräumt. Stell dir vor, ich wäre nicht dein Chef. Angenommen, wir hätten uns zufällig in einem Café kennengelernt – würdest du dich dann wohler fühlen?«

»Ja, wahrscheinlich schon.«

»Dann lass uns genau das tun – zumindest für heute Abend. Vergiss, dass ich dein Chef bin. Ich möchte nur Zeit mit dir verbringen, dich besser kennenlernen. Und was sich daraus entwickelt, wird sich dann zeigen. Du sollst keine Angst haben, deinen Job zu verlieren, nur weil du mir nicht das gibst, was ich mir wünsche. Du bist zu wertvoll für unser Unternehmen. Jemanden wie dich findet man nicht zweimal. Also entspanne dich und lass uns den Abend genießen.«

»Das hätte ich gerne schriftlich«, antworte ich scherzend. Ohne zu zögern, ergreift Jack eine Serviette, kramt einen Stift aus seiner Jacke und beginnt zu schreiben:

Hiermit verspreche ich, Jack Hollister.
Suzanna Pérez unter keinen Umständen zu entlassen,
selbst wenn sie mir mein Herz bricht.

»Pass gut darauf auf«, sagt er und schiebt mir die beschriftete Serviette hinüber.

»Ich hoffe, das beruhigt dich etwas. Aber nun zurück zum Wesentlichen ... Der Merlot hier soll überragend sein. Wie klingt das für dich?«

Mit einem leichten Lächeln nehme ich die Serviette entgegen.

»Nach einem Plan. Ich verlasse mich auf deine Empfehlung, mein eigenes Wissen über Wein ist eher bescheiden«, gestehe ich.

Während des Abendessens tauchen wir tiefer in die Welt des jeweils anderen ein, ein Austausch von Gedanken und Geschichten, der die Luft zwischen uns mit Neugier und gegenseitigem Interesse füllt.

»Okay, Jack, erzähl mal, was treibst du in deiner freien Zeit, fernab von den Verpflichtungen der Firma?«, frage ich.

»An den Wochenenden verbringe ich viel Zeit in der Natur, zusammen mit Ruby. Du erinnerst dich an sie, oder?«, antwortet er.

»Dein Hund, ja, sie ist wirklich entzückend. Aber ist sie nicht einsam, wenn du tagsüber arbeitest?«, erkundige ich mich.

»Nein, ich habe einen Hundesitter, der sich in der Zeit um Ruby kümmert. Hast du neben dem Tätowieren noch andere Hobbys?«, erkundigt sich Jack.

»Ich zeichne sehr gerne, und Tätowieren ist mehr als nur ein Hobby für mich. Ethan, ein guter Freund, besitzt ein Studio, wo ich an den Wochenenden oft Kunden verschönere«, erkläre ich.

»Das ist faszinierend. Eine ungewöhnliche Leidenschaft. Und, hast du selbst Tattoos?«, fragt Jack, sein Interesse deutlich.

»Nicht viele, einige florale Motive an meinen Oberarmen und eine weiße Schlange am Handgelenk«, sage ich und schiebe den Ärmel meines Kleides hoch, um ihm das Tattoo zu zeigen.

»Wow ... beeindruckend. Hat das Motiv eine besondere Bedeutung für dich, oder hast du einfach eine Vorliebe für Schlangen?«, fragt er weiter.

Für einen Moment halte ich inne, mein Herz schlägt einen Takt schneller bei dem Gedanken, ihm die wahre Geschichte hinter dem Tattoo zu erzählen.

»Es hat keine spezielle Bedeutung. Ich finde sie einfach ästhetisch ansprechend«, antworte ich ausweichend und richte meinen Blick zurück auf das Glas Wein vor mir.

»Es ist mir bisher nicht an dir aufgefallen«, merkt Jack an.

»In der Firma trage ich stets langärmlige Kleidung. Ich möchte nicht anecken«, erkläre ich.

»Das kann ich nachvollziehen. Trotz der zunehmenden Akzeptanz in der heutigen Gesellschaft umgeben Tattoos noch immer Schatten des Stigmas. Für mich jedoch entfalten sie sich als wahre Kunstwerke, als Leinwände der Haut, die Geschichten erzählen, Emotionen einfangen und die Tiefe menschlicher Erfahrungen zum Ausdruck bringen. Jedes Tattoo ist ein Fenster in die Seele, ein stilles Zeugnis der Reisen, der Liebe, des Schmerzes und der Hoffnung, die wir tragen.«, sinniert Jack.

»Ja, da hast du recht. Leider sehen das nicht alle so. Bist du eigentlich tätowiert?«, frage ich, getrieben von meiner eigenen Neugier.

»Bisher nicht. Ich habe noch nicht das passende Motiv gefunden, das mich wirklich anspricht«, gesteht er.

»Vielleicht darf ich dich eines Tages tätowieren«, schlage ich vor, ein freches Grinsen auf meinen Lippen.

»Wenn du das perfekte Motiv für mich entwirfst, warum nicht?«, erwidert Jack mit einem spielerischen Funkeln in seinen Augen.

»Abgemacht«, erkläre ich und nehme ihn beim Wort.

»Und Ethan ist dein fester Freund?«, fragt Jack, ein Blitz der Neugier in seinen Augen.

»Mein bester Freund, genauer gesagt. Wir teilen uns eine Wohnung – eine WG,« kläre ich auf.

»Das ist schön zu hören,« entgegnet er mit einem Lächeln, in dem ein verspieltes Zwinkern mitschwingt. Wie im Zeitraffer verfliegt der Abend, und Jack entpuppt sich als überaus charmanten und witzigen Gesprächspartner. Nach dem Dinner begleitet er mich nach Hause, ein wahrer Gentleman durch und durch. Bevor ich aussteige, danke ich ihm für diesen wundervollen Abend.

»Die Freude war ganz meinerseits, Suzanna. Es war mir ein Vergnügen, diese Stunden mit dir zu teilen,« erwidert Jack, sein Lächeln warm und einladend.

»Ich hoffe, wir können dies bald wiederholen.«

»Das würde ich sehr begrüßen. Adiós,« sage ich mit einem Lächeln.

»Es klingt wunderschön, wenn du Spanisch sprichst. Das solltest du öfter tun,« ruft er mir nach.

[15*]»Que llegues bien a casa, Jack. La noche fue muy bonita contigo,« gebe ich zurück, ein Hauch von Sehnsucht in meiner Stimme.

[16*]»Espero que sea la primera de muchas otras noches,« antwortet er, was mich überrascht zum Stehen bringt.

»Du sprichst Spanisch? Das hätte ich nicht erwartet.«

»Ich habe eine kleine Schwäche für Sprachen. Es ist eine von vielen, die ich beherrsche,« enthüllt er mit einem bescheidenen Schmunzeln.

»Du bist wirklich ein faszinierender Mensch, Jack Hollister,« sage ich, beeindruckt von seiner Vielseitigkeit, und schließe leise die Autotür.

In der Wohnung angelangt, begrüßt mich Mr. Wiggles mit einem intensiven Schnurren, ein Zeichen seiner Zuneigung und Freude, mich zu sehen. Dabei stelle ich fest, dass Ethan noch unterwegs ist. Gerade als ich meinen Mantel ablege, ertönt das Klingeln an der Tür.

»Hast du deinen Schlüssel vergessen?«, rufe ich, überzeugt davon, Ethan vor der Tür zu finden. Die Realität überrascht mich.

»Was willst du hier?«, frage ich, überrumpelt von der unerwarteten Anwesenheit.

171

»Ethan ist nicht da«, füge ich hinzu, bereit, die Tür zu schließen. Aber in diesem Moment blockiert Mr. SaltMan den Weg mit seinem Fuß.

»Ich bin nicht wegen Ethan hier. Ich möchte dich sprechen«, entgegnet er mit einer Ruhe, die mich innehalten lässt. Daraufhin öffne ich die Tür ganz und frage besorgt: »Ist etwas mit Arthur? Geht es Arthur schlechter?«

»Es geht ihm gut«, beruhigt er mich. Seine Annäherung hat etwas Unheilvolles und seine Blicke sind durchdringend.

»Du weißt genau, warum ich hier bin, Suzanna«, haucht er mir zu. Ich weiche zurück, bis ich gegen die Schuhkommode im Flur stoße.

»Ich habe keine Ahnung, wovon du redest«, entfährt es mir, während meine Stimme zittert.

»Du musst dich nicht verstellen. Ich sehe das Feuer in deinen Augen – das ungestillte Verlangen. Du kannst mich haben, Suzanna. Hier und jetzt«, fährt er fort, seine Stimme tief und verführerisch. Ich stehe da, gefangen zwischen der Wand und seinen Worten, mein Herz schlägt wild gegen meine Brust. Während seine Lippen meinen bedenklich nahekommen. Sein Atem ist warm und sein Duft ist berauschend.

»Verschwinde«, hauche ich ihm entgegen.

»Das ist nicht das, wonach du dich sehnst«, flüstert er mir sanft ins Ohr, während seine Zunge verführerisch über meinen Hals gleitet. Seine Finger weben sich geschickt durch meine langen Haare, als suchten sie darin nach versteckten Geheimnissen.

»Ich weiß, dass es dir gefallen hat, was ich das letzte Mal mit dir angestellt habe. Dein Körper hat es mir verraten. Ich kann dir mehr davon geben. Du musst nur ja sagen«, säuselt er in einen betörenden Ton. Unsere Blicke verharren ineinander, und in einem Moment der unerwarteten Nähe finden unsere Lippen zueinander, gefangen in einem Tanz der Verführung. Der sich entfaltende Kuss birgt die Süße des ersten Honigtropfens, der sanft die Zunge umspielt, und enthält zugleich die verborgene Schärfe von Chilis, die allmählich die Sinne erwärmt und sie in einen Rausch der Gefühle taucht. Ein Feuer breitet sich in meinem Körper aus, ich stehe in Flammen und gebe mich ganz der Lust hin. Ich greife unter seinem Pullover und gleite mit meinen Händen über seinen warmen muskulösen Rücken. Ich will seinen nackten Körper auf meinen spüren. Hemmungslos ziehen wir uns gegenseitig die Kleidung vom Leib und bewegen uns in Richtung meines Zimmers. Meine Lippen wandern über seinen Hals, die Route erschreckt sich über seine Brust, entlang seines Bauches. Bis sich seine geballte Männlichkeit mir präsentiert. Sein Duft ist betörend. Intensive verwöhne ich ihn mit meinem Mund, dabei blicke ich auf sein Schlangentattoo. Je länger mein Blick darauf verweilt, desto mehr scheint es, als würde die Schlange sich tatsächlich um seine Hüfte winden. Ein Schauder der Furcht durchfährt mich, und instinktiv stoße ich ihn von mir. Er betrachtet mich mit einem überraschten Ausdruck.

»Dein Tattoo ... es wirkt, als wäre es lebendig,« stammele ich, von Angst ergriffen.

»Fürchte dich nicht, sie wird dir nichts tun,« erwidert er, ein beruhigendes Lächeln umspielt seine Lippen, während er mich sanft zu sich zurückzieht. Ich liege, wie gelähmt auf dem Bett, während seine Zunge eine Spur von heißer Lava auf meiner Haut hinterlässt. Zärtlich umspielt er mit seiner

Zungenspitze meine Lustperle. Ein anregendes Kribbeln durchfährt meinen Unterleib. Er zieht mein Becken näher an sein Gesicht, seine Zunge gleitet in meine Lustgrotte. Ein entfesseltes Stöhnen entweicht mir. Seine Hände halten meine Hüfte fest in seinen Griff. Ich senke meinen Blick und sehe, wie die Schlange erneut zum Leben erweckt, sie kriecht über seinen Arm hinweg in meine Richtung. Hysterisch fange ich an zu zappeln und SaltMan pikantes Zungenspiel gibt sich dem letzten Akt hin. Mir stockt der Atem, ich bekomme keinen einzigen Ton heraus. Eine Welle von Lust überrollt mich und reißt mich unaufhaltsam in den Abgrund. Mein Körper brennt und zuckt angenehm. Als ich meinen Blick erneut auf ihn richte, finde ich keine Spur der Schlange. Ein Gefühl der Erleichterung durchflutet mich, und ich sinke entspannt in die Matratze zurück, während er meinen Körper mit seinen Lippen zärtlich liebkost. Dabei fahre ich ihm sanft über den Kopf und in diesem Moment bemerke ich, wie sich die schwarze Mamba um meinen Arm windet, sich mit meiner weißen Schlangentätowierung verbindet. Ein Schauder des Entsetzens durchfährt mich. Als ich aufschrecke, bemerke ich, dass bereits der nächste Morgen begonnen hat. Die nächtlichen Schatten sind verschwunden. Nackt und verschwitzt liege ich allein in meinem Bett. Ich ziehe mir meinen Bademantel über und durchstreife die Wohnung, auf der Suche nach SaltMan. In der Küche finde ich Ethan mit einer Tasse Kaffee in der Hand.

»Guten Morgen, Prinzessin. Du siehst aus, als hättest du einen Geist gesehen.«

»Ist dir SaltMan begegnet?«, frage ich, während meine Augen suchend durch die Wohnung schweifen.

»Hier? Nein, das letzte Mal sah ich ihn, als du den Kater mitgebracht hast. Wieso fragst du?«

»Schon gut. Ist nicht wichtig«, erwidere ich und entfliehe in die beruhigende Einsamkeit der Dusche. In meinem Kopf herrscht ein reges Durcheinander. Die nächtliche Begegnung mit SaltMan muss eine Illusion gewesen sein. Tattoos, die zum Leben erwachen? Unmöglich. Der Wein gestern Abend hat wohl seine Spuren hinterlassen. Ich richte mich für den Tag her. Ein kräftiger Schluck Kaffee bringt Klarheit in das Durcheinander meiner Gedanken.

∞

In der Firma angekommen, weicht mir Sina aus, und das Verhalten meiner Kollegen ist ungewöhnlich distanziert. Flüstern und versteckte Blicke folgen mir, während ich mich durch den Tag bewege. Provokativ konfrontiere ich Sina mit der Frage, ob sie Gerüchte über mich und Jack verbreitet hat. Ihre Antwort ist scharf und von Anspannung geprägt.

»Ich habe nur das gesagt, was ohnehin schon alle vermuteten.«

»Und was soll das sein?«

»Das du jetzt offiziell das Betthäschen unseres Chefs bist.«

»Ich verstehe nicht, wie du so etwas behaupten kannst. Zwischen Mr. Hollister und mir läuft nichts,« verteidige ich mich.

»Die Szene gestern sprach eine andere Sprache,« entgegnet sie beißend.

In einem Moment der Frustration entfährt mir:

»Es ist nicht meine Schuld, dass er kein Interesse an dir hat.«

Ihr Blick wird eisig, und sie lässt mich stehen, ohne ein weiteres Wort zu verlieren.

»Sina, es tut mir leid«, rufe ich ihr nach und versuche, ihre Aufmerksamkeit zu erlangen, dabei greife ich nach ihrem Arm.

»Fass mich nicht an oder ich schreie«, warnt sie mich.

»Suzanna, du bist für mich gestorben. Deine Zeit hier ist gezählt. Jetzt wirst du mich richtig kennenlernen«, droht sie mir und verschwindet in den Fluren der Firma. Ich ziehe mich zurück an meinen Arbeitsplatz, fühle mich isoliert unter dem Gewicht der Blicke und des Flüsterns.

Später am Tag bittet mich Mr. Hollister um ein Gespräch in seinem Büro. Auf dem Weg dorthin legt sich eine Stille über den Raum, ich spüre die Blicke meiner Kollegen auf mir, wie Schatten, die mich verfolgen. Als ich die offenstehende Bürotür durchschreite, empfängt mich die gewohnte Aura von Autorität und Stil, die Jacks Arbeitsplatz charakterisiert. Mit einer lässigen, einladenden Geste bittet er mich, näherzutreten.

»Setzen Sie sich, Ms. Pérez«, lädt er mich freundlich ein und zeigt auf den Sessel vor seinen Tisch – ich nehme Platz.

»Der Grund, warum ich Sie hier her geordert habe. Ich wollte mit Ihnen etwas besprechen. Mr. Hight, Mr. Iyama und ich planen ein neues Projekt und ich sehe Sie als die ideale Person, um die Leitung zu übernehmen.«

»Um was geht es bei diesem Projekt?«

»Es handelt sich um eine umfassende Risikobewertung im Zusammenhang mit unserer bevorstehenden Expansion.

Wir wollen in neue Märkte vordringen und ich möchte sicherstellen, dass wir alle möglichen Risiken sorgfältig abwägen.«

»Diese Aufgabe verbirgt eine hohe Verantwortung. Ich schätze das Vertrauen, das Sie in mich setzen.«

»Ms. Pérez, Ihr Fachwissen ist unübertroffen. Ihre Präzision und Ihre strategische Herangehensweise machen Sie zur perfekten Kandidatin, um die Leitung über dieses Projekt zu übernehmen. Ich bin überzeugt, dass Sie die richtige Person sind, um dieses Projekt zu leiten. Sie sollen nicht nur die strategische Planung übernehmen, sondern auch ein Team zusammenstellen, das Sie bei der Analyse unterstützt«, erklärt er, während er Pläne und Statistiken auf seinem Schreibtisch verteilt.

»Ein Team, zur Unterstützung?«

»Haben Sie ein Problem damit?«

»Nein, das ist ein aufregender Auftrag und ich bedanke mich bereits im Voraus für Ihr Vertrauen mir gegenüber.«

»Das freut mich zu hören. Ich bin zuversichtlich, dass Sie und Ihr Team uns dabei helfen werden, alle potenziellen Hindernisse zu überwinden. Denken Sie daran, ich stehe Ihnen zur Seite, wenn Sie Unterstützung benötigen.«

»Vielen Dank, Mr. Hollister. Ich werde sicherstellen, dass das Projekt ein Erfolg wird. Wir werden alle Risiken im Blick behalten und strategische Lösungen finden.«

»Genau das erwarte ich von Ihnen. Ich freue mich darauf, die Fortschritte zu verfolgen. Und bin mir sicher, dass Sie dieses Projekt mit Bravour meistern werden. Sollten Sie irgendwelche Fragen oder Bedenken haben, stehe ich Ihnen zu jeder Zeit zur Verfügung.«

»Vielen Dank.«

»Wusstest du, dass das Züchten von Bonsai-Bäumen eine Kunst für sich ist? Es erfordert Geduld, Sorgfalt und Aufmerksamkeit. Man muss sich mit den Wachstumszyklen vertraut machen und jede einzelne Bewegung bedenken. Es ist fast so, als würde man eine besondere Beziehung zu den Bäumen aufbrauchen«, sagt er während er liebevoll einen der Bonsai-Bäume auf seinen Schreibtisch betrachtet.

»Das klingt, faszinierend. Stammen die alle von dir?«

»Ja, sie sind meine Leidenschaft.«

»Es zeigt, dass du eine besondere Verbindung zur Natur hast«, erwidere ich. Jack nickt zustimmend und sagt dann mit einem Hauch von Ernsthaftigkeit:

»Manchmal finde ich, dass das, was wir in der Natur bewundern, auch in unserem täglichen Leben existiert. Man muss nur bereit sein, genau hinzuschauen und die Schönheit zu erkennen, die sich vor einen entfaltet.«

Ein kurzer Moment der Stille breitet sich aus, bevor Jack fortfährt: »Ich denke, das gilt auch für zwischenmenschliche Beziehungen, nicht wahr?«

Er lächelt mich an und in seinem Blick liegt mehr als nur eine einfache Metapher über Bonsai-Bäume. Ich erwidere sein Lächeln und sage mit einem leicht neckischen Unterton:

»Du bist wirklich ein Mann, der viele Facetten hat. Bonsai-Bäume und zwischenmenschliche Beziehungen – wer hätte gedacht, dass sie so eng miteinander verbunden sind?«

Jack lacht und antwortet:

»Manchmal offenbaren uns die einfachsten Dinge im Leben die größten Wahrheiten. Aber genug von Bonsai-Bäumen. Ich freue mich, dass Sie die Leitung des neuen Projekts übernehmen werden. Ich bin sicher, dass Sie Ihre einzigartige Perspektive und Ihre Fähigkeiten hervorragend einbringen werden.«

Ich bedanke mich höflich und begebe mich in Begleitung von Jack zur Tür.

»Wie gesagt, wenn Sie Fragen haben, ich bin jederzeit für Sie da.«, sagt er und öffnet mir die Tür. Mit einem verstohlenen Lächeln und bejahendem Nicken verlasse ich sein Büro. An meinen Arbeitsplatz angelangt stürze ich mich direkt in die Planung des Projektes. Obwohl ich im Moment keinen Schimmer habe, wie ich das Team gestalten soll, bei der aktuellen Lage, die ich Sina zu verdanken habe. Ich wusste, es ist ein Fehler, mit Jack auszugehen, und jetzt bekomme ich die Quittung dafür. Das ist nicht fair.

∞

Nach der Arbeit gehe ich Arthur im Krankenhaus besuchen. Die klinische Atmosphäre des Gebäudes umhüllt mich, als ich durch die schimmernden Gänge zur Intensivstation gehe. Der sterile Geruch von Desinfektionsmitteln liegt in der Luft, während das gedämpfte Summen von medizinischen Geräten meine Ohren erreicht. Arthur hat sich allmählich erholt. Als ich sein Zimmer betrete, sitzt er aufrecht in seinem Krankenbett, im Vergleich zu den Tagen davor. Seine Augen leuchten auf, als er mich sieht.

»Suzanna, wie schön dich wieder zusehen!«, sagt er mit einem schwachen, aber herzlichen Lächeln.

Ich erwidere das Lächeln und trete näher.

»Natürlich, Arthur. Ich muss einfach nachschauen, wie es dir geht.«

»Die Ärzte sind zuversichtlich. Morgen werde ich auf eine reguläre Station verlegt. Ist das nicht, großartig?«

»Das ist fantastisch! Ich freue mich für dich.«

Ich ziehe einen Stuhl heran und setze mich neben sein Bett. Arthur erzählt mir von den Höhen und Tiefen seiner Genesung, von den Unterstützungen des Pflegepersonals. Ich höre aufmerksam zu.

»Und wie geht es dir, Suzanna? Du siehst traurig aus. Ist etwas passiert?«, fragt er und schaut mich besorgt an.

Ich zögere einen Moment, bevor ich antworte.

»Mir geht es gut. Der Tag auf der Arbeit war etwas anstrengend. Ich habe ein neues wichtiges Projekt erhalten, was meine ganze Aufmerksamkeit benötigt.«

In diesem Moment durchbricht eine Krankenschwester unser Gespräch.

»Entschuldigen Sie die Störung. Mr. Silver, es ist Zeit für Ihre Medikamente.«

Arthur nickt mit einem Lächeln auf seinen Lippen.

»Ich muss mich um meine Pflichten kümmern, aber bleib ruhig noch eine Weile, wenn du magst.«

Die Schwester verabreicht die Medikamente, und ich bleibe an Arthur Seite, bis er eingeschlafen ist.

Auf dem Weg nach Hause komme ich an einen kleinen Buchladen vorbei. Er ist mir vorher noch nie aufgefallen. Der Laden thront zwischen den anderen Gebäuden der belebten Straße, als ob er ein geheimes Portal zu einer anderen Welt markieren würde.

Die Fassade ist ein charmantes Zusammenspiel aus einen erfrischendem grün und ein beruhigendes dunkles Blau, das dem Laden eine zeitlose Eleganz verleiht.

Ein überdimensionales Schaufenster, gewährt neugierige Blicke in das Innere des Buchladens. Hier drängen sich Hardcover-Bücher, Taschenbücher und bunte Buchrücken, als würden sie darauf warten, entdeckt zu werden. Der sanfte Schein von Leselampen im Fenster verspricht gemütliche Stunden inmitten von Worten und Abenteuern. Ein filigranes Metallschild mit kunstvoll geschwungenen Buchstaben über der Tür verkündet stolz den Namen des Ladens: 'Wortgefecht – Ihre Bibliothek der Träume'. Über der Eingangstür thront eine antike, gusseiserne Laterne, die ihr warmes Licht auf den kleinen Vorplatz wirft. Das Klingeln des Türglöckchens begleitet mich, als ich die Buchhandlung betrete. Der vertraute Geruch von bedrucktem Papier und frisch gemahlenem Kaffee umschmeichelt meine Sinne. Ein leichtes Summen von Menschen, die zwischen den Regalen stöbern, erfüllt den Raum. Die Buchhandlung, ein Labyrinth aus Wörtern und Geschichten. Die Holzregale erstrecken sich in die Höhe, gefüllt mit Büchern in allen Formen und Farben. Hier und da lugen einzelne Exemplare aus den Regalen, als würden sie darauf warten, von einem neugierigen Leser entdeckt zu werden. Ich lasse meine Fingerspitzen über die Buchrücken gleiten, während ich die Titel betrachte. Die kunstvollen Cover und verlockenden Klappentexte versprechen Abenteuer, Liebe und Weisheit. Mein Blick fällt auf ein Buch, dessen Cover eine faszinierende Verschmelzung von Stadtsilhouetten und wilder Natur zu sein scheint.

Inmitten eines ozeanblauen Himmels erstreckt sich die Skyline von Seattle, moderne Hochhäuser, die sich kühn in den Himmel recken. Hinter dieser Symphonie breitet sich die raue Schönheit Alaskas aus, majestätische Berge, weite Täler und glitzernde Gewässer. Das Cover wird von einer rothaarigen Frau dominiert, die vor dieser eindrucksvollen Kulisse steht. Ihr Gesicht strahlt eine Mischung aus Stärke und Anmut aus, während ihr Blick, so tief wie der Ozean, in die Ferne schweift. Die wilden roten Haare tanzen im Wind, sie spiegelt sowohl die urbanen Elemente als auch die Naturverbundenheit wider – eine Collage aus Abenteuerlust und Selbstbewusstsein. Die rothaarige Frau scheint eine Brücke zwischen den Welten zu schlagen, als ob sie sowohl die pulsierende Energie der Großstadt als auch die erdende Kraft der unberührten Wildnis in sich vereint. Ein Symbol für die Dualität des Lebens, das in diesem Buch erkundet wird. Die roten wie mit Blut geschriebenen Buchstaben des Titels, elegant in das Bild eingewoben, tragen den Namen der Geschichte:

'A Fucking Story– Eine verführerische Offenbarung. '

Der Buchrücken fühlt sich fest und robust an, verspricht, dass zwischen den Seiten eine epische Reise und eine Story voller Kontraste und Entdeckungen liegt. Es ist, als würde das Cover selbst eine Erzählung beginnen, eine Geschichte von Abenteuern, Selbstfindung und der Symbiose zwischen urbanem Leben und der unberührten Natur. Das Buch ruft nach mir, und ich kann es kaum erwarten, in diese Welt einzutauchen, wo die Skyline von Seattle und die Landschaft von Alaska zu einem fesselnden Ballett verschmelzen. Ich schlendere weiter durch die Gänge, vorbei an den Genres, die von klassischer Literatur bis hin zu zeitgenössischen

Romanen reichen. Die Stille der Buchhandlung wird nur von gedämpften Gesprächen und dem leisen Rascheln von Seiten durchbrochen. Hier und da entdecke ich einen Tisch mit Empfehlungen des Personals, kleine Notizzettel, die wie geheime Botschaften wirken. Schließlich finde ich einen gemütlichen Lesebereich in einer abgelegenen Ecke. Ein Sessel, umgeben von stapelweisen Büchern, lädt zum Verweilen ein. Ich nehme Platz, das Buch immer noch in meinen Händen und tauche ein in die ersten Seiten einer neuen Geschichte. Die Welt um mich herum verschwindet, und ich finde mich in einer anderen Realität, nur durch Worte erschaffen. Und während ich in die Seiten des Buches eintauche, bin ich dankbar für die Magie, die zwischen den Regalen liegt – eine Magie, die mir die Freiheit schenkt, in unendliche Welten abzutauchen und neue Abenteuer zu erleben. Und für einen Moment meine eigenen Sorgen und Ängste zu vergessen.

Die Seiten meines neuen Buches 'A Fucking Story - Eine verführerische Offenbarung' versinken tiefer in meinen Händen, und die Worte der Autorin weben eine mysteriöse Atmosphäre um mich herum. Plötzlich nehme ich wahr, dass sich jemand in meiner Nähe befindet. Ein Schatten manifestiert sich neben mir. Als ich aufschaue, begegnet mein Blick einem Paar durchdringender blauer Augen, die von einer intensiven Aura umgeben sind.

»Eine interessante Wahl, die du getroffen hast«, sagt er mit einer sonoren Stimme, die wie ein Hauch von Geheimnis klingt. SaltMan – der Name schießt wie ein Blitz durch meinen Verstand. Er lächelt charmant, und ich spüre eine unerklärliche Vertrautheit.

»Oh, äh, Ja, das Buch. Es ist eine Art Mischung aus Romantik und einem Hauch von… Abenteuer, würde ich sagen«, stottere ich und rücke leicht nervös mit dem Buch in meinen Händen. Er nickt verständnisvoll.

»Die Mischung der Genres kann oft überraschend sein. Dieses Buch hat einen faszinierenden Titel. 'A Fucking Story' – der allerlei Raum für Interpretationen lässt.«

Ein leises Lachen entweicht mir.

»Ja, es ist wirklich ungewöhnlich. Die Autorin hat eine einzigartige Art, die Geschichte zu erzählen«, antworte ich. SaltMan betrachtet das Cover mit einem Schmunzeln auf seinen Lippen.

»Man sagt, Bücher haben die Kraft, uns in andere Welten zu entführen. Dieses hier scheint eine besondere Reise zu versprechen.«

Er setzt sich mir gegenüber und seine Augen funkeln weiterhin mit jener geheimnisvollen Intensität.

»Hast du schon einmal darüber nachgedacht, dass Bücher oft mehr sind als nur Worte auf Papier? Sie tragen Geschichten, ja, aber auch Sehnsüchte, Träume und manchmal sogar das Echo vergangener Leben.«

Ich hebe leicht die Augenbrauen, von seinen Worten fasziniert.

»Das ist eine interessante Perspektive. Aber ich denke, in Büchern finden wir vor allem uns selbst. Oder zumindest eine Version von uns, die wir entdecken wollen.«

Ein nachdenklicher Ausdruck huscht über sein Gesicht.

»Das stimmt. In den Geschichten können wir uns verlieren, aber gleichzeitig finden wir uns wieder. Es ist, als ob die Seiten uns einen Spiegel vorhalten, um uns tiefer zu verstehen.«

»Stelle dir vor, wie viele Hände dieses Buch berühren werden, wie viele Leben es beeinflusst. Die Worte, die in diesen Seiten verweilen, sind wie ein Vermächtnis vergangener Jahrhunderte.«

Wir schweigen einen Moment, während die Tiefe seiner Worte nachhallt. Dann, mit einem charmanten Lächeln, sagt er: »Vielleicht wird auch dieser Roman Teil deiner eigenen Geschichte.«

Der Moment fühlt sich fast magisch an, als ich das Buch in den Händen halte.

»Vielleicht«, flüstere ich, und unsere Blicke treffen sich, als ob zwischen uns mehr liegt als nur Worte. Ein Gefühl von Verbundenheit, das über den Buchladen hinausreicht.

»Genug der Worte. Pass gut auf dich auf, Suzanna«, sagt er und verlässt mich wieder.

Ich beobachte, wie er durch die Buchhandlung schreitet, als wäre er ein Charakter, der gerade aus den Seiten eines Buches gestiegen ist - eine Figur in meiner eigenen Geschichte, deren Rolle ich noch nicht ganz ergründen kann.

Kapitel 10

*M*it einem unwohlen Bauchgefühl betrete ich am nächsten Morgen den Besprechungsraum, in dem sich alle Teammitglieder eingefunden haben, die ich für dieses Projekt ausgewählt habe. Ich benötige ein starkes und effizientes Team, um die gesteckten Ziele zu erreichen. Dabei bin ich nicht drum rumgekommen Sina zu dieser Gruppe zu beordern. Ich stehe vor einer Präsentationswand, auf der ich die Schlüsselaspekte des Projekts visualisiert habe.

»Guten Morgen. Wie ihr wisst, stehen wir vor einer aufregenden Herausforderung. Unser Unternehmen plant eine Expansion und wir sind hier, um sicherzustellen, dass dieser Schritt strategisch und risikobewusst erfolgt. Ich bin zuversichtlich, dass wir gemeinsam erfolgreich sein werden.«

Ich verteile die Unterlagen und gebe jedem Teammitglied einen kurzen Moment, um die Auswahl zu prüfen. In den Augen der meisten konnte ich ein Funkeln der Vorfreude erkennen, aber bei Sina war es anders. Ihr Blick verriet Missgunst und Ablehnung.

»Unsere Aufgabe besteht darin, die Risiken zu identifizieren, zu bewerten und Strategien zu entwickeln, um diese zu managen. Wir wollen sicherstellen, dass unsere Expansion auf soliden Grundlagen steht. Jeder von euch spielt eine wichtige Rolle.«

Während ich spreche, kann ich spüren, wie Sina versucht, ihre Abneigung zu verbergen, aber es ist offensichtlich. Ein kurzer Blickaustausch mit einem Kollegen, ein schneidendes Geräusch – ihre subtilen Versuche, Unmut zu säen.

»Sina, ich erwarte von jedem hier vollen Einsatz und Zusammenarbeit. Dies ist eine Teamleistung und ich bin sicher, dass wir gemeinsam großartige Ergebnisse erzielen können.«

Ein kaum merkliches Anheben ihrer Augenbrauen und ein spöttischer Blick zu einem anderen Kollegen – Sinas Widerstand war spürbar.

»Lasst uns gemeinsam die nächsten Schritte besprechen und sicherstellen, dass wir dieses Projekt zu einem Erfolg machen. Ideen, Anregungen und Bedenken sind immer willkommen.«

Während das Meeting fortschreitet, setzt Sina ihre subtilen Bemerkungen fort, aber ich bleibe professionell und konzentriert auf das gemeinsame Ziel des Teams. Es war klar, dass sie versucht, Uneinigkeit zu säen, aber ich bin entschlossen, unser Projekt erfolgreich voranzubringen und mich nicht von Sinas negativer Energie beeinflussen zu lassen.

Zurück an meinem Arbeitsplatz, nimmt der Tag eine unerwartete Wendung, als Angela, eine Kollegin, vor meiner Bürotür erscheint, begleitet von einer Person, die ich im Leben nicht hier erwartet hätte – Mr. SaltMan.

Was zur Hölle will der hier. Ein Sturm aus Emotionen braust durch mich hindurch, mein Herzschlag beschleunigt sich merklich bei seinem Anblick.

Ich fühle mich ertappt, fast kindisch dabei, wie ich versuche, mich hinter dem Bildschirm meines Computers zu verbergen, als seine tiefe, raue Stimme den Raum durchschneidet:

»Ms. Suzanna Pérez.«

Überrascht und verunsichert blicke ich auf, konfrontiert mit seiner Präsenz.

»Was machst du hier?«, entfährt es mir, während er ein selbstgefälliges Lächeln aufsetzt. In diesem Moment offenbart Jack Hollister sich hinter ihm:

»Mr. West, es freut mich, dass Sie meiner Einladung gefolgt sind.«

Die Offenbarung trifft mich wie ein Schlag – Mr. SaltMan ist niemand Geringeres als der Milliardär Lucian West. Schock und Faszination mischen sich in meinem Blick, während ich versuche, die Überraschung zu verarbeiten. Trotz umfangreicher Recherchen war er für mich stets ein Phantom ohne Gesicht.

»Mr. West, darf ich Ihnen unsere beste Mitarbeiterin vorstellen. Ms. Pérez. Sie hat an der Risikobewertung für Ihre Firma gearbeitet.«

»Ihnen habe ich die Ablehnung zu verdanken«, sagt er und reicht mir seine Hand zur Begrüßung. Ein elektrisierendes Gefühl durchströmt mich. Seine Aura ist durchdrungen von einer kühlen Eleganz und einer beherrschenden Präsenz, die mich unweigerlich in seinen Bann zieht.

Nach einem kurzen, aber intensiven Austausch geleitet Jack Hollister ihn in sein Büro, und ich bleibe zurück, gefangen in einem Wirbel aus Gedanken und Spekulationen. Was könnte Lucian West hier suchen, nachdem die Fusion längst vom Tisch ist?

Als das Meeting endet und Lucian West das Büro mit einem zufriedenen Lächeln verlässt, ergreife ich die Initiative und ziehe ihn beiseite.

»Du bist aber heute stürmisch, dass gefällt mir«, sagt er, während er seine Arme um mich legt.

»Lass das!«, ermahne ich ihn und befreie mich aus seinen Händen.

»Wieso hast du nie erwähnt, wer du bist?«

»Was spielt das für eine Rolle. Würdest du dann eher mit mir schlafen?«

»Nein, natürlich nicht. Ich bin nur überrascht, dass du Lucian West bist. Ich habe Monate über dich recherchiert, aber es sind kaum bis gar keine Informationen über dich im Internet. Nur Infos über deine Firma.«

»Und das war der ausschlaggebende Punkt, dich gegen eine Fusion zu stellen?«

»Nein, das war nicht der einzige Grund.«

»Zermartere nicht dein hübsches Köpfchen, wir haben eine andere Lösung gefunden. Die unsere beiden Firmen unterstützt. Übrigens ich erwarte dich und Ethan heute Abend bei mir, zwanzig Uhr«, sagt er und verschwindet.

∞

In meiner Mittagspause mache ich einen kleinen Umweg zum Tattoostudio, in dem Ethan arbeitet, nur ein paar Straßen von meinem Büro entfernt.

Als ich eintrete, begrüßt mich die vertraute Melodie der Tätowiermaschine und der Duft von Desinfektionsmittel. Ethan ist damit beschäftigt, den Rücken einen beeindruckenden Totenkopf zu verewigen.

»Hey, was machst du denn hier? Solltest du nicht bei der Arbeit sein?«, wundert sich Ethan, während er kurz innehält und zu mir aufschaut.

Mit einem ernsten Unterton bitte ich um ein privates Gespräch.

»Können wir kurz reden? Unter vier Augen?«

Ethan nickt seinem Kunden zu, verspricht ihm eine kurze Pause, und wir ziehen uns in das Hinterzimmer des Studios zurück.

»Willst du einen Kaffee?«, bietet Ethan an, doch ich lehne ab, zu sehr beschäftigt mit dem, was ich zu erzählen habe.

»Du glaubst nicht, wer gerade in der Firma war und mit Hollister gesprochen hat.«

Ethan, immer bereit für einen Scherz, kann sich ein Grinsen nicht verkneifen.

»Lass mich raten, es war nicht der Weihnachtsmann?«

Ich atme tief durch.

»Mr. SaltMan – sein richtiger Name ist Lucian West.«

Ethans Augen weiten sich.

»Der West? Der Milliardär aus deinem Bericht?«

»Ja. Hat er dir jemals seinen Namen genannt?«

Ethan schüttelt den Kopf.

»Namen waren nie unser Thema. Aber was genau beunruhigt dich jetzt?«

Zögerlich gebe ich zu: »Ich habe dir das nicht erzählt. Auf der Party neulich, da kamen wir uns etwas näher.«

Ethan, sichtlich überrascht, lacht kurz auf.

»Na, das nenn ich mal eine Entwicklung. Glückwunsch.«

»Schön, dass du dich freust. Was mache ich denn jetzt?«

»Nichts. Verhalte dich normal. Wenn du kein Interesse an ihn hast, dann belasse es dabei, was war. Übrigens, er hat uns für heute Abend bei sich eingeladen.«

»Das hat er mir schon gesagt, er erwartet uns beide. Ich werde nicht mitkommen. Da spiele ich nicht mit.«

»Bist du dir da sicher? Deine Augen sprechen eine andere Sprache«, sagt Ethan in einen verführerischen Ton, legt seine Arme um meine Taille und schmiegt sich sanft an meine Hüfte. Dabei küsst er zärtlich meinen Hals.

»Sag mir, dass du das nicht vermisst«, flüstert er mir entgegen, während ich meine Augen schließe und seine Berührungen genieße.

»Du kannst uns beide haben«, sagt er, während sich unsere Blicke treffen.

»Suzanna, du kannst deine Lust verleugnen aber nicht aufhalten. Es ist völlig in Ordnung sein Leben weiterzuleben. Spaß zu haben. Du musst dich nicht schlecht deswegen fühlen.«

»Du verstehst das nicht. Ich will einfach nie wieder so verletzt werden. Dafür verzichte ich auf alles, was nötig ist.«

»Das klingt traurig. Warum bestrafst du dich selbst? Was, wenn du genau, deswegen, die Liebe deines Lebens verpasst?«

»Wenn ich eins, in all der Zeit gelernt habe, dann, dass es keine wahre Liebe auf dieser Welt gibt. Jeder ist ein

Egoist und denkt nur an seine Vorteile. Ich habe einfach den Glauben, daran verloren«, antworte ich verbittert.

»Und was ist mit Familie, Kinder? Du hast immer davon geträumt. Und jetzt gibst du das alles auf, nur wegen Mark? Weil er, ein Riesenarschloch war.«

»Meine Ansichten haben sich nun mal geändert. Ich bin glücklicher, wenn es nur mich allein gibt. Damit mache ich mich unantastbar.«

»Ich glaube nicht, dass du dich davor schützen kannst. Die Liebe wird dich packen und du wirst dich nicht wehren können. Egal, wie sehr du dich windest«, erwidert er vehement und widmet sich wieder seinem Kunden. Woraufhin ich das Studio verlasse. Dabei höre ich Ethan mir hinterherrufen: »Sei pünktlich zu Hause!«

Zurück in der Firma, nehme ich meine Arbeit wieder auf unter den bösen Blicken von Sina, als sich plötzlich eine E-Mail von Jack in meinem Postfach befindet.

Betreff: Einladung zu einem zauberhaften Abend

Liebe Suzanna,

Nach unserem Treffen habe ich oft darüber nachgedacht, wie sehr ich die Gespräche mit dir genossen habe. Es passiert selten, dass man jemanden kennenlernt, mit dem man sich auf so vielen Ebenen austauschen kann, und ich schätze jede Minute, die wir miteinander verbringen.

Deshalb möchte ich dich zu einem Abend bei mir einladen. Nichts Großes, nur wir zwei, ein gutes Essen,

vielleicht ein Spaziergang mit Ruby, wenn es das Wetter zulässt. Ein Abend, an dem wir einfach die Zeit vergessen und den Moment genießen können. Ich würde mich freuen, dich in meinem Zuhause willkommen zu heißen und dir eine kleine Auszeit vom Alltagsstress zu bieten. Ich freue mich jetzt schon auf die Zeit mit dir und unsere tiefgründigen Gespräche.

[17*]Con el mismo cariño, también espero verte muy pronto.

Jack

Betreff: RE: Einladung für einen gemütlichen Abend.

Lieber Jack,

Vielen Dank für deine charmante Einladung. Es freut mich, dass du an mich gedacht hast. Ein Abend in deinem Zuhause klingt verlockend, und ich bin gespannt darauf, Ruby wiederzusehen.
Leider bin ich für den heutigen Abend bereits verplant und kann daher nicht kommen. Ich schlage vor, wir verschieben unser Treffen auf nächste Woche. Ich hoffe, das passt dir genauso gut wie mir.

[18*]Me emociona pasar más tiempo contigo y con Ruby. ¡Hasta pronto!

Suzanna

Als der Arbeitstag sich dem Ende zuneigt und die untergehende Sonne den Himmel in warme Farben taucht, beginne ich meinen Heimweg. Eine sanfte Brise spielt mit meinen Haaren und die letzten Sonnenstrahlen erwärmen meine Haut. Um mich herum herrscht das geschäftige Treiben der Stadt, die niemals zur Ruhe kommt, ein stetes Pulsieren des Lebens. Während ich mich durch die Straßen bewege, lassen mich meine Gedanken nicht los – sie kreisen um Lucian. Habe ich ihn missverstanden? Ist er mehr als nur ein Mann, der nach Vergnügen sucht? Ich versuche, diese Gedanken beiseitezuschieben, als ich in den Bus steige und die vorbeiziehende Stadt beobachte. Die Begegnungen mit Lucian, die unerwarteten Momente der Nähe, alles wirbelt durcheinander in meinem Kopf. Die Großzügigkeit, die er bei Arthur zeigt. Ich stehe zwischen Unsicherheit und Sorge, suche nach einem Fünkchen Klarheit in diesem Wirrwarr der Gefühle. Die Vorstellung, Lucian Wests Einladung anzunehmen, zerreißt mich innerlich. Bin ich bereit, einen weiteren Schritt in seine Welt zu wagen, ein Sprung ins Ungewisse, der nicht nur meine Gedanken, sondern auch mein Herz in Beschlag nimmt? Mit jedem Meter, den der Bus mich dem Apartment näherbringt, beginnen die Straßenlaternen wie Leuchttürme in der Dämmerung zu glühen, ein sanfter Hinweis darauf, dass der Tag dem Ende entgegengeht.

Als ich die Tür meiner Wohnung öffne, durchbricht Mr. Wiggles mit seinem sanften Miauen die Stille, die mich empfängt. Ein Lächeln zeichnet sich auf meinem Gesicht ab, während ich ihn liebevoll in meine Arme schließe und durch die Räume trage. Sein zufriedenes Schnurren füllt die Luft, als ich mich mit ihm auf das Sofa sinken lasse.

In diesem Moment der Ruhe fasse ich den Entschluss, Lucians Einladung anzunehmen. Schnell tippe ich eine Nachricht an Ethan, teile ihm mit, dass ich ihn zu Lucian begleiten werde. Seine Antwort lässt nicht lange auf sich warten; er wird in einer Stunde zu Hause sein. Diese Zeit nutze ich, um mich mental und physisch auf den bevorstehenden Abend vorzubereiten. Während Neugier und Nervosität meine Gedanken umspielen und Zweifel leise flüstern, greife ich nach einem Glas VodkaCola. Die bittersüße Flüssigkeit beruhigt mein aufgewühltes Inneres und verscheucht die Unruhe.

Als Ethan nach Hause kommt, bin ich bereits fertig für den Abend.

»Wow... du siehst umwerfend aus«, empfängt mich sein Ausruf, als ich aus dem Bad trete. Seine Augen weiten sich bei dem Anblick meines Outfits, das ich für diesen besonderen Anlass ausgewählt habe.

»Dieses rote Kleid an dir habe ich ja noch nie gesehen«, bemerkt er anerkennend und seine Bewunderung schmeichelt mir. Mit einer herzlichen Umarmung und einem zärtlichen Kuss auf die Wange heißt er mich willkommen.

»Wie war dein Tag? Hast du etwas von Arthur gehört?«, fragt er mich mit einem fesselnden Blick.

»Es geht ihm wieder besser. Er hat mir erzählt, dass Lucian ihm Unterstützung angeboten hat – für die Zeit nach dem Krankenhaus.«

»Siehst du, ich wusste es, Lucian ist ein guter Kerl«, erwidert er überzeugt.

Und verschwindet für einen kurzen Moment ins Bad, um sich für den Abend vorzubereiten. Nachdem auch Ethan sich in Schale geworfen hat, rufen wir ein Taxi und lassen uns zu Lucians Penthouse chauffieren.

∞

Als wir bei Lucian eintreffen, empfängt er uns an der Tür mit einem Lächeln, das ansteckend wirkt und seine ungezwungene Eleganz unterstreicht. In seinem leger offenen Hemd und den perfekt sitzenden Jeans verkörpert er eine lässige Anmut. Mein Blick wandert zu dem Schlangenkopf, der sich um seine Taille windet – ohne eine Spur von geheimnisvollen unerklärlichen Bewegungen. Er begrüßt uns jeden herzlich mit einer warmen Umarmung und einen zarten Kuss auf die Wange. Der sanfte Glanz der Kerzen taucht den Raum in ein sinnliches Licht, und die leise Musik im Hintergrund schafft eine entspannte Atmosphäre. Als aufmerksamer Gastgeber schenkt uns Lucian einen erlesenen Wein ein. Ethan lässt sich derweil lässig auf das opulente Sofa nieder, während ich, immer noch wie gefesselt im Raum stehe. Als Lucian mir das Glas reicht, berühren sich unsere Finger – ein flüchtiger Kontakt, der von einer seltenen Intensität geprägt ist.

»Du siehst atemberaubend aus, Suzanna«, flüstert Lucian, seine Stimme kaum mehr als ein sanfter Hauch, während seine Hand meinen arm leicht berührt. Diese Berührung, so zart und bedacht, hinterlässt eine Gänsehaut auf meiner Haut, eine Art elektrisierendes Prickeln, das mich bis ins Mark erschüttert.

»Danke«, erwidere ich mit zitternder Stimme. Die Musik kaum hörbar. In diesem Moment scheint die Welt, um uns herum zu verblassen. Unsere Blicke gefangen ineinander.

»Ich tue mit dir nichts, was du nicht willst«, flüstert er und fährt zärtlich mit seiner Hand über meine Wange. Sein Atem streicht über meine Lippen und der süße Duft seines Parfums betört meine Sinne. Seine Lippen treffen, auf die meine. Und dieser Kuss ist wie ein Versprechen was die Leidenschaft zwischen uns entfacht. Dabei öffnet er langsam den Reißverschluss meines Kleides, es gleitet von meinem Körper auf den Boden. Meine Hände berühren zärtlich seinen Körper auf der Suche nach seiner Nähe. Ethan tritt an unsere Seite. Sie nehmen mich schützen in ihrer Mitte auf. Die Berührung ihrer Hände auf meiner Haut ist wie ein zärtliches Versprechen, und die Wärme zwischen uns wird immer intensiver. Die Erregung in mir steigt ins Unermessliche.

Wir verlieren uns zu dritt in einen sinnlichen Tanz. Beide liebkosen meinen Körper. Ihre Berührungen hinterlassen ein Kribbeln auf meiner Haut. Unsere Lippen treffen sich erneut in einem intensiven Kuss, während sich unsere Körper langsam auf das weiche Sofa zubewegen. Der Raum füllt sich mit einem betörenden Duft, eine Mischung aus unseren Körpern und dem Hauch ihres Parfums. Jeder Moment scheint in Zeitlupe zu vergehen, als unsere Blicke sich treffen und die verborgenen Sehnsüchte zwischen uns enthüllen.

Die Nacht gehört uns, und die Stille wird von unseren gedämpften Atemzügen durchbrochen. Jeder Moment ist wie ein Gemälde der Intimität, bei dem wir uns in den Nuancen der Ekstase verlieren. Die elektrisierten Wogen, die durch unsere Körper pulsieren, erlangt ihren Höhepunkt, als die Intensität des Augenblickes zwischen uns ihren Gipfel erreicht. Ein Gefühl von Elektrizität durchströmt mich, begleitet von einem flüchtigen Zittern meiner Haut. Die Welt scheint für eine Sekunde lang nicht zu existieren, während ich in der süßen Erschöpfung dieses intimen Moments verweile.

∞

»Guten Morgen«, dringt Lucians Stimme zärtlich in mein Bewusstsein. Seine Stimme ein Geflecht aus Sanftmütigkeit und Wärme. Zärtlich streicht er eine Haarsträhne von meiner Wange, als ich langsam die Augen öffne.

»Wie spät ist es?«, frage ich, meine Stimme belegt vom Schlaf, während die Realität mich packt. »Kurz nach sieben«, erwidert Lucian.

Eine Welle von Panik durchfährt mich.

»¡Oh no... ich muss zur Arbeit. Mist, ich kann es mir nicht erlauben, zu spät zu kommen«, stammle ich, während ich hektisch aus dem Bett springe.

»Wo ist Ethan?«, frage ich, während ich hastig nach meiner Kleidung suche.

»Er ist letzte Nacht gegangen, als du schon geschlafen hast«, erklärt Lucian.

»Du verarscht mich! Das darf doch alles nicht wahr sein«, platzt es aus mir heraus.

»Ich muss pünktlich auf Arbeit erscheinen und mit dem Kleid kann ich dort nicht auftauchen.«

»Warte, ich habe da etwas«, sagt er und verschwindet kurz in seinem Ankleidezimmer, um dann mit einem Hemd und einer blickdichten Strumpfhose zurückzukehren.

»Von wem ist die?«, frage ich, ein Sturm der Entrüstung in meiner Stimme, als er mir die Kleidung reicht.

»Keine Ahnung, hier bleibt manchmal einiges Liegen«, entgegnet er mit einem Grinsen.

»Zieh das an und knote das Hemd einfach vorn zusammen.«

»Großartig, noch ein Grund für Sina, ihr Gift zu verspritzen«, seufze ich resigniert, während ich mich in die ungewöhnliche Garderobe zwänge.

»Wer ist Sina?«, erkundigt sich Lucian.

»Eine Kollegin ... Sie sieht in mir eine Rivalin«, erkläre ich, während ich versuche, das Hemd modisch zu drapieren.

»Und warum sieht sie dich als Konkurrenz?«, bohrt Lucian nach, sein Interesse geweckt.

»Sie hat ein Auge auf unseren Chef geworfen und denkt, ich hätte etwas mit ihm«, antworte ich, während ich mich im Spiegel betrachte.

»Und, hat sie Recht damit?«, durchbohrt mich Lucians eindringliche Stimme mit seinen Fragen. Ich zögere kurz, bevor ich antworte.

»No, wir verstehen uns nur gut und er schätzt meine Arbeit«, erkläre ich.

»Die klassische 'wir sind nur Freunde'-Ausrede. Aber eins kann ich dir sagen, er wird dich nie so glücklich machen können, wie ich es diese Nacht getan habe«, sagt er, nimmt meinen Kopf in seine Hände und küsst mich leidenschaftlich.

Die Erinnerungen an die vergangene Nacht drängen sich wieder in mein Bewusstsein. Widerstrebend löse ich mich von ihm und treffe seine Augen.

»Ich kann so nicht gehen, das sieht furchtbar aus. Könntest du mich bitte nach Hause fahren, damit ich mich umziehen kann?«

»Natürlich«, antwortet er lakonisch, hilft mir aus dem Hemd und schlüpft selbst hinein. Er wirft sich die Jeans über, die achtlos auf dem Boden liegt, und wir brechen auf. Die Fahrt zurück in die Wohnung ist ein wilder Ritt durch das pulsierende San Francisco, Lucians Konzentration gilt allein der Straße. Innerhalb von fünfzehn Minuten erreichen wir mein Apartment

»Ich warte hier, beeil dich«, drängt Lucian mit einer Stimme, die keinen Widerspruch duldet, während ich hastig aus dem Auto springe. Kaum habe ich die Tür hinter mir geschlossen, empfängt mich Mr. Wiggles mit einem erwartungsvollen Miauen. Ein schnelles Streicheln über sein weiches Fell, und dann husche ich schon ins Schlafzimmer, um mich in Windeseile umzuziehen. Mein Herz klopft bis zum Hals, als ich zurück zu Lucians wartendem Mercedes sprinte. Die Fahrt zum Büro verfliegt in einer Mischung aus angespanntem Schweigen und dem Rauschen des morgendlichen Verkehrs.

»Du kannst hier halten, die paar Meter schaffe ich zu Fuß«, sage ich, als wir in der Nähe der Firma ankommen.

»Wie du wünscht«, antwortet er kurz und knapp.

»Danke, für deine Hilfe.«

Lucians Antwort ist ein knappes Nicken, seine Miene unergründlich, als ich aus dem Wagen steige.

Die kühle Morgenluft begrüßt mich wie eine lang vermisste Freundin, während ich tief durchatme und versuche, die Wirren meiner Gedanken zu ordnen.

Noch ein letzter Blick zurück zu Lucian, dessen Ausdruck eine ungewohnte Distanz aufweist. Ein Stich des Bedauerns durchfährt mich – hätte ich doch nur geschwiegen.

»Bis später«, flüstere ich mit einem Hauch von Hoffnung, bevor ich mich abwende und mit schnellen Schritten meinem Alltag entgegengehe.

Die Schwere in meinem Magen ist ein stummer Zeuge der Zerrissenheit, die mich begleitet, als ich die Türen zur Firma durchschreite.

Der Tag verläuft wie im Zeitraffer. Ich versuche, mich auf meine Aufgaben zu konzentrieren. Doch Lucians intensiver Kuss und die Erinnerungen an die Nacht lassen mich nicht los. Die Mittagspause lässt mich einen Moment durchatmen. Ich beschließe, mir einen Kaffee zu holen, um einen klaren Kopf zu bekommen. Als ich in der Kaffeeecke stehe, taucht plötzlich Sina auf.

»Suzanna, hast du einen Moment?«, fragt sie mit einem aufgesetzten Lächeln.

»Natürlich, Sina. Was gibt es?«, antworte ich vorsichtig.

»Mir ist heute Morgen aufgefallen, dass dich Lucian West zur Arbeit gefahren hat. Hast du mit ihm auch eine Fahrgemeinschaft wie mit Mr. Hollister?«, fragt sie mit einem Unterton, der weniger nach Interesse klingt, sondern mehr nach Vorwürfen.

»Das geht dich nichts an«, erwidere ich kühl und versuche, mich nicht von ihren insinuierenden Kommentaren aus der Ruhe zu bringen.

»Oh, ich frage ja nur. Es ist bekannt, wie manche ihre Karriere vorantreiben«, setzt sie nach, ihre Stimme triefend vor Sarkasmus.

»Kümmere dich um deine eigenen Angelegenheiten, Sina«, entgegne ich mit fester Stimme und lasse sie zurück. »Mr. Hollister ist bestimmt nicht erfreut über diese Neuigkeiten«, ruft sie mir provozierend nach. Unbeeindruckt von ihrer Aussage gehe ich weiter.

In der Mittagspause bekomme ich eine E-Mail von Mr. Hollister, in der er mich um ein dringendes Gespräch bittet. Mit gemischten Gefühlen mache ich mich auf den Weg zu Mr. Hollister, nicht sicher, was mich erwartet. Als ich Jacks Büro betrete, liegt eine spürbare Spannung in der Luft. Sein Gesichtsausdruck ist schwer zu deuten, was meine Nervosität nur steigert. Mein Herz klopft heftig gegen meine Brust, während ein feuchtes Gefühl meine Handflächen überkommt.

»Nehmen Sie bitte Platz, Ms. Pérez «, fordert er mich mit einer ruhigen Stimme auf, während er die Tür hinter mir schließt. Ich lasse mich auf den bereitgestellten Sessel fallen, während er sich hinter seinem imposanten Schreibtisch niederlässt. Sein ernster Blick verheißt nichts Gutes.

»Ich habe gehört, es gab heute Morgen ein kleines Missgeschick?«, beginnt er das Gespräch.

Ich atme tief durch, bereit, mich zu verteidigen.

»Falls es um meine Verspätung geht, es tut mir aufrichtig leid. Ich versichere Ihnen, das wird nicht wieder vorkommen. Und um ehrlich zu sein, es hat keinerlei Probleme verursacht«, erkläre ich, während er mich aufmerksam betrachtet. Nach einem Moment des Schweigens, in dem die Anspannung fast greifbar ist, erwidert er:

»Es geht mir nicht nur um die Verspätung. Ich mache mir Sorgen – um Sie. In Ihrer Position sind Fehler wie Unpünktlichkeit nicht tragbar. Ist das Projekt zu belastend für Sie?«

»Nein, das ist nicht das Problem. Wir sind gut im Zeitplan. Ich habe einfach meinen Wecker heute Morgen nicht gehört. Ich verspreche, dass passiert nicht wieder.«

»Ich hoffe, Sie verstehen, dass ich diese Dinge ansprechen muss. Als Ihr Vorgesetzter liegt es in meiner Verantwortung, für einen reibungslosen Ablauf zu sorgen. Beschwerden muss ich nachgehen«, erklärt er, seine Sorge um den professionellen Standard unterstreichend.

»Ich verstehe das«, erwidere ich und nicke, um meine Zustimmung zu signalisieren.

Dann wechselt er das Thema, und sein Gesichtsausdruck wird weicher.

»Jetzt, da das geklärt ist ... Suzanna, ich würde dich gern zu einem Abendessen bei mir zu Hause einladen. Sag diesmal bitte nicht nein«, sagt er mit einem Lächeln, das meine anfängliche Anspannung etwas mildert.

Nach kurzem Zögern nehme ich die Einladung an. Unsere Verabschiedung ist freundlich, aber die Stunden bis zum Feierabend ziehen sich endlos.

Innerlich brodele ich vor Ärger über Sina und ihr hinterhältiges Verhalten – ich bin mir sicher, dass sie bei Jack wegen meiner Verspätung interveniert hat.

∞

Auf dem Heimweg nehme ich einen kurzen Umweg und betrete das Krankenhauszimmer von Arthur. Vor zwei Tagen hat er die Intensivstation verlassen. Als ich eintrete, begrüßt er mich mit einem strahlenden Lächeln.

»Suzanna, wie schön, dass du mich besuchst.«

»Hola, Arthur. Wie ich sehe, geht es dir wieder besser«, erwidere ich und nehme auf dem Stuhl neben seinem Bett Platz.

»Anscheinend geht es mir besser als dir. Was bedrückt dich? Du siehst erneut so traurig aus«, fragt er mitfühlend. Sein Blick ruht auf mir, als ob er versucht, die Schatten meiner Gedanken zu durchdringen.

»Die Arbeit ist nur etwas stressig, das neue Projekt ist anspruchsvoller, als ich vermutet habe. Mach dir keine Sorgen um mich, es geht mir gut«, versichere ich ihm.

»Wenn du irgendwann jemanden zum Reden brauchst, bin ich für dich da. Schließlich warst du immer für mich da«, bietet er mir seine Unterstützung an. Ich nicke leicht bejahend, dankbar für seine aufmerksamen Worte.

»Wie geht es Mr. Wiggles? Ich vermisse ihn so sehr. Sein Schnurren und seine leuchtenden Augen.«

»Es geht ihm gut. Abends liegt er immer bei mir im Bett und schnurrt zufrieden.«

»Danke, Suzanna, dass du dich so gut um ihn kümmerst.«

Nachdem Arthur müde wird, verlasse ich das Krankenhaus und mache ich mich auf dem Weg ins Studio. Dort angekommen, sehe ich, wie Ethan sorgfältig die Tätowierungsinstrumente reinigt. Sein Blick, als ich ungestüm eintrete, ist eine Mischung aus Überraschung und Neugier.

»Hola, können wir kurz reden?«, platzt es ungezügelt aus mir heraus. Ethan, sichtlich verwirrt, nickt und signalisiert mir, fortzufahren.

»Warum hast du mich gestern Abend bei Lucian allein gelassen? Wie konntest du?«, meine Stimme schwankt zwischen Enttäuschung und Verwunderung.

»Ich dachte nicht, dass es dir etwas ausmachen würde, besonders nicht nach so einer Nacht«, antwortet er.

»Das ist nicht der Punkt. Wegen dir kam ich heute zu spät zur Arbeit und musste meinem Chef eine Erklärung abliefern, dass so etwas nie wieder vorkommen wird. Hast du eine Ahnung, wie peinlich das für mich war?«, mein Ton vorwurfsvoll, beladen mit der Schwere des Morgens.

»Entschuldige, das war nicht meine Absicht. Ich dachte, es wäre in Ordnung, wenn ich euch zwei allein lasse. Wie sollte ich ahnen, dass du verschläfst?«, verteidigt sich Ethan.

»Und warum bist du überhaupt gegangen?«, hake ich nach, immer noch nicht überzeugt von seiner Erklärung.

»Ich hatte das Gefühl, ihr zwei wolltet alleine sein, besonders nachdem wir alle gemeinsam Spaß hatten.«

»Ich war bereits eingeschlafen, als du gegangen bist«, entgegne ich, meine Stirn in Falten gelegt.

»Ja, aber Lucian nicht.«

»Was ist passiert, als ich geschlafen habe?«

»Nichts Schlimmes. Du lagst behutsam in seinen Armen und er strich sanft über deinen Körper. In seinen Augen war dieses Leuchten, als würde da mehr hinter stecken.«

»Was willst du damit sagen?«, frage ich, während ein Knoten der Unsicherheit sich in meinem Magen bildet.

»Ist dir nicht aufgefallen, dass er sich die ganze Zeit nur mit dir beschäftigt hat?«

»Suzanna, mach die Augen auf. Ich glaube, er hat echte Gefühle für dich.«

»Das ... das habe ich nicht bemerkt«, gestehe ich, die Tragweite der Situation realisierend.

»Jetzt verstehe ich, warum du gegangen bist. Ethan, es tut mir leid. Ich habe das nicht gesehen.«

Er winkt ab, sein Lächeln kehrt zurück.

»Mach dir keine Gedanken. Ich hatte meinen Spaß mit dir«, sagt er und lächelt frech.

»Ich wusste es, dass es falsch ist, dieser Einladung zu folgen. Jetzt verstehe ich, warum Lucian so kühl reagierte, als ich Jack erwähnte.«

»Wie steht's um dich und deinen Chef? Ist da was im Gange?«, erkundigt sich Ethan mit einem schelmischen Funkeln in den Augen.

»Nein, nicht im Entferntesten. Er ist zwar charismatisch und faszinierend, aber er bleibt mein Vorgesetzter. Und wegen ihm stehe ich in der Firma unter Beschuss. Sina, meine Kollegin, sieht grün vor Neid und macht mir das Leben zur Hölle. Am liebsten würde ich ...«, ich breche ab, meine Wut kaum im Zaum haltend.

»Hast du Hollister mal darauf angesprochen?«, fragt Ethan vorsichtig.

»Nein, bist du verrückt. Ich heule mich doch nicht bei ihm aus. Das kommt nicht infrage. Außerdem bin ich heute Abend zu einem Essen bei ihm eingeladen.«

»Für jemanden, der angeblich genug von Männern hat, hast du schon viele am Start«, scherzt Ethan.

»Ich verstehe auch nicht, wie das passieren konnte.«

»Ich sag's ja, gegen die Liebe kann man sich nicht wehren.«

»Oh ... nein, darauf werde ich mich nie wieder einlassen. Was zwischen dir, Lucian und mir passiert ist, war eine Ausnahme. Das schwöre ich«, entgegne ich bestimmend.

»Mach keine Versprechen, die du nicht halten kannst«, entgegnet Ethan neckisch, während er sanft meinen Nacken küsst.

»Genug jetzt, ich muss los. Wir sehen uns später. Adiós.«, sage ich, löse mich aus seiner Umarmung und eile zur Tür hinaus, während ich spüre, wie sein Blick mir folgt.

∞

Nach meiner Rückkehr in die Wohnung stehe ich einen Moment vor dem geöffneten Kleiderschrank und meine Augen gleiten sorgfältig über die Vielfalt der Garderobe. Die Suche nach einem Ensemble, das meinen inneren Standpunkt vermittelt, ohne dabei zu aufdringlich zu wirken, gestaltet sich als kleine Herausforderung.

Schließlich wähle ich ein elegantes langes Samtkleid in tiefem Schwarz aus, das durch einen hochgeschlossenen Ausschnitt und lange Ärmel eine gewisse Raffinesse ausstrahlt. Das Kleid bildet eine harmonische Einheit mit meiner stets präsenten goldenen Amulett-Kette, die durch den dunklen Stoff besonders gut zur Geltung kommt. Mein Haar arrangiere ich auf eine elegante Weise nach oben, und ein dezentes Make-up unterstreicht meine natürliche Schönheit. Der letzte Blick in den Spiegel bestätigt mir, dass dieses Outfit meinen inneren Standpunkt perfekt widerspiegelt.

Für den Gang nach draußen schnappe ich mir meine kleine Abendtasche, in der das Notwendigste Platz findet. Bevor ich die Tür hinter mir schließe, schlüpfe ich in einen langen Wollmantel, der nicht nur vor der nächtlichen Kühle schützt, sondern eine zusätzliche Portion Eleganz verleiht. Im Licht der Straßenlaternen mache ich mich auf dem Weg zum Taxi.

Kapitel 11

*D*as Taxi bringt mich pünktlich zu Jack Hollisters Anwesen, das sich malerisch etwas außerhalb der Stadt inmitten der Natur erstreckt. Das Grundstück, von üppiger Vegetation umgeben, wirkt wie eine Oase der Ruhe. Das Taxi hält vor einem imposanten, großen schwarzen Tor, das von dichten Hecken eingesäumt ist. Nachdem ich den Fahrer bezahlt habe, steige ich aus und nähere mich bedächtig dem Eingang. Das Tor, das den Blick auf das Anwesen verhüllt, zeigt einen kleinen, unscheinbaren Knopf, der sanft leuchtet. Als ich die Klingel betätige, öffnet sich eine Nebentür im Tor, und ich trete ein. Vor mir erstreckt sich ein parkähnliches Grundstück, das von der Dunkelheit der Nacht umgeben ist. Über mir funkelt der Sternenhimmel wie tausend Diamanten. Ein bezaubernder Weg führt mich durch den Garten zum majestätischen Haus. Der Pfad ist von kleinen Laternen gesäumt, die ein sanftes Licht verbreiten und den Weg zum Eingang weisen. Das Knirschen meiner Schuhe auf dem Kies unterstreicht die Stille der Nacht, während ich dem

Pfad folge und schließlich vor dem imposanten Haus stehe. Die Architektur des Hauses ist durchdacht und ausgewogen. Jack öffnet mir freundlich die Tür und begrüßt mich herzlich auf Spanisch mit den Worten: [19*]»Bienvenida, Suzanna. Qué alegría tenerte aquí.« [20*]»Me da gusto estar aquí«, antworte ich ihm freundlich. Die warme Atmosphäre seines Zuhauses empfängt mich. Der Eingangsbereich ist einladend gestaltet und vermittelt ein Gefühl von Offenheit. Ein verführerischer Duft nach köstlichem Essen entgegnet sich mir beim Eintreten. Zuvorkommend nimmt Jack mir meinen Mantel ab und macht mir gekonnt ein Kompliment über mein Kleid, was sich wie eine zweite Haut an meinen Körper schmiegt. Im Inneren setzt sich die ausgewogene Gestaltung fort. Die Möbel sind so platziert, dass sie einen angenehmen Fluss durch die Räume ermöglichen. Die Inneneinrichtung wirkt durchdacht, wobei natürliche Materialien und eine beruhigende Farbpalette für eine gemütliche Atmosphäre sorgen. Große Fensterflächen lassen das natürliche Licht großzügig in die Räume strömen und ermöglichen gleichzeitig einen atemberaubenden Blick auf den Garten. Das Grundstück selbst ist gepflegt und liebevoll gestaltet. Der Garten mit verschiedenen Pflanzen und Blumen trägt zur idyllischen Kulisse bei. Die Terrasse lädt dazu ein, die Natur zu genießen. Insgesamt strahlt das Haus von Jack Hollister eine wohlige Atmosphäre aus, die durch seine architektonische Gestaltung und die Integration in die natürliche Umgebung geschaffen wurde. Jack führt mich durch das Haus, vorbei an etliche Bonsai-Bäume und stilvolle Skulpturen. Das Haus spiegelt nicht nur Jacks Geschmack wider, sondern auch seine Liebe zur Natur und Kunst. Kurz darauf begrüßt Ruby mich freudig wedelnd.

»Hola, Ruby. Lange nicht gesehen«, sage ich, während ich ihren Kopf streichele.

»Bitte, mach es dir bequem, dass Essen benötigt, noch einen Moment«, sagt Jack und deutet auf das gemütliche Sofa. Während ich Platz nehme, betrachte ich die Bilder an den Wänden, die Erinnerungen an vergangene Abenteuer von Jack und Ruby festhalten.

»Du hast wirklich ein sehr schönes Zuhause«, merke ich an, während Jack mir ein Glas Rotwein reicht. Sein Lächeln wirkt herzlich, als er sich gegenüber auf einen Sessel setzt. Wir stoßen auf einen angenehmen Abend an, die Klänge unserer Gläser vermischen sich mit dem Klavierspiel im Hintergrund.

»Danke, Suzanna. Ich freue mich, dass es dir gefällt«, antwortet er und sein Blick verrät eine gewisse Zufriedenheit.

»Ich hoffe, du nimmst mir das Gespräch von heute Morgen in der Firma nicht mehr übel. Es hatte absolut nichts mit unserer privaten Beziehung zu tun. Es ist mir wichtig, dass du das weißt«, sagt er aufrichtig. Ich schlucke kurz und antworte:

»Mach dir keine Gedanken, es ist alles in Ordnung. Mir ist bewusst, welche Verantwortung du für die Firma trägst und es liegt mir fern, dich zu enttäuschen.«

»Du entschuldigst mich für einen kurzen Moment. Ich muss nach dem Essen sehen«, sagt er und verschwindet in die Küche. Während ich auf die Rückkehr von Jack warte, finde ich mich in einem liebevollen Spiel mit Ruby wieder. Der Hund ist eine wahre Freude, freundlich und voller

Zuneigung. Die Minuten vergehen und schließlich bittet Jack mich, ihm ins Esszimmer zu folgen. Als wir das Zimmer betreten, werde ich von einem festlich gedeckten Tisch überrascht. Elegante Kerzenständer bestückt mit weißen Kerzen tauchen den Raum in ein warmes Licht. Das Porzellan glänzt und die Weingläser warten darauf, gefüllt zu werden.

»Bitte, setzt dich«, fordert mich Jack auf und schiebt mir den Stuhl zurecht. Ich nehme ihm gegenüber Platz, daraufhin serviert er wie in einem Luxusrestaurant die Speisen. Die Köstlichkeiten auf den Tellern entfalten ihre Aromen und das Essen ist ein wahres Fest für die Sinne. Während wir uns unterhalten und die delikaten Gerichte genießen, liegt Ruby treu unter dem Tisch zu unseren Füßen.

»Es freut mich wirklich, dass du hier bist. Suzanna. Es ist schon eine Weile her, dass ich solch angenehme Gesellschaft hatte«, sagt Jack lächelnd zu mir. Ich erwidere sein Lächeln und antworte:

»Die Freude ist ganz auf meiner Seite. Dein Zuhause ist ein Paradies, eine Oase der Ruhe.«

Jack hebt sein Weinglas und prostet mir zu: »Auf unerwartete Begegnungen und besondere Abende.«

Wir stoßen an. Die Kerzen flackern und das gedämpfte Licht schafft eine wohlige Stimmung.

»Es ist selten, dass ich solche Abende erlebe«, gesteh ich und nehme einen weiteren Schluck Wein. Jack sieht mich intensiv an und erwidert:

»Das Leben besteht aus diesen kleinen besonderen Augenblicken. Manchmal müssen wir uns nur die Zeit nehmen, sie zu erkennen und zu schätzen.«

Nachdem köstlichen Essen und einigen weiteren Gläsern Wein entspannen wir uns in dem gemütlichen Wohnzimmer. Der Kamin verbreitet eine wohlige Wärme und das Knistern des Feuers trägt zur entspannten Atmosphäre bei.

»Suzanna, ich muss dir etwas offenbaren.« Seine Stimme trägt eine Melodie der Ernsthaftigkeit.

»Ich höre«, erwidere ich, ermutigt durch seine aufrichtige Miene.

»Seit du in mein Leben getreten bist, ist alles ein wenig bunter geworden. Als ob sich die Welt entschieden hätte, in Technicolor zu erstrahlen.«

»Das ist wirklich poetisch, Jack. Aber was meinst du damit?«

»Ich meine, dass du eine erstaunliche Aura mitbringst. Dein Lächeln erhellt meinen Tag, und deine Anwesenheit ... nun ja, sie macht alles ein Stück interessanter.«

»Das ist wirklich süß, Jack. Du bist sehr charmant«, antworte ich leicht errötend.

»Das ist nur die Wahrheit. Es ist, als ob das Universum entschieden hätte, uns zusammenzubringen. Vielleicht, weil es weiß, dass wir gemeinsam etwas Magisches erschaffen können.«

»Magie, hm? Das klingt nach einer interessanten Vorstellung. Was für eine Magie schwebt dir vor?«, frage ich lächelnd.

»Die Magie einer Verbindung, die tiefer geht als Worte. Etwas, das zwischen uns liegt und darauf wartet, entdeckt zu werden. Vielleicht eine Romanze, die im Sternenlicht geschrieben steht.«

»Das klingt wirklich nach einer faszinierenden Vorstellung, Jack. Aber lass uns nichts überstürzen, okay? Lassen wir die Magie sich langsam entfalten.«

»Absolut, Suzanna. Die besten Geschichten werden schließlich nicht in Eile geschrieben, sondern entwickeln sich Seite für Seite, nicht wahr?«

Plötzlich erhebt sich Jack und schreitet zum prächtigen Flügel, der majestätisch im Raum thront. Sanft lässt er sich auf den Samt des Hockers nieder und seine Finger berühren die Elfenbeintasten mit einer fast zärtlichen Reverenz. Kaum beginnt er zu spielen, erfüllt die Musik den Raum, ein lebendiges Gewebe aus Klang und Emotion. Jede Note, die aus den Tiefen des Instruments emporsteigt, webt eine unsichtbare Brücke zwischen uns, eine Verbindung, die nur durch die Sprache der Musik möglich scheint. Ich sitze gebannt da, lausche der Melodie, die in ihrer Komplexität und Schönheit zu mir spricht, eine flüsternde Ode an das Unerklärliche. Die Musik umhüllt uns, eine bittersüße Symphonie, die in diesem Augenblick alles auszudrücken vermag.

»Ich wusste gar nicht, dass du Klavier spielst«, bemerke ich beeindruckt und gehe zu ihm an den Flügel. Jack lächelt und sagt:

»Ja, es ist eine meiner Leidenschaften. Die Musik ermöglicht es mir, Emotionen auszudrücken, die Worte oft nicht erfassen können.«

Die Klaviermusik fügt eine weitere Ebene der Intimität hinzu, und ich spüre, wie sich die Spannung zwischen uns vertieft. Als Jack weiterspielt, kann ich mich nicht mehr zurückhalten und sage: »Du hast wirklich viele Facetten. Es ist faszinierend, dich besser kennenzulernen.«

Er beendet das Stück und sieht mich mit einem warmen Blick an.

»Bleib heute hier und verbring die Nacht mit mir«, schlägt er vor, seine Stimme ein sanftes Flehen, als er mich zu sich auf den Schoß zieht.

»Jack, das ... das kann ich nicht«, flüstere ich zurück, meine Stimme ein zitterndes Echo meiner inneren Zerrissenheit.

»Warum nicht? Suzanna, es ist so einfach. Lass dich darauf ein«, flüstert er, seine Worte eine sanfte Verführung.

»Ich kann nicht, es tut mir leid.« In diesem Moment erfüllt mich ein tiefer Schmerz, ein Bedauern, das in meinen Worten mitschwingt, als ich mich von ihm löse.

»So schwer es mir auch fällt, ich respektiere deine Entscheidung«, gibt er zurück, seine Stimme durchtränkt mit einem Echo von Enttäuschung und Verständnis.

»Ich denke, es ist besser, wenn ich jetzt gehe«, sage ich, und mit jedem Schritt Richtung Tür fühlt es sich an, als würde ich ein Stück von mir zurücklassen. Schnell greife ich nach meinem Mantel, lege ihn über meine Schultern und bereite mich darauf vor, die warme Aura seines Heimes zu verlassen.

»Warte, ich bringe dich nach Hause«, bietet er an und greift nach den Schlüsseln.

»No, Jack. Wir sehen uns morgen in der Firma. Es war wirklich schön bei dir«, entgegne ich, und während ich durch die Tür trete, lasse ich eine Stille zurück, die lauter spricht als alle Worte, die wir hätten sagen können.

∞

215

Ich durchstreife die nächtlichen Straßen. Die Dunkelheit umhüllt mich wie ein unsichtbarer Mantel, während der kühle Nachtwind sanft mein Gesicht streichelt. Meine Gedanken kreisen um Jack. War es richtig von mir, ihn abzuweisen? Er ist so ein toller Mensch, was stimmt mit mir nicht. Die Straßenlaternen werfen sanfte Lichtkegel auf den Gehweg, als ich in meine eigene Welt versunken voranschreite. Plötzlich höre ich Schritte hinter mir. Ein unbehagliches Gefühl kommt in mir auf. Ich drehe mich um, aber niemand ist hinter mir. Ich gehe weiter und nach ein paar Meter höre ich erneut jemanden, als würden sie mich verfolgen. Ich laufe schneller und auch mein Verfolger passt sich meiner Geschwindigkeit an. Mein Herz rast und meine Atmung ist aufgeregt, Angst macht sich in mir breit. Ich höre wie sich ein Auto von hinten nähert. Ich blicke über meine Schulter, Scheinwerfer blenden mich. Eine mir vertraute Stimme ertönt aus dem Wagen neben mir.

»Hey Suzanna, was machst du hier draußen ganz allein?« Begrüßt mich Lucian mit einem intensiven Blick. Und ich spüre, wie er meine Unsicherheit erfasst.

»Ist alles in Ordnung bei dir?«, fragt er mich besorgt. Ich schaue hinter mir auf dem Gehweg, doch niemand ist zu sehen.

»Ja, alles ist gut. Ich bin auf dem Heimweg«, antworte ich nickend, mehr für mich selbst als Bestätigung.

»Wenn du willst, kann ich dich nach Hause bringen«, bietet er an.

»Es ist nicht sicher, nachts allein unterwegs zu sein.« Ich überlege kurz und stimme dem zu. Ich steige in seinen Wagen und gemeinsam führen wir den Weg fort.

»Wieso bist du so spät noch unterwegs?«, fragt er.

»Ich war bei Jack«, gebe ich zögerlich preis.

»Ah, bei Mr. Hollister«, seine Stimme trägt einen Hauch von Sarkasmus.

»Wie war der Abend?«

»Eigentlich ganz nett. Bis er vorgeschlagen hat, dass ich bei ihm übernachte.«

Lucians Augenbraue hebt sich, erwartungsvoll.

»Und?«

»Wie du siehst, habe ich es abgelehnt. Es fühlte sich nicht richtig an«; gestehe ich. Ein Moment des Schweigens breitet sich aus, bevor Lucian spricht.

»Manchmal sind die Entscheidungen, die sich nicht richtig anfühlen die besten. Vertrau auf dein Gefühl.«

Ich nicke, dankbar für seine einfühlsamen Worte. Das Auto gleitet durch die nächtlichen Straßen.

»Aber da ist noch mehr, nicht wahr? Was bedrückt dich wirklich?«

Ich atme tief durch, bevor ich antworte:

»Es ist kompliziert. Ich stecke in einer Situation fest, in der ich mich zwischen dem, was erwartet wird und dem, was ich wirklich will, hin- und hergerissen fühle.«

»Und was möchtest du?«, fragt er neugierig.

»Ich will meinen Job nicht verlieren. Jack ist ein toller Mann, aber er ist mein Boss und dann ... dann bist da noch du«, antworte ich mit zittriger Stimme.

»Ich? Was ist mit mir?«

»Du bist wie eine Droge. Eine, von der man nicht loskommt. Eigentlich will man sie nicht, aber der Drang ist zu stark«, antworte ich, selbst überrascht über meine Offenheit.

»Ein interessanter Vergleich.« Lucian lächelt.
»Falls es dich beruhigt, bei mir musst du keine Angst haben, deinen Job zu verlieren«, zwinkert er mir zu.

Als wir vor meiner Wohnung anhalten, ringe ich nach den richtigen Worten, die mir schwer über die Lippen kommen:
»Lucian, es spielt keine Rolle, wie gerne ich Zeit mit dir verbringen möchte. Aber ich habe mich für einen anderen Lebensweg entschieden. Unsere Wege haben sich gekreuzt, und du hast mich verführt, von meinem Pfad abzukommen, doch nun erkenne ich klarer denn je, dass mein Entschluss, mich von solchen Verstrickungen fernzuhalten, der einzig richtige ist. Mein Leben war einfacher, bevor ich dich und Jack hineingelassen habe. Lucian, ich will dich nicht mehr sehen. Bitte, respektiere meine Entscheidung.«
Der Blick, den er mir zuwirft, ist intensiv, und ich spüre, dass er meine Worte ernst nimmt. Er schweigt für einen Moment, während sein Blick in die Ferne schweift. Dann nickt er langsam, lehnt sich zu mir rüber und öffnet mir die Wagentür von innen.
»Ich verstehe, Suzanna. Wenn es das ist, was du willst, werde ich das Akzeptieren. Solltest du je meine Hilfe benötigen oder deine Meinung ändern, bin ich für dich da. Pass gut auf dich auf.«
Mit einem Kloß im Hals steige ich aus dem Wagen, während Lucian in der Dunkelheit der Nacht verschwindet. Ein schweres Gefühl der Endgültigkeit liegt in der Luft, und ich kann nicht leugnen, dass sich eine gewisse Leere in mir breitmacht. Ich atme tief durch und schreite die Stufen zur Wohnung hinauf, mit dem festen Vorsatz, mein Leben wieder in geordnete Bahnen zu lenken.

In der erdrückenden Dunkelheit meines Zimmers schließe ich leise die Tür. Auf den weichen Laken meines Betts, erlaube ich mir, den Damm zu brechen – Tränen bahnen sich ihren bitteren Weg über meine Wangen. Mein Herz, das noch vor Kurzem vor Aufregung pochte, liegt nun schwerer und kalt in meiner Brust. Die Worte, die ich Lucian gesagt habe, hallen in meinem Kopf wider. Es war die richtige Entscheidung, aber warum fühlt es sich dann so verdammt falsch an? Die Gedanken wirbeln in meinem Kopf, und ich versuche, die Wogen der Emotionen zu beruhigen. Der Raum ist erfüllt von einem schmerzlichen Schweigen, das nur vom leisen Schluchzen unterbrochen wird. Es klopft an meiner Tür, und Ethans besorgte Stimme durchbricht die Einsamkeit.

»Darf ich reinkommen?«, fragt er behutsam.

»Natürlich«, erwidere ich mit einem Schluchzen. Vorsichtig tritt Ethan ein, sein Blick sofort von tiefer Besorgnis gezeichnet, als er mein verweintes Gesicht sieht.

»Was ist los? Hat dir Jack wehgetan?«, erkundigt er sich eilig, als ob er bereit wäre, jeden Schmerz von mir zu nehmen. Ich schüttele den Kopf, kämpfe gegen die Flut weiterer Tränen an.

»Nein, ich habe ihn abblitzen lassen, und er hat sehr verständnisvoll reagiert. Aber ich habe soeben mit Lucian Schluss gemacht. Wir werden ihn nie wiedersehen.«

»Wir? Okay, aber warum weinst du?«, fragt Ethan mit einer Mischung aus Verwirrung und Mitgefühl.

»Das spielt keine Rolle«, murmele ich und vergrabe mein Gesicht in das weiche Kopfkissen.

Ohne ein weiteres Wort legt sich Ethan neben mich, zieht mich behutsam in seine Arme. Seine Nähe ist ein stilles

Versprechen von Trost und Verständnis, ein sicherer Hafen in dem Sturm meiner Gefühle. In Ethans Umarmung finde ich einen Moment Geborgenheit. Seine Nähe gibt mir Trost. Wir verweilen, ohne viele Worte zu wechseln, denn manchmal sind Worte nicht nötig, um die Unterstützung und Verbundenheit zu spüren.

Nach einer Weile löse ich mich aus seiner Umarmung und schaue in Ethans Augen, die voller Mitgefühl und Verständnis sind.

»Danke, dass du hier bist«, flüstere ich leise. Er lächelt sanft und wischt mir behutsam eine Träne von der Wange.

»Immer, Prinzessin«, erwidert er, woraufhin wir gemeinsam in den Schlaf finden.

Kapitel 12

*M*it einem Herz voller Entschlossenheit und einem Kopf voller Pläne beginne ich den neuen Arbeitstag. Ich sitze an meinem Schreibtisch, als mich plötzlich Jack anruft, mit der Bitte in seinem Büro zu erscheinen. Mit einem mulmigen Gefühl in der Magengegend begebe ich mich zu ihm. Auf halber Strecke begegnet mir Sina mit einem ungewohnt warmen Lächeln.

»Guten Morgen, Suzanna«, begrüßt sie mich.

»Guten Morgen, Sina«, erwidere ich, innerlich verwirrt über ihre plötzliche Herzlichkeit. Vor Jacks Bürotür angekommen, halte ich für einen Moment inne und atme tief durch, bereit für alles, was jetzt kommen mag.

»Nehmen Sie Platz, Ms. Pérez «, empfängt er mich mit einer gravitätischen Strenge, die sofort eine bedrückende Atmosphäre im Raum schafft.

Vorsichtig setze ich mich, während ein unsichtbares Gewicht der Anspannung auf meinen Schultern lastet. Jacks Miene ist ernst, als er ohne Umschweife beginnt:

»Ich habe heute Morgen eine E-Mail erhalten, über deren Inhalt ich mit Ihnen sprechen möchte.«

Mein Herz schlägt einen Moment lang schneller, und ich bemühe mich, meine Nervosität nicht zu zeigen.

»Um was geht es in der E-Mail?«, frage ich, während ich versuche, meine Stimme gleichgültig klingen zu lassen. Aus einem Aktenordner zieht er ein Blatt und reicht es mir über den Tisch.

»Es geht um Vorwürfe der Firmenspionage. Ihnen wird vorgeworfen, interne Informationen weitergegeben zu haben.«

Die Worte treffen mich wie ein Schlag, und mein Magen verkrampft sich beim Lesen der Anschuldigungen.

»Das ist absurd, Jack. Ich würde niemals etwas Derartiges tun. Das musst du mir glauben« entgegne ich, während mein Blick zwischen dem Papier und seinem ernsten Gesicht hin und her wandert. Er zieht ein weiteres Dokument hervor, darauf ein Foto von mir und Lucian West.

»Jack, ich kann das erklären. Es ist nicht so, wie es aussieht.«

»Ach ja? Und warum lehnst du mich dann ab? Ich war so dumm, dich sogar zu mir nach Hause einzuladen. Ich hätte es wissen müssen«, wirft er mir vor, während Enttäuschung und Verletzung in seiner Stimme mitschwingen. Ich ringe nach Worten, um meine Unschuld zu beweisen.

»Ich schwöre dir, ich habe nichts Illegales getan. Mein Treffen mit Lucian West war rein privater Natur. Ich würde die Firma niemals verraten. Das musst du mir glauben«, flehe ich.

»Diese E-Mail muss von Sina stammen. Sie macht mir schon seit Wochen das Leben schwer«, füge ich hinzu, in der Hoffnung, Licht ins Dunkel zu bringen.

»Was hat Ms. Hill damit zu tun?«, erkundigt er sich, skeptisch und durchdringend.

»Alles begann, als du mich zur Arbeit gefahren hast. Sie ist eifersüchtig, weil sie Gefühle für dich hegt«, erkläre ich, die Worte schwer wie Blei.

»Und warum hast du mir nichts davon erzählt?«, fragt er, seine Skepsis kaum verbergend.

»Weil ich deine Hilfe nicht wollte«, gestehe ich mit leiser Stimme. Jack lehnt sich zurück, seine Finger verschränkt, sein Blick durchzogen von Zweifel und Misstrauen, als er die Informationen abwägt, die ich ihm gerade offenbart habe.

»Die Angelegenheit wird intern geklärt. Ich muss dich bitten, uns deine Arbeitsmaterialien zur Verfügung zu stellen. Bis die Untersuchung abgeschlossen ist, werde ich dich bitten, von der Arbeit fernzubleiben. Sollte sich deine Unschuld herausstellen, steht deiner Rückkehr nichts im Wege.«

»Was wird aus dem Projekt?«

»Ms. Hill wird die Leitung übernehmen. Sie ist mit allen Aspekten des Projekts vertraut«, erklärt er nüchtern.

»Das kannst du nicht machen. Warum nicht Chris? Er ist ebenso talentiert, wenn nicht noch mehr als Sina«, werfe ich ein, getrieben von einem Gefühl der Ungerechtigkeit.

»Ms. Pérez, die Entscheidung steht fest.«

Ein kurzer Moment der Stille um gibt uns, seine Worte treffen mich hart.

»Mr. Hollister«, entgegne ich und verlasse wütend sein Büro. Als ich zu meinem Schreibtisch zurückkehre, beginne ich hastig, meine persönlichen Sachen zusammen zu packen. Dabei komme ich nicht drum rum Sinas falsches Grinsen in ihrem Gesicht zu beachten, das sich wie ein Schleier der Genugtuung über ihr Gesicht legt. Mit meiner Tasche bewaffnet, trete ich entschlossen auf sie zu, meine Stimme vibriert vor unterdrückter Wut:

»Damit wirst du nicht durchkommen.«

»Ich glaube, das ist mir bereits gelungen«, erwidert sie in einen selbstgefälligen Ton. Ich ringe innerlich um Selbstbeherrschung, dass ich ihr hier und jetzt keine Ohrfeige verpasse. Genau in diesem Moment ertönt Jacks Stimme hinter mir:

»Ms. Hill, hätten Sie einen Moment Zeit? Ich möchte mit Ihnen über das neue Projekt sprechen.« Mit einem siegessicheren Lächeln schlendert Sina an mir vorbei, während ich, erfüllt von Frustration und dem brennenden Gefühl der Ungerechtigkeit, das Bürogebäude verlasse.

Die frische Luft, die mich empfängt, tut gut, aber sie kann den Druck in meiner Brust nicht lösen. Auf einer Bank an der Bushaltestelle finde ich einen flüchtigen Zufluchtsort, eine kleine Insel im Strudel meiner Gedanken. Als der Bus mit einem leisen Rauschen vor mir zum Stehen kommt, entscheide ich mich gegen das Einsteigen – einen Moment der Stille, während ich über die Entscheidungen nachdenke, die mich zu diesem Scheideweg gebracht haben. Die Erkenntnis trifft mich mit voller Wucht: Ich hätte diesen Bürojob nie annehmen dürfen. Die Arbeit im Tattoostudio hat mir stets genug Erfüllung und Glück geschenkt. Dieses ganze Chaos, dieses Drama – ich brauche es nicht, ich will es nicht in meinem Leben. Was wirklich zählt, sind die Menschen, die meine Arbeit wertschätzen, die die Tiefe meiner Kreativität erkennen und nicht in die Niederträchtigkeit von Bürointrigen und falschem Ruhm verstrickt sind. Die Bank unter mir gibt ein sanftes Knarzen von sich, als ich meinen Entschluss fasse, meine eigene Zufriedenheit und mein kreatives Wohl über oberflächliche Karrierespiele zu stellen. Mit einer klaren Entscheidung erhebe ich mich von der Bank und ich beschließe, einen Spaziergang durch den nahegelegenen Park zu machen, um meinen Gedanken Raum zu geben und frische Energie zu tanken.

Während ich zwischen den Bäumen schlendere, spüre ich, wie die Natur um mich herum ihre beruhigende Wirkung entfaltet. Die Vögel zwitschern, und das Rascheln der Blätter im Wind wird zu einer Art heilender Hintergrundmusik. Die Entscheidung, mich aus dem belastenden Büroalltag zu lösen, fühlt sich richtig an.

Daraufhin beschließe ich, Arthur im Krankenhaus zu besuchen. Leise öffne ich die Tür zu Arthurs Zimmer und mein Herz erwärmt sich bei dem Anblick seiner Genesung. Er sitzt aufrecht im Bett, vertieft in die Seiten eines Magazins, ein Zeichen seiner zurückkehrenden Kraft.

»Hola Arthur, wie fühlst du dich?«, begrüße ich ihn. Sein Blick hebt sich, und ein Strahlen durchbricht die Stille des Raumes, als er mich erkennt.

»Suzanna, schön dich zu sehen. Mir geht es deutlich besser. Die Ärzte sind zuversichtlich, dass ich bald nach Hause darf«, teilt er mir optimistisch mit.

»Wie schön zu hören. Das freut mich sehr«, sage ich und nehme neben seinem Bett Platz, während ein Gefühl der Erleichterung durch mich strömt.

»Was machst du um die Uhrzeit hier? Solltest du nicht bei der Arbeit sein?«, fragt er.

»Ich habe mir frei genommen«, erkläre ich kurz und knapp, als plötzlich Lucian das Zimmer betritt. Sein unerwartetes Erscheinen lässt mich aufblicken, und für einen Moment hält die Zeit inne.

»Lucian, was für eine freudige Überraschung, dass du mir auch gerade ein Besuch abstattest«, entgegnet Arthur mit einem Lächeln. Lucian lässt seinen Blick kurz zu mir schweifen, und eine spürbare Spannung breitet sich im Raum aus.

»Hey, Suzanna«, wendet sich Lucian an mich.

»Hola«, antworte ich, während Unsicherheit meine Stimme umhüllt.

»Ich wollte mich persönlich nach deinem Wohlergehen erkundigen, Arthur. Es ist schön, zu sehen, dass es dir von Tag zu Tag besser geht«, erklärt Lucian und tritt näher ans Bett.

»Ich möchte euch beiden danken, dass ihr in der schweren Zeit für mich da wart. Ihr seid gute Menschen. Bewahrt euch immer diese Einzigartigkeit«, sagt Arthur.

»Das werde ich. Ich muss jetzt auch schon los. Schöne Grüße von Mr. Wiggles. Er freut sich bereits darauf, dich bald wieder zu sehen«, sage ich und umarme Arthur zum Abschied und werfe Lucian einen letzten Blick zu, bevor ich den Raum verlasse.

∞

Kaum habe ich das Krankenhaus hinter mir gelassen, sammeln sich am Himmel bedrohlich dunkle Wolken, kurz darauf prasselt der Regen unerlässlich auf mich nieder. Auf der Suche nach Zuflucht finde ich mich in einem gemütlichen Café wieder, dessen sanfte Klingel beim Öffnen der Tür wie eine beruhigende Melodie klingt. Der Duft von frisch gemahlenem Kaffee und Gebäck umhüllt mich. Ich wähle einen Tisch in einer ruhigen Ecke und bestelle einen Cappuccino. Während ich auf meine Bestellung warte, prasselt der Regen unaufhörlich gegen die Fensterscheiben. Ich lasse meinen Blick durch das Café schweifen und versuche, die Gedanken in meinen Kopf zu ordnen. Schließlich wird der dampfende Cappuccino vor mir abgestellt, und ich umschließe die warme Tasse mit beiden Händen, nehme einen behutsamen Schluck.

Ich ziehe mein Skizzenblock und einen Stift aus meiner Tasche hervor, bereit meine Gedanken und Gefühle in meinen Bildern zu verarbeiten. Jede Linie, jede Schattierung soll ein Stück meiner Seele einfangen, ein Ventil für die Emotionen sein, die mich übermannen. Die Stimmung im Café ist beruhigend, gedämpftes Licht und das sanfte Murmeln von den Gästen schaffen eine Atmosphäre der Geborgenheit. In meinem Block skizziere ich einige Motive, die mir gerade in den Sinn kommen. Sie sind düster und melancholisch. Sie spiegeln das Chaos in meinem Inneren wider. Die Wut über Sina, die verborgene Leidenschaft zu Lucian und die Enttäuschung über Jack. Im Laufe der Zeit hebe ich meinen Blick und beobachte die anderen Gäste. Ein älteres Paar, das sich ein Stück Apfelkuchen teilt und herzlich lacht, eine Gruppe von Freunden die sich angeregt unterhalten und der Barista, der mit geschickten Händen kunstvolle Muster in den Schaum der Kaffee zaubert. Mein Cappuccino ist inzwischen kalt geworden und ich schließe mein Skizzenblock.

Der Regen draußen zeigt keine Anzeichen nachzulassen und langsam neigt sich der Tag seinem Ende zu. Mit einem Seufzen stehe ich auf, zahle meinen Cappuccino und trete hinaus in den regnerischen Abend.

Die Straßen sind ruhig geworden und ich mache mich auf dem Weg nach Hause. Die Stadt ist in nächtliche Schatten gehüllt, als ich mich der Bushaltestelle nähere. Ein kühler Hauch weht durch die leeren Straßen, begleitet vom leisen Wispern fallender Regentropfen.

Aus dem Dunkeln einer Seitengasse tritt unvermittelt eine Gestalt hervor – ein Mann, dessen Gesicht tief in den Schatten getaucht ist, seine Silhouette fast eins mit der umgebenden Finsternis.

Ein Anflug von Unbehagen kriecht in mir hoch, als er nach der Uhrzeit fragt. Noch bevor ich antworten kann, zieht er sich zurück, verschwindet in den Schatten der Gasse. Unbewusst folge ich ihm einige Schritte und blicke dabei auf meine Uhr.

Als plötzlich eine Hand mein Handgelenk umfasst und mich mit einem Ruck zurückzieht. Ein Schreckensschrei entweicht mir und ich drehe mich hastig herum, um zu sehen, wer mich so grob berührt.

»Lucian!«, stoße ich erschrocken aus, als ich seine vertrauten Gesichtszüge erblicke.

»Was machst du hier? Verfolgst du mich?«, frage ich ihn vorwurfsvoll.

»Nein, aber wenn du endlich einmal auf meinen Rat hören würdest, wäre alles so viel einfacher«, antwortet Lucian mit einer Mischung aus Sorge und Frustration in der Stimme.

»Welchen Rat?«, frage ich irritiert.

»Du sollst nicht allein durch die Nacht laufen. Hast du das noch nicht verstanden? Der Typ wollte sicherlich nicht nur die Uhrzeit wissen!«, erklärt Lucian in ernstem Tonfall, während sein Blick mich eindringlich mustert.

»Ich benötige deine Hilfe nicht«, entgegne ich trotzig und setze meinen Weg fort. Eine Kante auf dem Gehweg wird mir zum Verhängnis. Mein Fuß verfängt sich in einer Unebenheit des Bürgersteigs, und ich stürze vorwärts, direkt auf die Fahrbahn. Das nasse Pflaster empfängt mich kalt und hart, und für einen Moment liegt die Welt in einem grellen Scheinwerferlicht, das von einem herannahenden Bus stammt. Das Brüllen des Motors, das Quietschen der Bremsen – alles vermischt sich zu einem chaotischen Crescendo, dass meinen Herzschlag übertönt. Eine lähmende Angst ergreift mich, und ich klammere mich an den Gedanken, dass dies mein letzter Moment sein könnte. Gerade als ich mich auf das Schlimmste vorbereite, sehe ich, wie Lucian sich mit einer atemberaubenden Geschwindigkeit und Präzision vor mich wirft. Ich blicke in seine Augen, die sonst strahlend blau erscheinen, erleuchten bernsteinfarben. Kleine Lichtstrahlen tanzen in seinen Pupillen, als ob sie Geheimnisse von fernen Sternen einfangen würden.

In diesem Augenblick der Transzendenz leuchten Lucians Augen wie ein Leuchtfeuer in der Dunkelheit, und ihre Farbe gewinnt an Tiefe, als ob sie die Essenz der Zeit und des Unbekannten selbst einfangen. Ein seltsames Flüstern durchzieht die Luft, und ich fühle, wie sich etwas Unerklärliches um uns herum entfaltet. Ein Wimpernschlag, und die Welt um uns herum verschwimmt in einem undurchsichtigen Nebel. Der Lärm des herannahenden Busses wird von einem leisen, fremdartigen Summen überlagert.

Als der Schleier sich lichtet, finden wir uns nicht mehr auf der regennassen Straße wieder, sondern in einer vollkommen anderen Umgebung. Die Veränderung ist so plötzlich, dass mein Verstand einen Moment braucht, um sich anzupassen. Wir hocken noch in derselben schützenden Position, die Atmosphäre ist durchdrungen von einem mysteriösen Glanz. Lucians Apartment erstreckt sich vor uns. Der Raum um uns herum strahlt eine eigenartige Ruhe und Sicherheit aus, die im krassen Kontrast zur vorherigen Gefahr steht. Die Wände scheinen mit einem sanften, warmen Licht zu atmen, und der Raum ist erfüllt von einem beruhigenden Duft nach Zuckerwatte. Lucian hält mich noch immer fest in seinen schützenden Armen, während seine leuchtenden Augen weiterhin, wie Sterne in der Nacht funkeln. Ein geheimnisvolles Lächeln spielt um seine Lippen, als er mir aufhilft.

»Du solltest wirklich vorsichtiger sein, Suzanna«, bemerkt er mit einem Hauch von Besorgnis in seiner tiefen Stimme.

»Die Dunkelheit birgt mehr Gefahren, als du dir vorstellen kannst.«, sagt er während er mich behutsam von meinem nassen Mantel befreit. Ich stehe vor ihm wie angewurzelt. Lucian verhält sich völlig normal. Er verlässt kurz den Raum und kehrt mit einem frischen Handtuch zurück, das er mir reicht. Dankend nehme ich es entgegen, und die weiche Berührung des Stoffs fühlt sich beinahe tröstlich an. Während ich mich abtrockne, verschwindet der Regen von meiner Haut. Lucian hängt meinen durchnässten Mantel über einen Stuhl, als wäre es die natürlichste Sache der Welt, sich von der regennassen Straße in dieses Penthouse zu teleportieren.

»Wie hast du das gemacht?«, frage ich und lasse meinen Blick durch die Wohnung schweifen.

»Die Antwort auf diese Frage, Suzanna, ist ein Geheimnis, das nicht ausschließlich in den parametrischen Grenzen dieser Wirklichkeit existiert«, sagt er mit einem Anflug von Verschwiegenheit.

»Es gibt mehr zwischen den Welten, als das Auge sehen kann. Manchmal müssen wir uns von dem verabschieden, was wir für normal halten.«

»Und wer oder was bist du?« Meine Stimme zittert leicht vor Ehrfurcht und Verwirrung.

In diesem Moment legt sich ein riesiger Schatten über mich, und ich starre Lucian an. Hinter ihm entfaltet sich die majestätische Silhouette zweier gewaltiger Flügel, deren Konturen nicht aus Feder oder Fleisch, sondern aus purer, flackernder Energie geformt sind. Doch dieses Licht, das sie umgibt, ist nicht vollkommen. Es zuckt und flackert fehlerhaft, als wäre die Quelle ihrer Kraft beschädigt oder unvollständig. Die Luminosität der Flügel offenbart eine brüchige Schönheit, ein leuchtendes Geflecht, das an manchen Stellen dunkel und an anderen übermäßig hell erscheint, als ob das Licht selbst in einem stetigen Kampf gefangen ist, seine wahre Form zu behalten.

»Du bist ein Engel?«, flüstere ich, als die Wirklichkeit um mich herum zu zerfließen scheint. Ein tiefes, bedeutsames Nicken von Lucian begleitet seine Antwort.

»Genauer gesagt, mein wahrer Name ist Lucifer.« Meine Augen weiten sich, nicht aus Furcht, sondern aus einer unerklärlichen Faszination, vor Verwunderung.

»Du bist der Teufel?«, entfährt es mir, mein Herzschlag beschleunigt sich, als würde es versuchen, mit den verborgenen Wahrheiten Schritt zu halten, die Lucian offenbart. Er schüttelt den Kopf mit einem Hauch von Wehmut.

»Nein, der bin ich wahrlich nicht.« Seine Worte sind ein Echo aus einer anderen Welt, eine Verneinung, die mehr Fragen aufwirft als Antworten. Ich stolpere über die Worte, versuche, ihre Bedeutung zu erfassen.

»Was willst du von mir?«, frage ich verunsichert. Lucian senkt den Blick, als würde er in die Tiefen meiner Seele schauen.

»Ich bringe dir Erkenntnis, die nackte Wahrheit über das Wesen deiner Existenz und alles, was sie umfasst«, spricht er mit einer Ruhe, die die Luft, um uns zu verdichten scheint.

Mein Kopf schmerzt, und meine Augen brennen vor Erschöpfung. Die Fülle an neuen Informationen über Lucian und seine übernatürliche Existenz drückt auf meine Gedanken wie eine unsichtbare Last.

»Ich brauch etwas zu trinken. Hast du Alkohol da? Das alles zu begreifen, übersteigt gerade meine Fähigkeiten.«, murmele ich, und Lucian nickt verständnisvoll.

Er bewegt sich geschmeidig zu der kleinen Bar neben den bodentiefen Fenstern, nimmt eine Flasche Vodka und schenkt mir großzügig ein.

Mit einem einzigen, entschlossenen Schluck spüre ich, wie der Alkohol seine brennende Bahn durch meinen Körper zieht, und lasse mich in das Sofa fallen, das in diesem Moment wie eine Zuflucht in einem stürmischen Meer erscheint.

»Besser?«, erkundigt er sich, während er mir nachschenkt.

»Si«, antworte ich, die brennende Flüssigkeit gibt mir zumindest das Gefühl, dass ich wieder klarer denken kann.

»Wenn du wirklich der bist, für den du dich ausgibst. Was willst du von mir?«, frage ich mit einem Hauch von Zweifel in meiner Stimme. Ein Moment des Schweigens legt sich über den Raum, als Lucian nachdenklich einen Schluck aus seinem Glas nimmt.

»Es ist eine Frage der Macht«, entgegnet er nach einer Weile.

»Die Wahrheit über das Göttliche zu verbreiten, mindert seinen Einfluss. Seine Macht speist sich aus dem Glauben der Menschen. Die Bibel, ein Meisterwerk der Propaganda, präsentiert ihn als den unumstrittenen Schöpfer.«

Ich lasse den Alkohol meine Unsicherheit kurz betäuben, während ich versuche, die Tragweite seiner Worte zu erfassen.

»Existieren Jesus und Satan denn nicht? Was ist mit all den anderen Figuren?«, frage ich, mein bisheriges Weltbild schwankt bedrohlich.

»Sie existieren«, erwidert Lucian, sein Blick scheint durch die Zeit zu reisen.

»Aber die Ereignisse haben sich anders zugetragen, als es die Schriften vermitteln.«

»Selbst, wenn du meinen Glauben brichst, ich bin ein kleines Licht auf diesem Planeten. Niemand würde mir zuhören oder Glauben schenken. Du solltest dir die Menschen aussuchen, die Einfluss besitzen, denen man zuhört und vertraut«, halte ich entgegen, meine Skepsis unüberhörbar in jedem Wort mitschwingend.

»Da hast du Recht. Das ist auch nicht der Grund, warum ich dich aufgesucht habe«, gesteht Lucian und lässt für einen flüchtigen Augenblick eine aufgeladene Stille zwischen uns schweben, die von Neugier und angespannter Erwartung vibriert.

»Warum dann?«, frage ich, mein Blick versucht in seinen Augen die Geheimnisse zu entziffern, die er birgt.

»Du kennst bestimmt meine Geschichte aus der Bibel, dass ich aus dem Himmel verstoßen wurde, weil ich mich gegen die Autorität Gottes auflehnte«, beginnt Lucian, und sein Blick schweift für einen Moment in die Ferne, als würde er sich an vergangene Zeiten erinnern.

»Aber was die Texte verschweigen, ist der wahre Grund meiner Rebellion. Ich wollte nie seinen Thron. Nein, ich habe mich geweigert, einen bestimmten Befehl auszuführen. Im Jahr 4 n.Chr. traf ich auf Evelyn.«

Die Art, wie Lucian von Evelyn spricht, verrät eine Mischung aus Melancholie und Bewunderung.

»Ein wundervoller Mensch. Sie war die Sklavin eines wohlhabenden Römers, besaß nichts außer dem, was sie am Leib trug, und dennoch hielt sie das Leben für lebenswert. Ihre Faszination für mich war anders. Sie behandelte mich als ihren Gleichen, während die meisten Menschen auf unsere Anwesenheit mit Euphorie reagieren, sich magisch zu uns hingezogen fühlen. Evelyn jedoch verzauberte mich durch ihre Resilienz und Hoffnung, durch ihren unerschütterlichen Glauben an die Freiheit, die sie eines Tages für sich beanspruchen würde. Gott missfiel ihre unabhängige Denkweise, und er beauftragte mich, ihr diese Stärke zu nehmen. Ich sollte ihr die Erkenntnis bringen, dass sie nie mehr als eine Sklavin sein würde, egal welchen Pfad sie einschlug. Das konnte ich ihr nicht antun. Ich konnte ihr nicht das Herz brechen.«

»Du hast dich verliebt. In einen Menschen. Das ist euch möglich?«

»Es ist uns verboten, Gefühle für Menschen zu hegen, denn sie erliegen unserer Präsenz mit einer unweigerlichen Hingabe. Aber bei dir und Evelyn war es anders. Ihr habt kaum Notiz von mir genommen, als wäre ich nur ein Flüstern im Wind.«

»Was bedeutet das?«, frage ich, während mein Verstand versucht, die Wirren der Enthüllungen zu ordnen.

»Du erinnerst mich an sie. Ich erkenne sie in dir«, enthüllt Lucian.

»Willst du sagen, ich bin deine Evelyn?«

»Nein, aber du besitzt eine besondere Essenz, die auch sie hatte. Ihr beide seid außergewöhnlich – die einzigen Menschen, die unserer Anziehungskraft widerstehen können.«

»Denkst du, Gott wusste davon und hat deshalb ihren Tod gewollt?«

»Er toleriert keine Abweichungen von seinem Plan, es sei denn, sie entspringen seinem eigenen Willen.«

Ein bedrückendes Schweigen senkt sich wie ein schwerer Vorhang über den Raum, bevor ich den Mut finde, die nächste Frage zu stellen.

»Was geschah mit ihr, nachdem Gott dich verstoßen hat?«

Ein Schatten der Trauer zieht über Lucians Gesicht, während er leise und mit einer Spur von Schmerz antwortet: »Ein anderer Engel wurde gesandt, um Gottes Willen zu vollstrecken, und kurz darauf wählte sie den Freitod.«

»Dann wurde sie in die Hölle verband?«, frage ich, während meine Gedanken damit kämpfen, die düsteren Enthüllungen zu verarbeiten.

»Nein, so ist das nicht. Sie teilen sich die Seelen. Stelle dir vor, du verkörperst das pure Böse, die Quintessenz der Niedertracht, glaubst aber dennoch fest an Gott – dann wird deine Seele nach deinem Ableben in den Himmel aufsteigen. Aber wendest du dich von ihm ab, so ist dein Schicksal besiegelt. Du begibst dich in die Arme seines Bruders, hinab in die Abgründe der Hölle.«

»Sein Bruder ist der Teufel?«, frage ich weiter, während sich das Geflecht aus Göttlichem und Teuflischem vor mir ausbreitet.

»Ja, sie besitzen äquivalente Macht. Glaube an den einen impliziert den Glauben an den anderen. Sie teilen sich die Seelen.«

»Und was ist mit den Dämonen? Wer hat sie erschaffen?«, erkundige ich mich.

»Dämonen sind gefallene Engel, die ihre göttliche Essenz verbraucht haben. Mit jedem Einsatz ihrer Kräfte schwindet ihre Essenz, bis nichts als Dunkelheit zurückbleibt. Sie werden zu Dienern der Hölle. «

»Das ist echt viel für einen Abend«, kommentiere ich trocken und spüre die Wärme des Alkohols meinen Körper durchfluten.

»Wirst du je zurück in den Himmel finden?«

»Das bezweifle ich«, erwiderte er mit einem Hauch von Melancholie.

»Ohne meine Flügel gibt es kein Durchkommen. Stell es dir vor wie ein Tor zu einer anderen Dimension, dass nur mit dem richtigen Schlüssel aktiviert werden kann. Und für uns Engel sind diese Schlüssel unsere Flügel. Deshalb vermögen es Dämonen nicht, den Himmel zu betreten – ihnen fehlt der passende Schlüssel.«

»Und die Seelen? Wie gelangen sie in den Himmel?«

»Die Todesengel sammeln die Seelen ein und übergeben sie dem Seelenturm. Ein Gebäude, das nur einen Zweck erfüllt, die Energie aus den Seelen zu extrahieren, aus der sie ihre Macht gewinnen.«

»Was passiert mit der Seele nach der Extraktion?«

»Sie hört auf zu existieren. Wenn eine neue biologische Hülle geformt wird und innerhalb der ersten zwei Wochen keine Seele den Fötus belebt, entsteht in diesem Vakuum zwangsläufig eine neue Seele. Denn ein Körper kann ohne die Essenz einer Seele nicht bestehen. Dieses Phänomen ist ein Grundpfeiler menschlicher Existenz, eine tief verwurzelte Eigenheit eurer Spezies. Es erklärt auch, warum die Menschheit in ihren grundlegenden Eigenschaften seit Jahrhunderten stagniert – wir erleben eine Ära, in der nur neue Seelen geboren werden, ohne dass eine Evolution der Seele selbst stattfindet.«

»Hast du sie geliebt?«

»Ich offenbare dir gerade, die Entstehung der Menschen und das ist deine weitere Frage darauf?«

Sein Lachen klingt bitter.

»Und hast du sie geliebt?«, frage ich erneut.

» Ja, das habe ich. Unsere gemeinsame Zeit war erfüllt von Schönheit. Sie glaubte an sich selbst – eine Gabe, die die Menschheit vergessen hat. Man kann Großes erreichen, auch ohne Götter, wenn man nur an sich selbst glaubt. Und als ich die Wahrheit erkannt habe, war es bereits zu spät.«

»Es muss hart für dich sein, all die Zeit hier auf der Erde zwischen uns Menschen zu verbringen. Bist du unsterblich?«, frage ich, meine Worte leicht verschwommen.

»Du bist betrunken«, antwortet er lächelnd.

»Beantworte meine Frage«, erwidere ich, während ich mich langsam auf die Couch sinken lasse.

»Menschliche Waffen können mich nicht verletzen«, höre ich seine Stimme immer leiser werden in meinem Ohr und ich dem Schlaf nachgebe.

In der Stille der Nacht erwache ich, unvermittelt in Lucians Reich, sein Bett zur Zuflucht meines ruhelosen Geistes. Der Raum dreht sich leicht, als ich mich zu ihm wende, seinen Blick auf mir ruhend.

»Du schläfst nie, oder.« Seine Antwort ist ein Flüstern, ein Hauch im Zwielicht.

»Schlaf ist mir fremd«

Ich umfasse sein Gesicht sanft mit meinen Händen und führe seine warmen, samtigen Lippen zu den meinen. Unsere Zungenspitzen treffen sich in einer zarten Berührung. Ein Kuss, süßer als der reinste Zucker, entfacht ein Feuer, das Jahrhunderte des Wartens in den Schatten stellt.

»Ich habe Äonen ohne dich durchlebt. Jede weitere Sekunde ohne dich ist eine verschwendete«, seine Worte sind ein Schwur, ein Versprechen, das er mit der Wärme seines Körpers auf meinem besiegelt.

Unsere Küsse, ein Sturm aus Leidenschaft und Sehnsucht. Seine Berührungen eine Sammlung samtweicher Wolken auf meiner Haut.

»Die Welt vermisst dich, in ihrer Einsamkeit braucht sie dich«, sein Flüstern ist wie eine Melodie, die sanft um uns wirbelt. Seine Zunge zeichnet Pfade entlang meines Halses und hinterlässt ein Prickeln, das meinen ganzen Körper durchzuckt.

»Warum hast du sie nicht gerettet?«, frage ich, getrieben von einem pochenden Herzen und einem Blick, der in seinen Augen nach Antworten sucht. Die Erinnerungen an vergangenes Leid schwirren wie Schatten um uns herum.

»Die Macht, die es gekostet hätte, hätte meine gesamte Essenz verzehrt und mich in einen Dämon verwandelt«, seine Stimme trägt eine Melancholie, die das Gewicht jahrhundertelanger Entscheidungen in sich birgt.

»Dann war dir ihr Schicksal etwa gleichgültig?«, meine Worte klingen vorwurfsvoll, während ich versuche, die Wahrheit in seinem Blick zu finden.

»Nein, meine Liebe zu ihr hat mir den Himmel gekostet. Ich habe alles riskiert und verloren«, gesteht er.

»Du hättest sie retten können, wenn du es wirklich gewollt hättest.«

»Ich besitze nicht die Macht, mich gegen die Legionen zu stellen, die er entsendet hätte. Es wäre ein Kampf gewesen, der von vornherein zum Scheitern verurteilt wäre«, seine Worte sind getränkt in Verzweiflung.

»Du hast sie im Stich gelassen. Das ist keine Liebe. Liebe heißt, sich selbst zu opfern, damit der andere leben kann. Was du getan hast, war etwas ganz anderes«, sage ich,

239

die Enttäuschung in meiner Stimme unüberhörbar. Ich weise ihn zurück und richte meine Kleidung. »Was tust du?«, fragt er, seine Augen voller Verwirrung. »Ich verschwinde. Dich in mein Leben zu lassen, war ein Fehler. Ob Engel oder Gott, du bist wie alle anderen. Selbstsüchtig«, erwidere ich mit einer Mischung aus Enttäuschung und Entschlossenheit in meiner Stimme. Ich verlasse die Wohnung, die Tür fällt mit einem leisen Knarren ins Schloss.

Regentropfen prasseln auf mich nieder, bahnen sich ihren Weg über mein Gesicht, kalt wie die harsche Wirklichkeit. Der Wind schlägt mir entgegen, eine eisige Erinnerung an das, was ich hinter mir lasse. Ich winke ein herannahendes Taxi herbei, das glücklicherweise für mich anhält.

Ich suche Zuflucht in seinem Inneren, lasse himmlische Geheimnisse und bittere Enttäuschungen hinter mir, tauche ein in die ungewisse Dunkelheit der Nacht. Schließlich erreiche ich mein Zuhause, wo Ethan sich in die Welt der Kunst vertieft hat.

»Ah, da bist du ja. Wie war dein Tag, Prinzessin?«, erkundigt sich Ethan, sein Blick voller Fürsorge.

»Ein Tag wie jeder andere«, antworte ich, während ich mich in die Isolation des Badezimmers zurückziehe. Die Dusche empfängt mich mit offenen Armen, ein schwacher Versuch, die Last der Enttäuschung abzuspülen, die an meiner Seele haftet. Selbst das warme Wasser vermag es nicht, die Erinnerungen auf meiner Haut zu löschen. Egal wie viel Seife ich benutze, es fühlt sich an, als könne ich die unsichtbaren Spuren seiner Berührungen nicht abwaschen. Ich wünsche, ich könnte all dies nicht fühlen. Es zerreißt mich innerlich. Umhüllt von einem Handtuch husche ich in mein

Zimmer, einen Zufluchtsort, der mir die Geborgenheit gewährt, die ich so aussichtslos suche.

Ich schlüpfe in meinen Pyjama, kuschel mich ins Bett und halte meine Amulettkette fest in der Hand – ein verzweifelter Versuch, Trost in diesem Talisman zu finden.

Kapitel 13

*D*er Morgen bricht an, und der schrille Klang meines Weckers reißt mich unsanft aus dem Schlaf. Hellwach sitze ich in meinem Bett und spüre, wie die Realität mit einer kalten Hand nach mir greift. Die Sonne scheint in mein Zimmer, ein angenehmes, warmes Licht erfüllt den Raum. Ein ungewöhnlich milder Morgen entfaltet sich vor meinen Augen. Ich werfe einen Blick nach draußen – der Himmel präsentiert sich in einem ungetrübten Blau, die Welt wirkt friedvoll, fast surreal in ihrer Stille. Die Straßen zeigen sich erstaunlich trocken, nach den nächtlichen Regengüssen. Als ich das Fenster öffne, umarmt mich die frische Luft des Morgens, eine sanfte Brise streichelt mein Gesicht. Vögel zwitschern lebensfroh, während die Bäume in ihrem letzten gold-orangenen Farbenrausch die letzten Blätter freigeben. Ein Wirbelwind fängt sich in dem Laub, wirft sie in einem poetischen Tanz durch die Luft. Trotz der märchenhaften Szenerie schwebt eine beklemmende Stimmung um mich, eine Vorahnung, die mich innerlich frieren lässt. Mit diesem schleichenden Unbehagen gehe ich zur Firma, um meine restlichen verbliebenden persönlichen Dinge zu holen. Die Straßen sind ruhig, und ich schlendere durch das vertraute Viertel, das in dieser friedlichen Morgenstimmung eine ungewohnte Ruhe ausstrahlt. Wie jeden Morgen mache ich einen Abstecher ins SpicyGroveCoffee, aber heute fühlt es sich anders an. Der Geruch von Kaffee und Zimt hängt in der Luft, aber ich kann ihn nicht richtig genießen. Mein Blick schweift nervös durch den Raum. Zum Glück ist von Lucian keine Spur zu sehen. Ich reihe mich hinter zwei Kunden ein und stehe schon bald vor der Barista, die mich erwartungsvoll ansieht. Einen Augenblick lang fühle ich mich, als wäre die Zeit stehen geblieben. Ihre erneute Nachfrage reißt mich aus meiner Starre. Ungeplant breche ich mit meiner Routine und bestelle einen Latte Macchiato – ein spontaner Akt, getrieben von einer tiefen, unerklärlichen Sehnsucht nach etwas Neuem. Mit dem Becher in der Hand trete ich auf die Straße, halte inne und atme die frische Morgenluft ein, als eine Frau mich unerwartet anspricht. Sie sitzt auf einer der Bänke vor dem Café, vertieft in die Seiten der Los Angeles Times.

»Gefällt es dir? Ein wunderschöner Morgen, nicht wahr?«, sagt sie. Ihr goldenes-kupferrotes Haar weht leicht im milden Wind, die Sommersprossen auf ihrer Wange und Nase machen ihr Gesicht einzigartig. Ihre Augen sind himmelblau, und ein Gefühl von Wärme und Vertrautheit strahlt von ihr aus.

»Si«, erwidere ich ihr mit einem Lächeln, das sich wie von selbst auf meine Lippen legt.

»Es ist schön, dich wieder lächelnd zu sehen, Suzanna.«

»Entschuldigung, aber kennen wir uns?«

Meine Stimme klingt verwirrt, während ich versuche, ihr Gesicht in meinem Gedächtnis zu platzieren.

»Du bist mir sehr vertraut. Komm, setz dich zu mir«, sagt sie. Ihre Worte sind wie ein sanfter Sog, dem ich mich nicht entziehen kann oder will. Ich fühle mich seltsam geborgen in ihrer Gegenwart und setze mich neben sie, meine Hände sorgfältig im Schoß gefaltet, und betrachte sie mit einem Gemisch aus Staunen und Skepsis. Meine innere Stimme flüstert mir zu, dass meine Vermutungen richtig sind.

»Starre mich nicht so an. Ja, ich bin es – Gott.«

»Träume ich?«, frage ich, unfähig, das Geschehen zu begreifen.

»Nein, Suzanna. Das hier passiert wirklich.«

»Du bist eine Frau.«

»Ich habe die Fähigkeit, jede Gestalt anzunehmen, die mir beliebt. Ich dachte, als Frau wäre es für dich leichter, mit mir zu interagieren.«

»Was willst du von mir? Mich töten, wie du es mit Evelyn getan hast?«

»Das ist Vergangenheit. Selbst wenn ich wollte, es wäre nutzlos. Deine Existenz wird immer wieder auftauchen. Du bist eine Anomalie, auf die ich keinen Einfluss habe. Ich bin hier, um zu erforschen, warum das so ist. Warum du immer wiedergeboren wirst.«

»Wieso sprechen immer alle in Rätseln? Worum geht es hier?«

»Er hat es dir nicht verraten. Du hast keine Ahnung, wer du wirklich bist und in was du da geraten bist.«

»Wer? Lucian?«

»Fragst du dich nicht, wie es sein kann, dass ein göttliches Wesen wie Lucifer sich in dich verliebt? Engel lieben keine Menschen. Sie empfinden keine romantischen Gefühle für sie.«

»Was bin ich?«

»Es geht nicht darum, was du bist, sondern wer. Ich kann dir all deine Fragen beantworten. Folge mir nur.«

»Dir folgen? Du meinst dir zu dienen.«

»Wenn du es so ausdrücken möchtest.«

»Ich werde niemals jemandem dienen. Ich folge nicht blindlings den Regeln anderer. Mein freier Wille ist mein höchstes Gut, und ich treffe meine Entscheidungen unabhängig von äußeren Zwängen«, erkläre ich mit Nachdruck und stehe von der Bank auf.

»Du kannst dir gar nicht vorstellen, wie sehr du mich gerade verärgerst«, zischt sie, während ihre Hand sich meiner nähert. In diesem Augenblick verrutscht mein Mantel und enthüllt mein Amulett. Der Anblick davon bringt sie zum Innehalten und erschüttert sie zutiefst.

»Wir werden uns wiedersehen, Suzanna«, sagt sie und verschwindet im nächsten Moment wie eine Illusion. Ein Gefühl der Leere breitet sich in mir aus, als ich die Realität dieses ungewöhnlichen Gesprächs zu begreifen versuche. Als ich bei der Arbeit ankomme, umgehe ich Mr. Hollisters Büro – keine Spur von ihm. Am Ende des Flurs taucht Sina auf, ihr Timing könnte nicht ungünstiger sein.

»Was willst du, Sina?«

»Mr. Hollister ist heute nicht erschienen. Hast du eine Ahnung, wo er sich aufhält? Er ist schließlich dein Freund «, spottet sie.

»Ich habe keine Ahnung, und es interessiert mich nicht. Und damit du es endlich verstehst, er ist nicht mein Freund. Deine Intrigen hättest du dir sparen können.«

»Ich weiß nicht, wovon du sprichst«, behauptet sie, während ihre Unschuldsmiene kaum ihre Schadenfreude verbergen kann.

»Wir müssen reden«, ertönt plötzlich wie aus dem Nichts mir eine vertraute Stimme. Sofort reagiert mein Körper mit Gänsehaut. Ein heißer Schauer durchströmt mich. Ich versuche mich, gegen den Reflex zu wehren, mich umzudrehen, wohl wissend, wer hinter mir steht. Es ist zwecklos, ich drehe mich um und unsere Blicke treffen aufeinander.

»Mr. West«, entfährt es Sina, deren Augen sich erstaunt weiten. Sie richtet ihre Kleidung, posiert fast schon anzüglich. Ihre Art, sich ihm anzubieten, ist einfach nur abstoßend.

»Ich denke nicht«, entgegne ich ihm. Woraufhin er mir gefährlich nahekommt und ich spüre seinen frischen kühlen Atem auf meinen Wangen.

»Ich bitte dich nur einmal.«, droht er, während seine Augen bernsteinfarben aufleuchten. Erschrocken greife ich nach seinem Arm und ziehe ihn in die Kaffeeecke.

»Bevor du auch nur ein Wort sagst, sei dir bewusst, nichts davon wird meine Meinung ändern, weder deine Worte noch die von Gott. Den Auftritt hätte er sich sparen können«, entgegne ich Lucian mit einer Mischung aus Entschlossenheit und Verärgerung.

»Wie bitte? Gott hat mit dir gesprochen?«, entfährt es Lucian, dessen Gesicht von Überraschung gezeichnet ist.

»Si, heute Morgen im Café«, bestätige ich, eine Spur Unbehagen in meiner Stimme.

»Verdammt, wir müssen sofort hier weg. Wie hat er dich nur gefunden?«, entgegnet Lucian, eine unverkennbare Angst in seiner Stimme.

»Was ist los?«, frage ich, verwirrt über seine plötzliche Panik.

»Wenn er dich aufgespürt hat, dann wird er es ihm auch gesagt haben und er wird seine Dämonen schicken, um dich zu holen.«

»Wer? Der Teufel?«, frage ich, mein Herz schlägt bis zum Hals.

»Wir müssen uns verstecken, und zwar jetzt sofort«, drängt Lucian. Kaum hat er die Worte ausgesprochen, spüre ich eine Hitze, die sich hinter meinem Rücken auftut und mich zu sich zieht. Diese Wärme brennt sich in meine Haut, sie zieht mich aus dem Raum. Ein Wimpernschlag und ich löse mich auf. Und erscheine an einem anderen Ort. Umgeben von Dunkelheit und ein beängstigendes Flüstern. Alles um mich herum dreht sich, meine Beine fühlen sich wackelig und taub an.

»Wo bin ich? Was ist das für ein Ort?«, frage ich mich, während ich darum kämpfe, die Wogen in meinem aufgewühlten Verstand zu beruhigen. Eine merkwürdige Atmosphäre umhüllt mich, und meine Sinne sind von einer Mischung aus Faszination und Beklemmung erfüllt. Dieser Ort breitet sich vor mir aus wie ein endloses Reich der Dunkelheit und Verzweiflung. Kein einziger Lichtstrahl vermag es, die umfassende Finsternis zu durchbrechen, und die Luft ist erfüllt von einem eisigen Hauch, der bis ins Mark vordringt. Eine drückende Stille lastet auf dieser düsteren

Landschaft, lediglich unterbrochen vom geisterhaften, unheilvollen Heulen, das wie eine Symphonie des Untergangs durch die Leere hallt. Die Umgebung präsentiert sich in einer eintönigen Farbpalette von tiefem Schwarz und abgestumpften Grautönen. Ein karges Land, das jegliches Leben verloren hat, keine Pflanzen, kein Vogelgesang, nur die schweigende Ewigkeit der Verlassenheit. Der Boden unter meinen Füßen ist rissig und uneben, als ob er von der Qual und dem Leid der Seelen gezeichnet wäre, die durch diese finsteren Dämonen wandern. In der Ferne erheben sich düstere Felsen und schroffe Klippen. Ein steiniger Pfad führt mich durch diese trostlose Kulisse, begleitet vom Echo meiner Schritte, die in der pechschwarzen Leere verhallen.

»Da bist du ja«, erklingt Lucians verzweifelte Stimme hinter mir. Ich drehe mich erleichtert um und frage:

»Was ist das für ein Ort?«

»Das ist die Hölle, und du solltest wirklich nicht hier sein. Die Dämonen riechen deine reine Seele und sind gierig danach. Setz die Kapuze deines Mantels auf, und wage es nicht, aufzublicken oder Blickkontakt zu suchen«, ermahnt er mich mit ernster Stimme. Wir setzen unseren Weg fort vorbei an dunklen furchteinflößenden Schatten, die in der Dunkelheit lauern. Eine undefinierte Kälte ergreift mich und frisst sich durch meine Knochen, als plötzlich ein Schattenwesen aus der Finsternis hervortritt. Es ist undefinierbar, mit klauenartigen Händen und leuchtenden Augen, die vor Gier glühen. Panik erfüllt mich, als das Wesen sich auf mich stürzt. Daraufhin beginnt mein Amulett, ein Geschenk von meinen Eltern, plötzlich hell zu leuchten, ein blendendes Licht, das die Dunkelheit durchdringt. Die Helligkeit des Anhängers breitet sich aus wie eine schützende

Barriere, und das Schattenwesen windet sich vor Schmerzen. Ich spüre, wie eine unsichtbare Kraft mich umgibt und schützt. Das blendende Licht wird intensiver, und der Dämon schreit auf, während es von dieser Energie verzehrt wird. Die Dunkelheit weicht, als das Licht des Amuletts die Hölle erhellt. Ich fühle, wie die Kälte nachlässt und eine wohltuende Wärme mich durchflutet. Der Dämon, der mich bedrohte, löst sich auf, als hätte er nie existiert.

»Wir müssen weiter«, drängt Lucian mit einer Stimme, die durch Mark und Bein geht, und ergreift fest meinen Arm.

»Was ist eben passiert?«, frage ich ihn, während wir uns hastig durch die Dunkelheit bewegen.

»Das Amulett beschützt dich, vor allem Bösen, sobald es dich angreift«, erklärt Lucian.

»Es ist doch nur eine Kette, ein Geschenk meiner Eltern«, sage ich mit einem Zittern in der Stimme.

»Nein, Suzanna. Du hast es nicht von deinen Eltern. Ich habe es dir damals gegeben, zum Schutz. Die Zeichen, die du auf dem Amulett siehst, bilden ein Siegel, geweiht mit meiner Essenz. Es dient zu deinem Schutz.«
Fassungslos bleibe ich stehen.

»Willst du damit sagen, du kennst mich bereits seit meiner Geburt?«

»Das hier ist nicht der richtige Ort, für solche Offenbarungen. Bitte, komm jetzt«, mahnt er mich eindringlich.

»Was verheimlichst du mir noch, Lucian?«, frage ich energisch und bewege mich kein Schritt weiter.

»In jener regnerischen Nacht war ich gezwungen eine Wahl zu treffen. Ich ließ dich bei ihnen zurück, mit dem

Amulett als Schutz, in dem Glauben, sie würden dich nie unter Gläubigen suchen.«

»Warum sollte man mir etwas antun? Ich bin für niemanden eine Gefahr.«

»Die Kraft, die du in dir trägst, hat die Möglichkeit die ganze Ordnung im Universum zu verändern. Darum haben sie so viel Angst vor dir.«

»Wer hat Angst vor mir? Und was willst du damit sagen, du musstest mich bei ihnen lassen? «

»Suzanna, bitte, wir müssen hier weg. Es ist keine Zeit für weitere Fragen.«

»Sag mir jetzt die Wahrheit.«

»Deine Eltern sind Emiliano und Sarah Ramírez.«

Diese Enthüllung lässt meine Welt in sich zusammenstürzen. Jedes Wort hallt in meinem Kopf wider, unfähig, die Tragweite dessen zu erfassen.

»Es tut mir leid, dass du die Wahrheit unter diesen Umständen erfahren hast. Aber Suzanna, es ist wichtig das wir jetzt weitergehen. Die Dämonen kommen immer näher«, sagt Lucian mit leuchtenden Augen.

Wie setzen unseren steinigen Weg fort. Vor uns erhebt sich ein Berg, in den die finsteren Mauern eines düsteren Schlosses gemeißelt sind. Wir betreten einen unheimlichen Palast, dessen Räume von glänzendem schwarzem Gestein geformt sind. Durch gewaltige Fenster eröffnet sich ein schauriger Ausblick auf einen majestätischen Turm, dessen Glühen wie flüssige Lava erscheint und das markerschütternde Heulen verursachen.

»Das ist der Seelenturm der Hölle, in dem all die Seelen gefangen sind, die nicht in den Himmel aufgenommen wurden«, erklärt Lucian, und wir schreiten weiter durch die düstere Pracht dieses schaurigen Reichs.

Gemeinsam betreten wir einen Raum, der uns einen noch eindrucksvolleren Ausblick auf den Seelenturm verleiht, eine Kulisse, die den Atem stocken lässt.

»Welch ein unerwartetes Wiedersehen, Lucifer«, ertönt eine tiefgründige Stimme aus den Schatten, so finster und kalt wie die Nacht selbst.

»Ihr werdet sie nicht bekommen«, entgegnete Lucian selbstbewusst.

»Oh, stolzer Luzifer, du scheinst zu vergessen, wir haben sie bereits mehrfach aus deinem Schutz gerissen, und du standest machtlos daneben.«

Trotz meiner Anstrengung, den Blick zu senken, überwältigt mich die Neugier, und ich riskiere einen Blick auf die Quelle dieser bedrohlichen Stimme. Vor mir steht ein Mann, dessen Erscheinung täuschend normal wirkt – dunkles Haar, durchdringend blaue Augen, gekleidet in einen makellosen weißen Anzug.

»Das wird kein weiteres Mal geschehen«, beharrt Lucian.

»Sei dir da nicht zu sicher, Luzifer«, sagt er, während er sich mir bedrohlich nähert. Mein Amulett leuchtet auf und in den Augenblick weicht er zurück.

»Sigillum dei, das ist clever von dir Luzifer. Aber es schützt sie nicht vor allem. Auch seine Macht hat Grenzen«, sagt er, und im Hintergrund erhebt sich ein monumentaler Thron, schwarz und glänzend, umgeben von Gesichtern, die von unermesslichen Qualen zeugen. Verziert mit strömendem, glühendem Gestein, nimmt er darauf Platz, sein Blick unbeirrt und fest auf den Seelenturm gerichtet.

»Luzifer, es wird der Tag kommen, an dem du erkennst, dass wir stets das bekommen, was wir begehren. Und dann wirst du, treu ergeben, an meiner Seite kämpfen.«, verkündet er mit einem teuflischen Grinsen im Gesicht, seine Worte durchdrungen von einer drohenden Finsternis.

»Wir werden sehen, was die Zeit bringt. Lass uns verschwinden, du kannst ihr nichts anhaben«, entgegnet Lucian mit ruhiger Entschlossenheit und ergreift meine Hand.

»Da gebe ich dir leider recht, im Moment nicht, aber du bist schutzlos mir gegenüber«, erwidert er.

Seine Augen leuchten in einem unnatürlichen Gelb, und Lucian sinkt, von Schmerzen gepeinigt, zu Boden, während sein höhnisches Lachen widerhallt.

»Lauf«, ertönt Lucians Stimme, in einen furchteinflößenden Ton.

»Nein, ich werde dich nicht im Stich lassen«, sage ich entschlossen und trete dem Teufel entgegen. Mit jedem Schritt, den ich näherkomme, strahlt mein Amulett heller.

»Du listiges kleines Wesen«, zischt er und wendet sich von Lucian ab. Gemeinsam eilen wir aus dem Palast, hinaus in die endlosen Weiten der Hölle.

Ein Albtraum aus verformten Landschaften, umgeben von einem Meer aus flüssigem Feuer. Der Himmel ist von Wirbelstürmen durchzogen, und der Boden bebt unter unseren Füßen. Lucian navigiert durch diese apokalyptische Landschaft mit beunruhigender Selbstverständlichkeit. Die Luft ist mit einem beißenden Gestank erfüllt, und wir passieren Höhlen, in denen schattenhafte Kreaturen lauern.

»Hier unten regieren die gefallenen Mächte«, erklärt Lucian.

»Wir müssen äußerst wachsam sein und jederzeit bereit, uns gegen die Dunkelheit zur Wehr zu setzen.«

Während wir unseren Pfad weiterverfolgen, tauchen aus dem Nichts bedrohliche Schatten am Horizont auf. Dämonische Wesen mit schwarzen Schwingen und brennenden Augen steigen aus den Abgründen empor. Lucian hebt seinen Arm und aus seinem goldenen Armreifen transformiert sich eine Lanze, die in einem blauen Licht der flammenden Atmosphäre schimmert.

»Bleib in meiner Nähe«, warnt er mich, und wir stellen uns den heranstürmenden Dämonenhorden entgegen. Lucian, meisterhaft in seinen Bewegungen, pariert jeden Angriff der dämonischen Angreifer. Mein Amulett entfesselt eine Welle des Lichts, die die finsteren Kreaturen vor mir in Nichts auflöst. Plötzlich erscheint eine mächtige Bestie, größer und furchterregender als die anderen. Ihr Leib ist mit glühenden Symbolen bedeckt, und ihre Augen strahlen eine unheilvolle Macht aus. Lucian und die Dämonen um uns herum erstarren, als diese finstere Gestalt sich nähert.

»Luzifer, mein Bruder, du wagst es, dich hierher zu begeben«, sagt die Kreatur mit einer Stimme, die die Luft selbst zu erzittern lässt. Lucian antwortet:

»Ich komme nicht als Feind, sondern als jemand, der Gerechtigkeit fordert. Lass uns passieren und dir wird nichts geschehen.«

Die Kreatur lacht, ein schauriges Grollen, das durch die Umgebung hallt.

»Gerechtigkeit in der Hölle? Das ist lächerlich. Überwinde das Labyrinth und ihr werdet frei sein.«

Die Landschaft um uns verändert sich, und plötzlich stehen wir mitten im Seelenturm einem finsteren Labyrinth, dessen

Wände mit den Seelen Gefallener geschmückt sind. Lucian und ich kämpfen uns durch die düsteren Gänge. Unser Pfad führt uns durch einen Korridor von flackerndem Licht, das von den gequälten Seelen erzeugt wird. Die Luft ist mit einem bitteren Hauch von Verzweiflung erfüllt, während unsichtbare Kräfte versuchen, uns von unserem Weg abzubringen.

»Suzanna, egal was du siehst, es ist nicht real. Hörst du?! Es ist nur eine Illusion. Die Hölle spielt mit deinen Ängsten, lass dich nicht darauf ein«, entgegnet er mir. Ängstlich blicke ich ihn an.

»Vertrau auf das Amulett, seine Macht ist grenzenlos. Es wird dich beschützen.«

Lucian führt mich geschickt durch die Illusionen, indem er die echten Pfade von den trügerischen unterscheidet. Ein verzerrtes Flüstern dringt in meine Ohren, als schattenhafte Gestalten vergangener Sünden vorüberziehen. Wie gefesselt bleibe ich stehen, als sich der schlimmste Moment meines Lebens wiederholt. Vor meinen Augen liegt Mark, am Boden, flehend um Gnade, während ein Mann im Regenmantel drohend über ihm kniet, bereit, ihm das Herz zu entreißen. Unsere Blicke kreuzen sich, und die erschütternde Erkenntnis trifft mich – der Mann ist Lucian.

»Geh weiter«, hallt Lucians Stimme irgendwo aus der Ferne zu mir.

»Folge nicht der Erinnerung, lass sie hinter dir, Suzanna!«, dringt seine Stimme in meinen Kopf. Lucians fester Griff um mein Handgelenk reißt mich aus dieser grausamen Vision. Mein Herz schlägt wild, Schmerz durchzieht meine Brust, als kämpfe ich um jeden Atemzug.

»Das war keine Illusion, du hast Mark getötet.« Die Erkenntnis lastet schwer auf meine Seele. Sein Blick zeigt keine Spur von Reue.

»Lucian, das war nicht richtig. Wieso hast du das getan?«, flüstere ich mit zitternder Stimme. Er bleibt regungslos, sein Blick fest auf mir ruhend.

»Er hat dich verletzt und du hast es dir gewünscht«, entgegnet er mit einer Ruhe, die fast unheimlich wirkt.

»Du darfst nicht einfach Menschen töten, schon gar nicht meinet wegen.« Tränen sammeln sich in meinen Augen und die Enge in meiner Brust wird unerträglich. Lucian seufzt und senkt den Kopf.

»Es war das Beste für dich.«

»Das Beste? Das war alles andere als richtig!«, rufe ich aus und stoße ihn von mir, meine Worte hallen durch das düstere Labyrinth um uns. Die Dunkelheit scheint sich zu verdichten, als ob sie meine Wut und Verzweiflung absorbiert.

»Ich ertrage das nicht länger, Lucian. Du bist nicht besser als die Dämonen, du versteckst dich nur hinter deinen Flügeln.«

»Ich verstehe, dass dich das sehr aufwühlt und dich emotional überfordert. Aber wir dürfen nicht stehen bleiben, Suzanna«, sagt er drängend und reicht mir seine Hand. Ich ergreife sie, und frage mich, ob ich ihn wirklich noch vertrauen kann.

Daraufhin gelangen wir in einen Raum, in dem die Wände lebendig erscheinen. Die Luft ist schwer von den Klagen, deren die gefangen sind. Je tiefer wir in das Labyrinth vordringen, desto erdrückender wird es. Das Heulen der Winde und das schaurige Wispern der verlorenen Seelen erzeugen eine unheimliche Symphonie der Qual. Düstere Kreaturen nehmen Form an, geschaffen aus den Ängsten und Schuldgefühlen derer, die in der Hölle gefangen sind. Lucian zieht seine göttliche Lanze und stellt sich mutig den schattenhaften Kreaturen entgegen, während ich meine eigene innere Dunkelheit überwinde. Lucian, als erfahrener Führer durch die Hölle, gibt mir die Stärke, mich den Schatten meiner Vergangenheit zu stellen und die Macht der Dunkelheit zu besiegen. Im Zentrum des Labyrinths angekommen, stehen wir vor einem majestätischen Tor, das von einem dämonischen Wächter bewacht wird. Sein Blick durchbohrt uns, während wir uns ihm nähern. Lucian tritt vor und spricht in einer uralten Sprache mit dem Wesen. Mit einem entschlossenen Blick führt mich Lucian durch die monumentale Pforte. Ein blendendes Licht durchflutet uns, als wir die Schwelle zwischen Hölle und Realität überschreiten. Die Finsternis weicht dem Licht. Die Umgebung um uns herum verändert sich schlagartig. Die pechschwarzen Felsen und die zerklüftete Landschaft der Hölle weichen einer sanften Brise und grünen Wiesen.

»Wo sind wir?«, frage ich.

»Wir sind in Kentucky.«

»Bitte, bring mich nach Hause«, flehe ich mit zitternder Stimme. Lucian nickt mir leicht zu und im nächsten Augenblick finden wir uns in meinem Zimmer wieder, in Ethans Wohnung. Überwältigt von den vergangenen Ereignissen, sinke ich auf mein Bett und lasse meinen Blick über den vertrauten Holzboden schweifen.

»Geht es dir gut?«, erkundigt sich Lucian mit einem Hauch von Sorge in seiner Stimme.

»Ob es mir gut geht? Nein, es geht mir ganz und gar nicht gut. Ich finde keine Worte für das, was ich fühle«, gestehe ich, während ich mich auf die Bettkante setze. Der Anblick meines Zimmers, das so normal erscheint, verstärkt nur das Gefühl der Unwirklichkeit. Lucian seufzt leise und lässt sich neben mich nieder.

»Ich verstehe, dass alles ist schwer zu begreifen. Die Hölle hinterlässt Spuren, auch wenn wir physisch zurückkehren.«

»Aber du ...«, beginne ich und spüre, wie sich meine Gefühle in einem Wirrwarr aus Verwirrung, Wut und Trauer entladen.

»Du hast Mark getötet.«

Er senkt den Blick.

»Ich wollte dich beschützen, Suzanna.«

»Beschützen?«, wiederhole ich fassungslos.

»Das war kein Schutz. Das war Mord. Du hast nicht das Recht, über Leben und Tod zu entscheiden.«

∞

Ein unangenehmes Schweigen legt sich über uns, die unausgesprochenen Worte zwischen uns wie ein unüberwindbares Hindernis. Meine Gedanken kreisen um die Erkenntnis, dass die Welt, in die ich geraten bin, voller Geheimnisse und moralischer Abgründe ist.

»Ich verstehe, wenn du mich verurteilst«, sagt Lucian schließlich, seine Stimme brüchig.

»Ich brauche Zeit, um das alles zu verarbeiten«, flüstere ich und spüre, wie mich die Erschöpfung übermannt. Der mentale und emotionale Kampf hat Spuren hinterlassen. Lucian nickt verständnisvoll.

»Ich bin für dich da, Suzanna, wenn du bereit bist«, sagt er und verschwindet innerhalb eines Wimpernschlags. Ich lege mich auf mein Bett, in das weiche Kissen, und starre auf das Amulett, als könnte es mir die nötige Kraft verleihen, um das Unausweichliche zu bewältigen.

Meine Finger zittern, als ich die Nummer meiner Mutter wähle und auf den Anrufbutton drücke. Das Summen des Telefons wird zu einem dumpfen Pochen in meinem Inneren. Nach endlosen, nervenaufreibenden Sekunden hebt meine Ma ab. »Hola?«, erklingt ihre vertraute Stimme am anderen Ende der Leitung.

»Ma«, flüstere ich mit einem Kloß im Hals.

»Es gibt etwas, über das wir sprechen müssen.«

»Natürlich, mi amor. Was ist los?«

Ich schlucke schwer und beginne dann zögernd:

»Ma, ich habe etwas herausgefunden, und ich denke, es ist an der Zeit, dass du mir die Wahrheit sagst. Bin ich ... bin ich adoptiert?«

Am anderen Ende der Leitung entsteht eine Stille, so durchdringend, dass ich fast das Schlagen meiner eigenen Angst höre.

»Suzanna, mi princessa«, antwortet meine Mutter mit einer sanften, aber zögerlichen Stimme,

»Ich wollte es dir schon so lange sagen. Si, du bist adoptiert.«

Ein Mix aus Schock, Schmerz und Erleichterung durchflutet mich. Die Welt um mich herum scheint für einen Moment stillzustehen.

»Warum hast du es mir nie gesagt?«, frage ich schließlich.

»Ich wollte dich nicht verlieren. Dein Vater und ich lieben dich so sehr, als wärst du unsere eigene Tochter. Wir wollten nur, dass du ein normales Leben führst, ohne von dieser Wahrheit überschattet zu werden.«

Tränen rollen meine Wangen hinab.

»Aber ich habe ein Recht darauf, die Wahrheit zu kennen.«

»Es tut mir leid, mi amor. Wenn du Fragen hast oder darüber sprechen möchtest, dann komm doch bitte zu uns und wir reden in Ruhe über alles.«

»Das klingt gut. Ich mache mich sofort auf den Weg zu euch.«

»Dein Vater, wird sich freuen dich wieder zusehen.«

»Ich packe meine Sachen und dann komme ich zu euch.«

»Mach das. Pass auf dich auf. Bis später«, sagt sie mit sanfter Stimme.

Nachdem das Gespräch beendet ist, verharre ich noch einige Momente in regungsloser Stille. Die Realität dieser neuen Erkenntnis fühlt sich an, als würde der Boden unter mir nachgeben. Inmitten des Sturms dieser Wahrheit finde ich einen Anker, die Möglichkeit, endlich die verstreuten Puzzleteile meiner Identität zu einem Ganzen zu fügen. Mit einem tiefen Atemzug richte ich mich auf, werfe mir meinen Mantel über und schnappe mir meine Tasche. Bevor ich die Wohnung verlasse, zücke ich mein Handy und tippe eine kurze Nachricht an Ethan.

Ich 11:45 am

Hey Ethan, ich verbringe den Tag bei meinen Eltern in Oakland. Ich melde mich, wenn ich zurück bin. - Suzanna

Mit einem tiefen Atemzug verlasse ich die Wohnung und mache mich auf den Weg zur Bushaltestelle. Der Himmel ist von Wolken bedeckt, als ob selbst das Wetter meine inneren Unruhen spiegeln würde. Der Bus kommt mit einem leisen Zischen zum Stehen, und ich steige ein, meine Tasche fest in der Hand. Während die Landschaft vorbeizieht, versuche ich, meine Gedanken zu ordnen. Das Summen des Motors und das sanfte Ruckeln des Busses wirken beruhigend auf mich. Die Straßen von Oakland begrüßen mich mit ihrer vertrauten Unveränderlichkeit. Als der Bus anhält, steige ich aus und mache mich auf den Weg zu meinem Elternhaus.

Kapitel 14

Als ich schließlich vor dem vertrauten Haus stehe, steigt eine Mischung aus Nervosität und Hoffnung in mir auf. Ich trete auf die Veranda, klopfe an die Tür und warte, während meine Aufregung von einem Hauch von Unsicherheit durchzogen ist. Die Haustür öffnet sich langsam, und meine Mutter steht vor mir. Ein Lächeln huscht über ihr Gesicht, in ihren Augen lese ich eine Spur von Zögern, als ob sie die ganze Welt der Gefühle hinter ihrer Fassade zu verbergen versucht.

»Suzanna, mi amor, du bist ja überraschend früh hier. Komm rein, komm rein.«

Ich betrete das vertraute Haus, das immer noch nach warmer Schokolade und frischem Kaffee duftet. Die Bilder an den Wänden zeugen von vergangenen Familienmomenten, von Lachen und Umarmungen. Doch heute hängt eine ungesagte Spannung in der Luft, als würde die Zeit stehenbleiben, um Platz für die bevorstehenden Gespräche zu machen.

»Ich bin so froh, dass du hier bist«, sagt sie und schließt die Tür hinter uns. Ihre Hände zittern leicht, als sie die Strähnen meiner Haare beiseiteschiebt und in meine Augen schaut.

»Ich habe deinen Lieblingskuchen gebacken.«

»Das war nicht nötig, Ma.«

»Ich dachte, wenn wir über alles reden, dann kann ein guter Kuchen nicht schaden«, sagt sie, während ihr Lächeln schwindet. Sie führt mich in das Wohnzimmer, wo mein Dad bereits auf dem Sofa sitzt, die Zeitung zur Seite gelegt.

»Hey Liebes, schön, dass du da bist«, begrüßt er mich und sein ernstes Gesicht erhellt sich als er mich umarmt.

»Hola Dad«, sage ich und setze mich neben ihm auf das Sofa. Meine Mutter kommt mit einem duftenden Schokoladenkuchen und eine Kanne Kaffee aus der Küche. Als ich genüsslich in den herrlichen Kuchen beiße, umhüllt mich das Gefühl der Geborgenheit in dieser vertrauten Umgebung. Fragen zu meiner wahren Herkunft wirbeln durch meinen Kopf, und ich weiß, dass ich bald das notwendige Gespräch führen muss. Nachdem wir einige Zeit über Alltägliches geplaudert haben, sammle ich all meinen Mut, um das Thema anzuschneiden, das mich seit meiner unfreiwilligen Reise durch die Hölle unablässig verfolgt.

»Ma, Dad, ihr wisst, warum ich hier bin«, beginne ich zögernd.

»Es betrifft meine Herkunft. Wie bin ich zu euch gelangt?«

Meine Eltern tauschen einen kurzen Blick aus, und dann richtet mein Vater seine aufmerksamen Augen auf mich.

»In jener stürmischen Novembernacht, als der eisige Wind über die Häuserdächer fegte und der Regen unerbittlich niederprasselte, fanden wir uns vor einem abgelegenen Haus wieder. Die majestätische Eiche vor der düsteren Hütte neigte sich im Wind, als ob sie sich vor den schrecklichen Geheimnissen des Ortes verbeuge. Wir, zwei Polizisten, waren aufgrund besorgniserregender Gerüche gerufen worden, um dem Ursprung auf den Grund zu gehen. Das Haus, ein finsterer Verschlag in einem heruntergekommenen Viertel, schien verlassen und von Finsternis durchdrungen. Kein Licht drang durch die Fenster, nur der schwache Glanz der Taschenlampen durchschnitt die Dunkelheit. Als Detektiv Johns vergeblich an der Tür klingelte, öffnete ich sie vorsichtig. Ein widerlicher Gestank erfüllte die Luft, ein Gemisch aus Verwesung und Fäulnis. Trotz der widrigen Umstände drangen wir mutig durch den Müll und die Trostlosigkeit des Hauses. Überall waren Fliegen. Der morbide Duft brannte in unseren Augen, aber wir setzten unseren Weg unbeirrt fort. Raum für Raum durchsuchten wir das Haus und stießen schließlich auf das Schlafzimmer. Dort lagen sie vor uns – zwei Leichen auf einem verkommenen Bett, ihre Arme von Nadeln durchbohrt. Der Anblick bestätigte unseren Verdacht, dass wir es mit Drogensüchtigen zu tun hatten. Etwas in diesem düsteren Raum ließ uns innehalten. Zwischen dem Unrat auf dem Boden lag ein regungsloses Baby. Ich näherte mich dem kleinen Wesen, legte sanft meine Hand auf seinen Kopf – und daraufhin öffnete es seine Augen. »Es lebt! Ruf sofort einen Notarzt!«, rief ich meinem Partner zu, während ich das Kind behutsam in meinen Mantel hüllte, um es vor der kalten Nässe zu schützen. Es dauerte keine fünf Minuten, bis die

Rettungskräfte eintrafen. Der Regen prasselte um uns herab, als ich das Kind in die sicheren Hände der Sanitäter übergab. Das Baby, Suzanna, warst du. Von diesem Augenblick an konnte ich dich nicht mehr vergessen. Schon am folgenden Tag suchte ich dich im Krankenhaus auf. Du warst wohlauf, dein Zustand war stabil. Tag für Tag saß ich an deinem Bett, bot dir meine Nähe an. Schließlich entschieden wir, dich in unsere Familie aufzunehmen, und adoptierten dich offiziell.«

Die Wahrheit überrollt mich wie ein plötzlicher aufkommender Sturm. Mein Blick wandert zwischen den liebevollen Gesichtern meiner Adoptiveltern hin und her. Verstört und von einer Flut von Emotionen überwältigt, richte ich meine Worte an meine Ma.

»Warum habt ihr es mir nicht früher gesagt? Warum musste ich das auf so schockierende Weise erfahren?«

Sie setzt sich neben mich, ihre Hand nimmt meine.

»Mi amor, wir wollten dich schützen. Die Schatten deiner Vergangenheit sollten nicht auf deiner Zukunft lasten.«

Tränen sammeln sich in meinen Augen, aber ich kämpfe dagegen an. Mein Vater legt tröstend seine Hand auf meine Schulter.

»Du bist immer noch die Suzanna, die wir lieben und großgezogen haben. Die Vergangenheit mag deine Herkunft erklären, aber sie definiert nicht, wer du bist. Wir sind deine Eltern, weil wir dich lieben und immer für dich da sein werden.«

»Und diese Kette? Woher kommt sie«, frage ich, während ich das Amulett ihnen entgegenhalte.

»Du hattest sie bereits um, als ich dich in jener Nacht gefunden habe. Sie ist das einzige Verbindungsstück zu deiner Vergangenheit.«

»Mi amor, es tut mir leid, dass wir es dir nicht schon früher gesagt haben. Wir wollten dich nur schützen. Bitte, verzeih uns«, erwidert meine Ma.

»Dann sind meine Eltern tot?«

»Laut Obduktionsbericht, war die weibliche Leiche, nie schwanger. Ich habe es bis heute nicht geschafft deine wahre Herkunft zu ermitteln. Es tut mir leid, Suzanna«, antwortet mein Vater.

»Ich weiß nicht, wie ich damit umgehen soll«, antworte ich ehrlich.

»Nimm dir Zeit, Liebes. Das ist eine Menge, mit der man fertig werden muss. Aber egal, was passiert, wir sind für dich da«, erwidert mein Vater.

Nach diesem intensiven Gespräch mit meinen Adoptiveltern beschließe ich, etwas Zeit für mich zu nehmen, um all das Erlebte zu verarbeiten. Ich trete vor die Tür und nehme auf der Veranda Platz, lasse meinen Blick in die Ferne schweifen und denke über die Ereignisse der letzten Stunden nach. Lucian, die Hölle, meine wahren Eltern – all das fühlt sich an wie ein Strudel, der mich mitreißt. Ich frage mich, welchen Weg ich nun einschlagen soll. Plötzlich wie aus dem Nichts fällt mir ein roter Papierstreifen in den Schoß. Auf dem geschrieben steht:

Auf allen Wegen, die das Leben dir zeigt, halte dein Leuchten fest – es ist der Schlüssel, durch die Dunkelheit

In diesem Moment wird mir bewusst, dass Lucian hinter diesen Nachrichten steckt.

»Verschwinde!«, rufe ich in die Weite hinaus und zerknülle den Papierstreifen. Ein leises Vibrieren in meiner Hosentasche lenkt meine Aufmerksamkeit auf mein Handy. Es ist eine Nachricht von Ethan, der sich erkundigen möchte, wie es mir geht. Zögernd tippe ich eine Antwort:

Ich 4:12 pm

Es ist kompliziert. Ich muss einiges für mich klären. Lass uns morgen über alles reden, wenn ich zurück bin.

Ethan 4:12 pm

Dein Boss stand heute vor der Tür und wollte dich sprechen.

Ich 4:13 Pm

Was wollte er von mir?

Ethan 4:13 pm

Das hat er mir nicht gesagt. Du sollst dich bei ihm melden.

Ich 4:14 pm

Danke, für die Info.

Ethan 4:14 pm

Steckst du in Schwierigkeiten? Soll ich zu dir kommen?

Ich 4:15 pm

Nein, ich erkläre dir alles, wenn ich zurück bin.

Ethan 4:16 pm

Okay, du weißt, wo du mich findest. Pass gut auf dich auf.

In dieser Nacht finde ich keinen Schlaf, sondern nur eine Mischung aus Verwirrung und Emotionen. Am nächsten Morgen mach ich mich auf den Rückweg nach San Francisco. Der Abschied von meinen Eltern ist liebevoll und aufrichtig. Ich bin ihnen dankbar, dass sie mir eine tolle Kindheit ermöglicht haben, voller Liebe und Geborgenheit.

∞

Zurück in San Francisco. Beim Betreten der Wohnung, höre ich leise Musik und das Klappern von Geschirr aus der Küche. Neugierig nähere ich mich der leicht angelehnten Küchentür und werfe einen Blick hinein. Dort steht Ethan, umgeben von dampfenden Töpfen und Pfannen, konzentriert und vertieft in sein kulinarisches Meisterwerk. Seine rosafarbenen Haare wehen bei jeder Bewegung, und ich kann nicht anders, als leise zu lachen.

»Ethan«, rufe ich fröhlich, und er wirbelt überrascht herum. Sein Lächeln durchbricht die Anspannung auf seinem Gesicht.

267

»Suzanna, du bist zurück!«, empfängt er mich mit offenen Armen und zieht mich in eine herzliche Umarmung. Der Duft von frisch gekochtem Essen umgibt uns, und ich atme tief ein.

»Was zauberst du hier?«, erkundige ich mich, während meine Neugier wächst.

»Ich wollte dich mit einem Willkommensmahl überraschen«, erklärt er mit einem Anflug von Stolz in seiner Stimme.

»Es wird dir sicher schmecken, das verspreche ich.«

Wir setzen uns an den Esstisch, der liebevoll gedeckt ist, und ich betrachte die kulinarische Kreation, die Ethan gezaubert hat. In der gelösten Atmosphäre tauschen wir uns aus, erzählen von den Tagen, die hinter uns liegen, von meinen Eltern und der Enthüllung meiner wahren Herkunft. Die Tatsache, dass Lucian ein Engel ist, behalte ich für mich – ein Detail, das in diesem Moment zu unglaublich erscheinen mag. Ethan hört aufmerksam zu, sein Gesicht spiegelt eine Mischung aus Überraschung und Faszination wider.

»Suzanna, das ist unfassbar. Aber wenn jemand damit umgehen kann, dann du. Du bist eine starke Frau.«

»Danke, Ethan«, erwidere ich, während mir die Tränen in die Augen steigen.

»Um ehrlich zu sein, fühle ich mich gerade alles andere als stark.«

Ethan sieht mich besorgt an und nimmt mich in seine Arme. Sanft streicht er über mein Haar, seine Geste ein Balsam für meine aufgewühlte Seele.

»Ich bin für dich da. Du bist nicht allein«, flüstert er mir liebevoll in mein Ohr. Nach einer Weile lösen wir uns voneinander, und Ethan reicht mir ein Taschentuch, um meine Tränen zu trocknen. Ich lächle ihm dankbar zu und spüre, wie sich ein kleiner Trost in meinem Inneren breitmacht. Die Kulisse der dampfenden Töpfe und Pfannen, der köstliche Duft von Ethans Überraschungsessen, all das bildet einen Kontrast zur Dunkelheit meiner vergangenen Tage. Wir fahren mit unserem Essen fort, und ich ergreife die Gabel, um Ethans kulinarische Kreation zu kosten. Die Aromen entfalten sich auf meiner Zunge wie ein Feuerwerk der Geschmacksvielfalt, was mich zu einem tiefen, zufriedenen Seufzer verleitet.

»Ethan, das ist einfach himmlisch«, gestehe ich mit einem Lächeln.

»Wusste ich's doch«, entgegnet er, sein Lächeln breit und selbstbewusst.

»Wann hast du gelernt, wie man kocht?«, frage ich lachend. Die Stunden vergehen, und wir genießen das Essen und die Gesellschaft des anderen. Die Welt draußen mag von Geheimnissen und übernatürlichen Mächten durchzogen sein, aber hier, in Ethans Küche, ist es ein Ort der Normalität und des Trostes. Nachdem wir das Abendessen beendet haben, lassen wir uns gemeinsam auf dem Sofa im Wohnzimmer nieder und schalten den Fernseher ein, um den Abend ausklingen zu lassen.

»Ethan, ich bin so glücklich, dich zu haben«, sage ich leise und lege meinen Kopf auf seine Schulter.

»Und ich bin froh, dass du zurück bist«, erwidert er und legt seinen Arm um mich. In diesem Moment fühle ich mich seit Tagen wieder sicher und geborgen.

Ich schließe meine Augen und genieße diesen Augenblick des Friedens.

∞

Die ersten Strahlen der Morgensonne schleicht sich durch die Vorhänge, als ich langsam die Augen öffne. Die vertraute Umgebung empfängt mich mit offenen Armen, und der verlockende Duft von frisch gebrühtem Kaffee durchdringt den Raum. Ethan steht lächelnd am Rand des Bettes, während er mir eine dampfende Tasse Kaffee entgegenstreckt.

»Guten Morgen, Schlafmütze«, begrüßt er mich mit einem sanften Kuss auf die Stirn.

»Du hast ganze zwölf Stunden geschlafen. Wie fühlst du dich?«

Ich strecke mich behaglich, während der Schlaf langsam aus meinen Gliedern weicht, und setze mich auf. Der warme Kaffeeduft steigt mir in die Nase, und ich lächle dankbar.

»Zwölf Stunden?«, wiederhole ich überrascht.

»Das war dringend nötig, nehme ich an. Danke für den Kaffee, Ethan.«

Er nimmt Platz neben mir, und ich halte die Tasse fest, genieße die Wärme, die sich in meinen Händen ausbreitet.

»Du hast viel durchgemacht in letzter Zeit«, sagt er einfühlsam.

»Manchmal braucht der Körper einfach seine Ruhe. Wie geht es dir heute?«

Ich lasse den ersten Schluck Kaffee auf der Zunge zergehen und halte einen Moment inne.

»Besser.« Ethan nickt verständnisvoll.

Während ich meinen Kaffee genieße, vibriert mein Handy auf dem Nachttisch. Eine SMS von Jack Hollister. Ich atme tief durch, bevor ich sie öffne.

Jack 9:01 am

Können wir uns heute Abend treffen? Ich möchte mit dir über alles sprechen.

Die Worte auf dem Bildschirm treffen mich wie ein kalter Schauer, und ich merke, wie meine Hand unwillkürlich zu zittern beginnt. Ein Treffen mit Jack könnte endlich Klarheit in das Chaos bringen, das mein Leben seit Kurzem ist. Ethan legt seine Hand beruhigend auf meine Schulter.

»Wie auch immer du dich entscheidest. Tue das, was du für richtig hältst.«

Ich nicke, meine Gedanken wirbeln in einem stürmischen Meer der Überlegungen.

Jack möchte reden, und ich weiß, dass ich diesem Gespräch nicht ewig ausweichen kann. Auch wenn es bedeutet, dass mein Leben erneut auf den Kopf gestellt wird.

Ich 9:03 am

Das würde ich sehr schön finden. Wo und Wann sollen wir uns treffen?

271

Jack 9:05 am

Ich bin über das Wochenende in den Bergen. Ich schicke dir gegen acht Uhr einen Fahrer, er wird dich zu mir bringen.

Kapitel 15

Als der Abend hereinbricht, finde ich mich in einer Flut aus Nervosität wieder. Ich bin fest entschlossen, Ordnung in das Wirrwarr meines Lebens zu bringen. Beim durchwühle des Kleiderschranks nach der passenden Garderobe, entscheide ich mich für ein Strickkleid in Weinrot, dazu kombiniere ich schwarze Leggings, da in den Bergen stellenweise Schnee liegt. Meine Haare lasse ich offen und trage ein passendes Make-up auf. Auf den Weg zur Tür lächelt mir Ethan aufmunternd zu.

»Hör auf dein Herz, es sagt dir, was du wirklich willst.« Mit diesen Worten versucht er mich zu motivieren. Mit einem bekräftigenden Nicken verlasse ich die Wohnung und trete hinaus in die kalte Abendluft. Vor dem Haus wartet ein dunkler Land Rover, sein Anblick verheißt einen nicht alltäglichen Abend.

Der Chauffeur, ein Bild von Professionalität in seinem tadellosen schwarzen Anzug, mit gepflegten braunen Haaren und einem Hauch von frischem Parfüm, wendet sich mir zu.

»Ms. Pérez?«, seine Stimme ist höflich, sein Blick aufmerksam.

»Si«, antworte ich ihm zögernd.

»Mr. Hollister hat mich geschickt. Mein Name ist Adam, ich werde Sie heute Abend sicher zu ihm bringen«, erklärt er mit einer beruhigenden Professionalität und öffnet mir die Wagentür.

»Bitte, steigen Sie ein.«

Ich folge Adams Aufforderung und lasse mich in die weichen Sitze des Wagens sinken, während die Straßenlichter im Vorbeifahren zu einem flüchtigen Kaleidoskop der Nacht verschmelzen. Ich blicke auf die Straßen und lasse meine Gedanken schweifen. Der Streit mit Jack belastet mich. Ich hatte nie vor ihn zu verletzen. Es war töricht von mir zu denken, unsere Treffen hätten nichts zu bedeuten.

Nach zwanzig Minuten verlassen wir die Stadt und nähern uns der wilden Natur, streckenweise liegen Schneeflocken am Straßenrand. Der Schnee wird immer großflächiger, je mehr wir die Berge erklimmen. Nach einer dreiviertel Stunde kommen wir an unserem Zielort an. Die Bäume sind mit einer dicken Schicht Schnee bedeckt, der Wagen fährt über eine knirschende Schneedecke. Vor uns im Scheinwerferlicht erscheint eine imposante Holzhütte, dessen warmes Licht uns den Weg ebnet.

Der Fahrer bringt das Fahrzeug sanft zum Stehen und öffnet mir galant die Tür. Ich setze behutsam einen Fuß nach dem anderen auf den Boden. Unter meinen Stiefeln knirscht der frisch gefallene Schnee, plötzlich verliere ich den Halt, als meine Schuhe auf einer verborgenen Eisfläche rutschen. Wie aus dem Nichts fängt Adam mich auf, seine Arme umschließen mich rettend und bieten mir einen sicheren Hafen.

Die eisige Kälte schleicht sich mit jedem meiner Atemzüge tief in meine Lungen, um bei jedem Ausatmen in kleinen Wölkchen wieder in die Winterluft entlassen zu werden. Mit Bedacht erreiche ich die Veranda und klopfe an die Tür, während Adam das weitläufige Anwesen hinter sich lässt. Die Scheinwerfer seines Wagens verblassen in der Dunkelheit des umliegenden Waldes. Eine beklemmende Stille breitet sich aus, so dicht, dass man sie fast greifen könnte. Ich drehe mich um und blicke den Weg entlang, den ich gekommen bin. Als würde ich nach einem Notausgang suchen. Gerade als die Ruhe unerträglich wird, öffnet sich die Tür hinter mir und Jacks Stimme durchbricht die Stille.

»Suzanna. Es ist schön, dass du da bist«, begrüßt er mich mit warmen Worten und einer einladenden Geste, die mich ins Haus führt.

»Gib mir deinen Mantel, ich werde ihn für dich in die Garderobe hängen«, fügt er hinzu.

»Danke«, antworte ich zurückhaltend und bemerke sofort die Abwesenheit von Ruby.

»Ist Ruby nicht mit dir hier?«, frage ich ihn verwundert.

»Sie ist bestimmt wieder im Wald unterwegs. Sie liebt den Schnee«, erklärt er, während er mir behutsam den Mantel abnimmt. Wir betreten den offenen Wohnraum, der sich mir über drei Stufen hinweg eröffnet. Im Zentrum des Raumes thront ein großer Kamin, der mit seinem knisternden Feuer das Herzstück des Hauses bildet und ihm eine warme, einladende Atmosphäre verleiht. Auf den Tisch vor dem Sofa steht eine geöffnete Flasche Rotwein und zwei Gläser, die darauf warten gefüllt zu werden. An den Wänden hängen Bilder, Erinnerungen an vergangene Zeiten. Jack wie er stolz auf einer Segeljacht über den Pazifik navigiert, oder mitten im kolumbianischen Dschungel, umgeben von üppigem Grün.

»Wie ich sehe, du verreist gerne«, sage ich, während ich meinen Blick über die Bilder schweifen lasse.

»Ja, ein weiteres Hobby von mir. Die Welt ist so groß und es gibt eine Menge zu entdecken da draußen.«

»Was du nicht sagst«, antworte ich ihm, mit einem kleinen verstohlenen Lächeln auf den Lippen.

»Folge mir, aufs Sofa. Am Kamin ist es warm und gemütlich«, fordert er mich auf. Wir nehmen auf dem Sofa Platz. Jack schenkt uns Wein ein und leise Musik spielt im Hintergrund, die ich vorher gar nicht wahrgenommen habe.

»Du siehst wieder bezaubernd aus, Suzanna.«

»Danke, du auch. Das hellgrau steht dir hervorragend.«

»Lass uns direkt zur Sache kommen. Suzanna, ich habe nie an deiner Loyalität gezweifelt, aber du musst verstehen, dass ich diese Mail nicht ignorieren konnte. Darum mache ich mir auch keine Sorgen über die Untersuchungen. Da ich weiß, dass du unschuldig bist aber um ehrlich zu sein, was mich wirklich trifft, ist die Tatsache, dass du dich neben mir noch mit Lucian West getroffen hast.«

»Jack ...«

»Schon gut« unterbricht er mich.

»Ich weiß, du bist mir zu nichts verpflichtet, aber dennoch sind meine Empfindungen für dich mehr als beruflicher oder freundschaftlicher Natur. Ich war mir sicher, dass es dir genauso geht. Du aber nur Angst hast vor deinen eigenen Gefühlen, weil ich dein Vorgesetzter bin.«

»Jack, ich wollte dir nie weh tun. Das mit Lucian ist kompliziert und lässt sich nicht in Worte fassen, aber es war nie meine Absicht, deine Gefühle zu verletzten.«

»Eigentlich ist es mir egal, was zwischen dir und Lucian läuft. Ich will nur eine Entscheidung von dir. Ich mag es nicht, wenn man sich hinter meinen Rücken mit anderen vergnügt.«, sagt er und sieht mir dabei tief in die Augen.

»Das kann ich sehr gut verstehen«, antworte ich und wende mein Blick ab.

Obwohl das Gespräch schwierig ist, bemühe ich mich, Jack gegenüber aufrichtig zu sein. Denn genau, das hat er verdient, Ehrlichkeit.

»Ich wurde schon oft angelogen und hintergangen, von Geschäftspartnern und von Frauen. Amber, meine Exverlobte, sie hatte eine Affäre mit ihrem Tennislehrer. Kaum zu glauben, wie klischeehaft, oder?«

»Deine Verlobte?«

»Ich dachte, sie wäre die eine. Aber da habe ich mich getäuscht«, antwortet er, mit einem Blick, der die Enttäuschung und den Schmerz der tief in ihm sitzt widerspiegelt.

»Ich weiß, wie es sich anfühlt, so enttäuscht zu werden. Umso mehr tut es mir leid, dir wehgetan zu haben. Ja, du hast Recht mit dem, was du gesagt hast. Ich habe Angst davor, mir meine eigenen Gefühle einzustehen aber aus einem guten Grund. Auch ich wurde verletzt von meinen Ex-Verlobten. Und um all diesen Schmerz zu umgehen, habe ich beschlossen, mich nie wieder auf die Liebe einzulassen. Und dann kommst du daher, mit deinem charmanten Lächeln und deiner liebenswerten Art und Weise. Ich habe Angst davor, wieder diesen Schmerz zu erleben«, gestehe ich Jack. Unsere Blicke verschmelzen ineinander. Seine Augen, verraten mir, welche Sehnsucht in ihm steckt.

»Suzanna ...«, flüstert er mir zu und streicht mir zärtlich mit seinem Finger über meine Wange. Ich schließe die

Augen und lege meinen Kopf sanft in seine Hand. Unsere Lippen berühren sich zaghaft.

Unsere Blicke tief treffend. Sein Kuss – eine Hommage an die Leidenschaft. Seine Berührungen – unvergessen. Sein Körper – vollkommen.

An diesem Abend gebe ich mich ihm ganz hin. Jacks Geständnis hat mich zutiefst berührt und ich fühle mich ihm so verbunden, wie nie zu vor. Unser gemeinsamer Schmerz, den wir uns teilen, fühlt sich nur noch halb so schwer an. Küssend liegen wir uns in den Armen. Liebkosungen, die ein Feuerwerk in mir entfachen.

Am nächsten Morgen wecken mich die Sonnenstrahlen, die sanft meine nackte Haut küssen. Verschlafen öffne ich langsam meine Augen und lasse meinen Blick durch das Zimmer schweifen. Jack ist nirgends zu sehen. Ich schlüpfe in sein Shirt, das einsam auf dem Boden liegt, und mache mich auf die Suchen nach ihm. Als ich das Erdgeschoss erreiche, finde ich weder Jack, noch ist von Ruby eine Spur. Eine unheimliche Kälte erfüllt den Raum, das Feuer im Kamin ist längst erloschen. Ein Blick aus dem Fenster zur Terrasse bringt auch keine Klarheit über Jacks Verbleib. Mit einem wachsenden Gefühl der Sorge nähere ich mich dem Wandschrank, um meinen Mantel zu holen. Ich öffne die Tür und muss mit Schrecken, den mit Blut überströmten, toten Hundekörper entdecken. Mir stockt der Atem. Ich schreie laut auf, als plötzlich Jack hinter der Schranktür hervortritt.

»Was ist mit Ruby geschehen?«, bringe ich mit zitternder Stimme hervor. Völlig stumm steht er da und fixiert mich mit seinem Blick. Langsam trete ich einen Schritt zurück, während ich seine Bewegungen aufmerksam verfolge.

»Hast du Angst, Suzanna?«, erkundigt er sich mit einem einschüchternden Unterton. In dem Moment, als er auf mich zu kommt, blitzt in seiner Hand bedrohlich das Funkeln einer scharfen Klinge auf. Ein Schauer der Panik durchfährt mich, und ich fliehe barfuß ins Freie, vorbei an Jack, der mit dem Messer nach mir schlägt. Die eisige Kälte des Schnees beißt schmerzhaft in meine nackten Füße, und binnen Sekunden fühlen sich meine Beine vor Kälte wie gelähmt an. Bis zu den Knöcheln versinke ich in der weißen, lebensfeindlichen Umgebung, während mein Herz in einem verzweifelten Rhythmus für das Überleben schlägt. Als plötzlich Jack wie aus dem Nichts auftaucht, wie ein Phantom aus dem Nebel, ohne jegliches Zeichen von Menschlichkeit oder Reue in seinem Blick. Mit einer Bewegung, die so kalt und präzise wie die eisige Luft ist, rammt er mir die messerscharfe Klinge in den Oberschenkel. Ein durchdringender Schrei entweicht mir, und ich stürze in den Schnee, der sich um mich herum in ein schockierendes Rot taucht, als das Blut sich wie Tinte durch das makellose Weiß frisst. Ich versuche zu entkommen und krieche durch die gnadenlose Kälte und hinterlasse eine blutige Spur, die sich scharf vom unberührten Schnee abhebt. Gefolgt von Jack, der mein Schatten ist in diesem frostigen Albtraum. Er folgt mir langsam, mit einem zufriedenen Lächeln auf seinen Lippen. Als er mich einholt, kniet er sich bedrohlich neben mir, während ich mich in quälenden Schmerzen winde. Seine Augen spiegeln die Kälte der umgebenden Landschaft wider. Emotionslos und leer – so tot wie Ruby.

»Warum, tust du das? Bitte, hör auf«, flehe ich ihn an.

»Jack gibt es hier nicht mehr«, knurrt er mir entgegen, dabei nehmen seine Augen eine bedrohliche Färbung an, die sich zu einem intensiven Gelb verdichtet. Sie brennen mit einer übernatürlichen Intensität, die eine unheilvolle Präsenz und eine tiefe, dunkle Macht suggeriert. In diesem Moment wirken seine Augen nicht mehr menschlich, sondern erinnern an das unerbittliche Glimmen eines Raubtiers, das im Schatten lauert, bereit zum Sprung. Seine Hand gleitet sanft mein verletztes Bein entlang, dabei krabbeln unzählige Fliegen über meine Haut. Sie folgen jeder seiner Bewegungen wie ein dunkler Schatten. Ich winde mich verzweifelt, in der Hoffnung die Insekten abzuschütteln, die über meinen Körper krabbeln. In panischer Angst kämpfe ich um mein Leben. Jack greift erneut an. Diesmal trifft das Messer meine Schulter. Der Schmerz ist überwältigend und durchdringt jede Faser meines Seins. Mein Schrei hallt durch die Stille. Er zieht das Messer heraus, daraufhin fließt Blut meinen Arm hinab und hinterlässt im Schnee deutliche Spuren meines Leidens. Fieberhaft suche ich nach dem Amulett an meinem Hals, doch es ist verschwunden. Ohne Schutz, ohne Hoffnung liege ich auf dem kalten Boden, umgeben von der gnadenlosen Stille des Waldes.

»Oje ... Ist dir deine Kette abhandengekommen ... Ups ... Wie unachtsam von dir«, spottet er mit höhnischem Unterton

»Deine Seele gehört mir und dem König«, zischt er bedrohlich. Als er zum nächsten Schlag ausholt, hebe ich instinktiv meinen Arm zum Schutz. Die Klinge streift meine Haut und reißt eine tiefe Wunde auf, aus der Blut quillt.

»Möchtest du, dass all dies ein Ende findet? Dann öffne mir die Tür, und ich werde dich von deinem Leiden erlösen«, flüstert er, während er sich raubtierartig über mich beugt und mit seiner Zunge über meine Wange gleitet.

»Mal sehen, wann dein geliebter Engel herbeieilt, um dich zu retten. Aber bis dahin ... werden wir unseren Spaß miteinander haben«, stößt er voller Gier aus und hält mich mit einer festen Armbewegung im Griff, während seine Augen mich fixieren. Mein Körper sinkt in den kalten Schnee, der unter mir schmilzt. Immer wieder fährt er mit der scharfen Klinge über meine Haut und hinterlässt Schnitte, die einen stechenden, brennenden Schmerz in meinem Körper entfachen. Meine Schreie durchbrechen die Stille des Waldes. Ein Schwarm schwarzer Vögel zieht über uns her. Jacks Gesicht hat sich in eine groteske Fratze verwandelt, seine Haut erscheint fahl und grau. Über uns verdunkelt sich der zuvor blaue Himmel, während ein bedrohliches Grollen durch die Luft rollt. Schneeflocken tanzen chaotisch in dem immer stärker werdenden Wind, der um uns herum heult. Mein Körper zittert unkontrollierbar, gepeinigt von der durchdringenden Kälte, die mich bis ins Mark erfasst. Über uns wölbt sich eine dichte Wolkendecke, durch die Blitze in Zickzacklinien schießen. Sie durchbrechen die trübe Decke, bringen das Grau zum Leuchten und werfen für Sekundenbruchteile Silhouette auf die Erde, die das diffuse Tageslicht in ein Schauspiel aus Licht und Schatten verwandeln. Als plötzlich Lucian wie aus dem Nichts vor uns auftaucht. Seine Augen leuchten in einem intensiven Bernsteinton. Sie strahlen eine fesselnde Wärme aus, während seine Gestalt eine majestätische Präsenz vermittelt. In seiner rechten Hand hält er eine Lanze, die in einem goldenen Licht erstrahlt. Mit einer entschlossenen Bewegung entreißt er mich Jacks Griff und wirft ihn mit einer kraftvollen Geste tief in den Wald. Mit zitternden Händen klammere ich mich an Lucian, während die Welt um uns herum in ein Chaos aus Blitzen und Donner taucht.

»Ich bringe dich hier weg. Belial, wird dich sonst töten.«

»Mein Amulett, es ist weg. Wie hast du mich gefunden?«, antworte ich mit zitternder Stimme.

»Deine Schreie würde ich selbst am anderen Ende des Universums wahrnehmen.«

»Du musst Jack helfen«, flehe ich Lucian an.

»Meine Priorität ist es, dich in Sicherheit zu bringen.«

»Aber Jack verdient es auch, gerettet zu werden«, appelliere ich an Lucians Mitgefühl und löse mich aus seinen Armen. Plötzlich taucht Belial hinter uns auf, um Lucian mit gezücktem Messer anzugreifen.

»Pass auf!«, rufe ich alarmierend. In einem hastigen Manöver stoße ich Lucian zur Seite und drehe mich von ihm weg. Gerade rechtzeitig, sodass Jacks Klinge uns verfehlt. Geschickt nutzt Lucian den Moment, vollführt eine geschmeidige Drehung und positioniert sich blitzschnell hinter Jack. Vor unseren Augen beginnt Lucians Lanze eine erstaunliche Metamorphose. Stück für Stück faltet sie sich in das Armreifen, das Lucian trägt. Daraufhin umfasst er mit beiden Händen Jacks Kopf und murmelt Worte, die mir rätselhaft und unverständlich erscheinen. In diesem Moment glühen Lucians Augen intensiv auf und unter seinen Händen entfacht sich ein helles Licht, das Jacks Gesicht in eine unwirkliche Transparenz taucht. Es lässt seine Haut durchsichtig erscheinen, dass die darunterliegenden Gefäße und Adern wie feine Linien durch das fast gläserne Antlitz schimmern. Selbst die Konturen seiner Knochen zeichnen sich deutlich ab, als würde der Schleier des Fleisches für einen Moment gelüftet, und offenbart eine faszinierende, aber auch eine unnatürliche, Ansicht des menschlichen Innenlebens. Es ist, als würde sich Jack vor unseren Augen in ein Wesen aus Licht und Schatten verwandeln, ein lebendiges Röntgenbild, das die verborgene Struktur seines Daseins offenbart. Mit einem abrupten krampfhaften Würgen versucht sich etwas aus Jacks Mund zu befreien. Langsam windet sich eine pechschwarze glänzende Kreatur heraus. Segment für Segment, als würde es sich aus den Tiefen seines Inneren zwängen. Die Kakerlake kriecht grotesk über seine zitternden Lippen, seine Beine zappeln auf der Suche nach Halt. Dieser Anblick, so abscheulich, löst nicht nur ein tiefes Entsetzen in mir aus, sondern auch einen reflexartigen Ekel, der sich wie eine kalte Welle über mich ergießt. Unbeholfen rollt das Insekt Jacks Körper hinab. Mit einer letzten ungeschickten Bewegung erreicht sie den Rand seines Ärmels, verliert den Halt und stürzt in den Schnee.

Dort bleibt sie liegen, ein dunkler Fleck auf dem weißen Grund. Für ein Bruchteil einer Sekunde, getrieben von einer übermenschlichen Schnelligkeit, streckt Lucian seinen Finger aus und zielt präzise auf die sich krümmende Kakerlake. Kaum berührt er das Insekt, detoniert es in einem leisen, aber markanten Knall. Als wäre eine unsichtbare Kraft in ihr entfesselt wurden. Die Explosion hinterlässt nichts als einen leuchtend grünen Fleck im sonst reinen Schneeteppich. Daraufhin kehrt Jacks Bewusstsein zurück. Lucian sitzt sichtlich geschwächt neben ihm am Boden. Besorgt um beide, eile ich zu ihnen.

»Geht es dir gut?«, erkundige ich mich bei Lucian.

»Meine Energie ist fast aufgebraucht. Ein weiterer Einsatz meiner Kräfte, und ich werde unweigerlich zum Dämon«, offenbart Lucian.

»Aber du hast Belial besiegt«, erwidere ich.

»Nein, das war lediglich eine Täuschung von ihm. Er lauert noch immer hier in der Nähe«, korrigiert Lucian mich. Die Erschöpfung in seiner Stimme ist unüberhörbar, während die Sorge um die unmittelbare Gefahr präsent bleibt. In diesem Moment fegt ein Sturm durch die Bäume und treibt mich unerbittlich in die eiskalten Hände von Belial. Seine gelben glühenden Augen brennen sich in mein Gesicht. Seine Finger krallenartig, bohren sich gnadenlos in meine Haut, als würden sie versuchen, bis zu meiner Seele vorzudringen. Sein Griff umklammert mich mit einer schmerzhaften und erdrückenden Intensität, die mir den Atem raubt.

»Deine Seele gehört mir«, zischt er bedrohlich.

»Du wirst meine Seele niemals besitzen!«, entgegne ich ihm, als Lucian wie aus dem Nichts vor uns erscheint.

»Belial, lass sie frei. Die Zeit ist gekommen, dass die falschen Götter zu Fall gebracht werden«, fordert Lucian mit fester Stimme.

»Warum sollte ich dir Glauben schenken?«, spottet Belial, seine Stimme triefend vor Arroganz.

»Ich kann deine Schwäche riechen. Deine Kraft schwindet. Du wirst es nicht schaffen, sie zu retten.«

Unbeirrt von Belials Hohn, richtet sich Lucian auf, eine Entschlossenheit blitzt in seinen Augen auf.

»Vielleicht ist meine Kraft am Schwinden, aber der Wille, das Richtige zu tun, verleiht mir mehr Stärke, als du je begreifen kannst«, erwidert Lucian kraftvoll. In diesem Augenblick der Offenbarung entrollt Lucian seine Lanze. Ein Meisterwerk göttlicher Schmiedekunst, deren Spitze sich in ein wildes Inferno verwandelt. Die blau - weißen

Flammen tanzen mit einer solchen Intensität, dass die frostige Decke, die uns umgibt, der Hitze weicht. Ein Netz aus Wasseradern beginnt sich durch den schmelzenden Schnee zu weben. Unbeeindruckt und mit einem sardonischen Lächeln steht er vor Lucian.

»Verzeih meine kurze Abwesenheit«, raunt Belial mit einer Stimme, die die Kühle des umgebenden Schnees zu absorbieren scheint.

»Aber ich muss eine kleine Unstimmigkeit bereinigen.« In seinen Worten schwingt eine unerschütterliche Zuversicht mit, die von Jahrtausenden der Intrigen und Machtkämpfe zeugt. Ein letztes Mal bricht die Dunkelheit über uns herein. Belial entlässt mich aus seinem eisernen Griff und beschwört aus dem Nichts sein Schwert. Es ist umgeben von einer Aura glühender Lava. Mit einer tödlichen Anmut, die nur jahrhundertealte Wesen beherrschen, schwingt er seine Waffe, als wäre sie eine Verlängerung seines Willens. In dem verzweifelten Versuch, mit Jack zu fliehen, finde ich mich unerwartet gefangen. Die Wurzeln der uralten Eiche vor dem Haus erwachen zum Leben, winden sich um meine Glieder und ziehen mich unfreiwillig an ihren knorrigen, von der Zeit gezeichneten Stamm. In diesem Moment der Bedrängnis entfacht Lucian ein Spektakel aus Feuer und Licht. Seine Lanze, ein Zirkel aus flammender Zerstörung, zeichnet Muster in die Luft. Flammen wirbeln um die Spitze. Ein tosendes Inferno, das dem Schwert Belials entgegentritt. Der Himmel selbst scheint die Glut widerzuspiegeln, als die Waffen mit einem zornigen Zischen aufeinandertreffen.

Die Erde erzittert unter der Wucht ihres Kampfes, während sie sich in einem schicksalhaften Duell messen. Jeder

Schlag, jeder Zusammenprall ihrer Waffen entfacht ein Feuerwerk von Funken, das die Dunkelheit erleuchtet. Engel und Dämon, ein Tanz um Leben und Tod. Ihre Bewegungen eine Symphonie aus Feuer und Schatten. Der Geruch von Verbranntem erfüllt die Luft, begleitet von dem Knistern ihrer magischen Waffen. Die Angriffe Belials gleichen den Schlägen eines wilden Sturms, unberechenbar und rücksichtslos. Lucian, mit der Anmut eines himmlischen Wesens, weicht mit geschmeidiger Eleganz aus und antwortet mit Stichen von chirurgischer Präzision. Ihr erneutes Aufeinandertreffen entfesselt einen Regen aus Funken, eine flüchtige Erleuchtung in der umfassenden Dunkelheit, ein Zeugnis ihres unerbittlichen Konflikts.

»Du wirst sie nicht in deine Fänge bekommen«, zischt der Engel mit einer Stimme, die so scharf ist wie die Klinge, die er führt. Mit einer Bewegung, die von überirdischer Kraft zeugt, saust seine Lanze in einem mächtigen Bogen herunter, trifft den Arm des Dämons und schleudert dessen Waffe beiseite. Unbeugsam und entschlossen greift Belial mit seiner verbliebenen Hand nach dem herabfallenden Schwert. In einer Bewegung, die so schnell ist, dass sie kaum mit bloßem Auge zu verfolgen ist, trifft der Dämon den Engel am Rücken. Die Klinge frisst sich tief ins Fleisch und entfesselt einen beißenden Geruch von Verbranntem. Lucians Augen lodern vor Entschlossenheit und Schmerz. Er sammelt seine letzte Kraft für den entscheidenden Schlag.

Plötzlich entfalten sich seine geschundenen Flügel. Er dreht sich – eine Bewegung voller Anmut und tödlicher Präzision. Mit der Lanze in seiner Hand entgegnet er Belial. Der Dämon versucht, die Waffe mit einer Finte zu umspielen, aber Lucian pariert mit der Geschicklichkeit eines himmlischen Kriegers und setzt zu einem vernichtenden Stoß an. In dem Moment des Aufeinandertreffens ihrer Waffen, entfacht ein Feuermeer, das den Himmel in apokalyptischer Schönheit erstrahlen lässt. Inmitten des tobenden Infernos setzen sie ihren Kampf fort, ein Tanz am Rande des Verderbens. Jeder Angriff zischt durch die Luft wie der Atem eines Drachen, jede Verteidigung ein verzweifelter Kampf gegen das unausweichliche Ende. Schließlich findet Lucians Lanze ihren Weg durch die Abwehr des Dämons – die Spitze durchbohrt das Herz des Bösen, die Flammen verschlingen ihn von innen. In dem Augenblick, als beide Krieger zu Boden sinken, löst sich der Dämon in einen Wirbel aus schwarzem Rauch auf und verschwindet langsam im Wind. Lucian liegt regungslos und schwer verletzt am Boden. Die alte Eiche, die mich zuvor festgehalten hat, lässt mich wieder frei, und getrieben von Sorge, eile ich zu Lucian. Ich knie mich neben ihn und stütze vorsichtig seinen Kopf mit meinen Händen. Sein Leben hängt an einem seidenen Faden – seine Atmung ist kaum wahrnehmbar.

»Du musst mich erlösen, bevor ich zu einem Monster werde«, presst er mit letzter Kraft heraus und reicht mir seine Waffe. Ein Flehen liegt in seinen Worten – ein letzter Wunsch.

»Ich kann das nicht ... Ich kann dich nicht töten«, antworte ich, meine Stimme ertrinkt in Tränen.

»Wenn du es nicht tust, werde ich zur Bedrohung für dich und ich werde dir Leid zufügen, das jenseits deiner Vorstellungskraft liegt. Ich habe nicht mehr die Kraft, mich dagegen zu wehren. Lass sie nicht gewinnen. Erlöse mich. Jetzt!«, fleht er mich an. Zögerlich und mit Tränen in den

Augen, die meine Sicht verschleiern, ergreife ich die Waffe. Ich stehe auf und beuge mich über Lucian, der wehrlos und gebrochen vor mir am Boden liegt. Unsere Blicke treffen sich ein letztes Mal und er flüstert:»Tu es. Mein Herz.« Mit einer Mischung aus Entschlossenheit und tiefer Trauer erhebe ich die Lanze und lasse sie mit aller Kraft in sein Körper sinken. Sie durchdringt seinen Brustkorb, findet sein kaum noch schlagendes Herz. In diesem Augenblick scheint die Zeit stillzustehen, unsere Blicke sind in einen endlosen Moment gefangen. Das Leuchten in seinen Augen verblasst, während sein Leben Sekunde für Sekunde entweicht. Schluchzend sinke ich neben Lucians leblosen Körper zu Boden und lege meinen Arm schützend um ihn. In diesem Augenblick löst er sich auf – verwandelt in Millionen funkelnder Lichter, die sanft in den Himmel aufsteigen und die Dunkelheit durchbrechen. Ich beobachte, wie sie emporsteigen, zurückgelassen auf dem kalten, verbrannten Erdboden, umhüllt von der Stille des Abschieds. Die schwere Wolkendecke zerreißt endlich, und ein strahlend blauer Himmel entblößt sich – ein Versprechen von Hoffnung inmitten des Chaos. Ich weiß nicht, wie viel Zeit vergangen ist, während ich hier regungslos liege. Die Welt um mich herum eingefroren in einem Moment der Ewigkeit. Wie eine Erscheinung taucht Jack über mir auf, seine Präsenz ein Anker in der Stille.

»Er hat sich für mich geopfert«, bringe ich mit tränenerstickter Stimme hervor. Jack, ohne zu zögern, hebt mich auf und hält mich mit einer Intensität, die jede meiner Fasern durchdringt. Ich vergrabe mein Gesicht an seiner Brust, lasse meinen Tränen freien Lauf, die unaufhörlich über meine Wangen strömen.

Über uns bahnt sich die Sonne ihren Weg durch die letzten Wolken und taucht die Welt in ein gleißendes Licht. Der verbleibende Schnee um uns herum glitzert und funkelt wie unzählige Diamanten, die in den Sonnenstrahlen tanzen. Mit sanfter Entschlossenheit trägt Jack mich ins Haus zurück, wo er mit behutsamen Händen und provisorischen Mitteln meine Wunden versorgt. In diesem Akt der Fürsorge, umgeben von der wiedererwachten Schönheit der Welt, beginnt ein neues Kapitel unserer Geschichte.

∞

Als wir im Krankenhaus ankommen, finden meine körperlichen Verletzungen die notwendige Fürsorge, aber in meinem Inneren klafft eine Wunde, die keine medizinische Behandlung zu heilen vermag. Eine tiefe, allumfassende Leere breitet sich in mir aus, ein Abgrund, der sich zwischen dem, was war, und dem, was ist, auftut.

Jack, standhaft und unerschütterlich, weicht nicht von meiner Seite, seine Hand fest in meiner verankert. Nicht ein einziges Mal löst er den Griff, als wolle er mich mit seiner bloßen Präsenz vor weiterem Schmerz bewahren. In seinen Augen spiegelt sich eine Verwirrung, die tiefer geht als der blanke Schock der Ereignisse.

»Jack ... «, meine Stimme ist kaum mehr als ein Hauch, während sich unsere Blicke treffen.

»Es tut mir so leid«, sage ich, die Worte durchdrungen von aufrichtiger Reue.

»Sie war mein Ein und Alles, und ich ... ich habe sie mit meinen eigenen Händen getötet«, gesteht er, während

Tränen seine Augen füllen und die Fassade des Starken bröckelt.

»Das warst nicht du. Das war Belial, ein Dämon, der dich beherrscht hat«, versuche ich ihn zu beruhigen, doch die Schatten der Erinnerung lasten schwer auf ihm.

»Ich erinnere mich an jedes Detail, an jedes Gefühl. Sie kämpfte um ihr Leben«, schluchzt er, und die Worte treffen mich wie Messerstiche.

In einem Impuls der Zuneigung beuge ich mich zu ihm, empfange ihn mit meinen Armen, versuche, ihm einen Anker in diesem Sturm der Emotionen zu bieten.

»Du hattest Recht. Das mit uns war ein Fehler. Wäre ich nicht in dein Leben getreten, dann würde Ruby jetzt noch leben«, bricht es aus ihm heraus, und er entzieht sich meiner Umarmung. Ein Zeichen seiner inneren Zerrissenheit.

»Ich sollte jetzt gehen. Hier im Krankenhaus bist du in guten Händen. Die Ärzte werden sich um dich kümmern«, sagt er und macht sich auf den Weg hinaus, sein Gang gezeichnet von der Last der Schuld, die er zu tragen glaubt. Seine Kleidung, befleckt mit dem Blut der Ereignisse, ist ein stummer Zeuge der Tragödie, die uns beide untrennbar miteinander verbindet.

Die Tür schnappt mit einem endgültigen Klang zu, und ich sinke erschöpft in die Kissen zurück. Ein verzweifelter Schrei entweicht mir, ein Ruf nach Lucian, in der naiven Hoffnung, er möge mir in dieser dunkelsten Stunde zur Seite stehen. Aber was bleibt, ist ein Echo der Stille, das mich ungetröstet lässt. Stattdessen tritt eine Krankenschwester an mein Bett, ihre Anwesenheit markiert durch das leise Klacken ihrer Schuhe und die kühle Professionalität, mit der sie eine Spritze in der Hand hält.

»Ms. Pérez, bitte versuchen Sie, sich zu beruhigen«, spricht sie mit einer Stimme, die Ruhe und Autorität ausstrahlt. Sie verabreicht mir die Injektion, ein sanftes Versprechen des Vergessens. Langsam beginnt mein Körper, sich von den Fesseln des Schmerzes zu befreien, schwebt in eine Leichtigkeit, die sowohl willkommen als auch beängstigend ist. Meine Lider werden schwer, die Welt um mich herum verschwimmt in Unschärfe, und ich gleite in einen Schlaf, der mich von der Realität entführt – zumindest für eine Weile.

»Suzanna«, dringt eine Stimme, getragen von einer vertrauten Wärme, zu mir durch den Nebel des Halbschlafs. Zögerlich öffne ich die Augen und finde Ethan an meiner Seite, wie er besorgt neben meinem Bett sitzt. Seine Stirn ist von Sorgenfalten durchzogen, und sein Blick ist ein tiefes Meer aus Mitgefühl und Unruhe. In einem Ausbruch von Verzweiflung gestehe ich, die Tränen ungehindert fließen lassend:

»Ich habe alles verloren.«

Ethan rückt näher, setzt sich behutsam an die Bettkante und umschließt mich mit seinen Armen, ein Fels in der Brandung meiner Trauer.

»Das stimmt nicht. Ich bin hier, bei dir. Und ich werde immer an deiner Seite sein«, flüstert er mit einer Sanftheit, die mehr Trost spendet, als ich zu hoffen gewagt hatte. Ethan weicht den gesamten Tag nicht von meiner Seite. Worte werden zwischen uns überflüssig. Wir finden Zuflucht in der Stille, getragen von der Gewissheit des gegenseitigen Beistands. In seinen Armen, umfangen von einer Präsenz, die verspricht, dass nicht alle Brücken hinter mir verbrannt sind, finde ich einen Hauch von Frieden.

Am darauffolgenden Morgen steht unerwartet Arthur vor meinem Krankenbett. Gekleidet in einem Anzug von dunkelgrauem Zwirn, der seine Gestalt elegant umschmeichelt. Jedes Detail seiner Erscheinung wirkt akribisch gepflegt, und von ihm geht eine Aura der Zufriedenheit aus, die den Raum mit einer unerklärlichen Leichtigkeit erfüllt. In seiner rechten Hand hält er einen Strauß blauer Rosen, ein Farbtupfer in der Stille des Morgens.

»Arthur, du siehst umwerfend aus«, entfährt es mir, als er mit einem zufriedenen Lächeln die Blumen überreicht.

»Sie sind wunderschön, Gracias«, sage ich, während ich die samtigen Blüten berühre.

»Gib mir ruhig den Strauß. Ich kümmere mich um eine Vase«, sagt Ethan und lässt mich und Arthur für einen Moment allein.

»Suzanna, es zerreißt mir das Herz, dich so zu sehen«, beginnt Arthur sanft.

»Ethan hat mir von den Geschehnissen und Lucians Schicksal berichtet.«
Die Worte wollen mir nicht über die Lippen kommen, ein dicker Knoten in meinem Hals hält sie gefangen.

»Es ist schon in Ordnung«, beruhigt mich Arthur und legt tröstend seine Hand auf meine. Nach einem beruhigenden Schluck Wasser finde ich den Mut, die Frage zu stellen, die in mir brennt:

»Was wird jetzt aus dir, ohne Lucian? Er wollte sich doch um die Krankenhausrechnungen kümmern.«

»Oh, das hat er«, entgegnet Arthur.

»Alles ist beglichen, und er hat sogar für eine Wohnung gesorgt.«

»Wie?«, frage ich, überrascht.

»Eine Frau mit langen, schwarzen Haaren suchte mich im Krankenhaus auf. Sie erklärte mir, Lucians Vermögensverwalterin zu sein, und überreichte mir einen Brief. Der verkündete, dass Lucian mir eine Million Dollar vermacht hat.«

»Eine Million Dollar?«, wiederhole ich fassungslos.

»Ja, aber das ist nicht alles, was sie mir gab. Sie hat auch diesen Brief für dich dabeigehabt«, fügt er hinzu und zieht einen kleinen, cremefarbenen Umschlag aus seiner Anzugtasche. Auf dem mein Name steht. Vorsichtig nehme ich ihn entgegen.

»Ich werde dich jetzt allein lassen. Du wirst das durchstehen. Glaube an dich – du bist stärker. Als du denkst. Vergiss das niemals«, sagt Arthur und verlässt mich mit diesen Worten der Ermutigung.

Ich halte den Brief in meinem Schoß, wage es jedoch nicht, ihn zu öffnen. Denn das zu tun, würde bedeuten, mich endgültig von Lucian zu verabschieden, und dazu bin ich noch nicht bereit. Schweren Herzens verstecke ich den Umschlag tief in der Schublade meines Nachttischs. Ich weigere mich, die Realität zu akzeptieren, dass Lucian für immer fort ist.

∞

Die Zeit verfliegt, Tage werden zu Wochen, und langsam schließen sich die Wunden auf meiner Haut, doch die Narben in meiner Seele bleiben offen und schmerzhaft. Ethan, treu und beständig, hält die Wache an meinem Krankenbett, ein Fels in der Brandung meiner Verzweiflung. Seine Anwesenheit spendet Trost, und dennoch, in den stillen Momenten bin ich allein. Gefangen in einer tiefen Einsamkeit, das mich bis ins Mark erschüttert.

Tag für Tag durchstreife ich die endlosen, sterilen Gänge des Krankenhauses, getrieben von einer Sehnsucht nach einem Zeichen, einem Flüstern von Lucian – vergeblich. Die Stille antwortet nicht auf meine stummen Rufe, und die leeren Flure hallen wider von der Abwesenheit dessen, den ich am meisten vermisse. Meine Gebete verhallen ungehört in der Weite des Universums.

∞

Nachdem ich das Krankenhaus endgültig hinter mir gelassen habe, markiere ich den Beginn eines neuen Kapitels meines Lebens mit einem entschlossenen Schritt. Ich sende meine Kündigung an die Firma, um einen endgültigen Schlussstrich zu ziehen. Kurz darauf erhalte ich eine Antwort von Jack – eine knappe E-Mail, die lediglich bestätigt, dass meine Kündigung mit sofortiger Wirkung akzeptiert wird. Es gibt keine Aufforderung zur Rückkehr. Dieser Abschied ebnet den Weg zurück zu meiner eigentlichen Berufung: der Arbeit im Tattoo-Studio. Dort, umgeben von der summenden Geräuschkulisse der Tattoo-Maschinen und dem Duft von Desinfektionsmittel, finde ich zu meiner wahren Leidenschaft zurück. Meine Tage verbringe ich damit, Haut in lebendige Kunstwerke zu verwandeln, Geschichten mit Tinte zu erzählen, die tiefer gehen als die Oberfläche.

Jedes Tattoo, das ich steche, ist ein Schritt auf dem Weg der Heilung, eine Möglichkeit, die Zerbrechlichkeit des

Lebens zu umarmen und gleichzeitig dessen Unendlichkeit zu erkunden.

In diesem kreativen Heiligtum, wo Schmerz in Schönheit verwandelt wird, finde ich meine Stärke und meinen Frieden wieder. Mit jedem Strich, den ich setze, und jedem Muster, das unter meinen Fingern Gestalt annimmt, finde ich Heilung für die Narben, die das Leben mir hinterlassen hat. Es ist, als ob ich mit jeder Tätowierung, die ich auf der Haut meiner Kunden verewige, auch ein Stück meiner eigenen Seele restauriere – sie wird härter, widerstandsfähiger und bereit, sich den Stürmen des Daseins erneut zu stellen.

Auf meinem Weg zu Ethan in den Laden, entscheide ich mich für einen kurzen Stopp im SpicyGrove. Während ich geduldig in der Schlange warte, erreicht mich eine Stimme, die meine Aufmerksamkeit auf sich zieht:

»Ich habe gehört, der Schokoladenkuchen soll hier exzellent sein.«

Als ich mich umdrehe, finde ich mich unvermittelt in dem strahlenden Antlitz von Jack Hollister wieder.

»Jack ...«, entfährt es mir, kaum hörbar, während ein Lächeln sein Gesicht erhellt, so warm und verlockend wie die Sonne selbst.

»Darf ich dich auf ein Stück Kuchen einladen?«, fragt er, mit eine Spur Verlegenheit in seiner Stimme.

»Aber natürlich«, erwidere ich und ein Gefühl der Leichtigkeit durchströmt mich. Gemeinsam geben wir unsere Bestellung auf und suchen uns einen Platz an einem der Tische draußen, wo uns die Sonne begrüßt. Ihre Strahlen zaubern eine wohlige Wärme auf mein Gesicht. Vielleicht ist es aber auch Jacks Gegenwart.

»Es ist erstaunlich warm für Januar, findest du nicht?«, bemerkt er.

»Du hast Recht«, antworte ich und lasse meinen Blick über die Straßen schweifen, als meine Augen an der rothaarigen Frau an der Kreuzung gegenüber hängen bleiben. Sie lächelt mir freundlich zu aber zu gleich erscheint es mir beängstigend. Mein Herz klopft wie verrückt, ich will Jack warnen, doch bevor ich ein Wort herausbringen kann, hebt sie ihre Hand und alles um mich herum verschwimmt, das Café, die Straße, die Menschen, sogar Jack. Sie alle schwinden in einem Strudel aus Energie. Ich versuche, mich festzuhalten, aber es ist zwecklos, dass Licht reißt mich mit. Das Letzte, was ich sehe, bevor die Welt in einem strahlenden Weiß verschwindet, ist Jack sein Gesicht und seine Stimme verstummt im Licht mit den Worten:

»Ein toller Tag zum ...«

Kapitel 16

Alles um mich herum blendet mich und ich kann nichts mehr erkennen. Es fühlt sich an, als wäre ich in einem endlosen Raum aus Licht, schwebend und verloren. Ich versuche, mich zu orientieren, aber es gibt keine Anhaltspunkte, keinen Boden, keine Wände, nur dieses überwältigende, allgegenwärtige Licht. Mein Geist rast und versucht zu verstehen, was passiert ist. Die letzte Erinnerung, die ich habe, ist von Jack, wie wir im Café uns unterhalten – und dann diese Frau, deren Lächeln mich so tief beunruhigte. Langsam gewöhnen sich meine Augen an die Helligkeit, und ich beginne, Konturen in dem Licht zu erkennen. Es ist, als hätte sich der Raum um mich herum, aus dem Licht selbst erschaffen. Dieser Ort wirkt, als bestünde er aus reiner Energie. Glänzend und fließend wie Wasser. Ich fühle mich desorientiert, und es fällt mir schwer, meine Gedanken zu halten. Es ist, als würde etwas versuchen, meine Erinnerungen zu löschen. Mein Geist wehrt sich, aber ich weiß nicht, wie lange ich dem standhalten kann. Wo bin ich nur? Ich drehe mich um und suche nach einer Tür, einem Ausgang, irgendetwas, aber es gibt nichts. Nur Licht, das den Raum in ein sanftes, beruhigendes Glühen taucht, und dennoch kann ich die Bedrohung, die in der Luft liegt, nicht ignorieren. Plötzlich höre ich eine Stimme, klar und melodisch.

»Willkommen zu Hause, Suzanna«, sagt sie. Ich wirble herum und suche nach der Quelle der Stimme, aber ich sehe niemanden.

»Wer bist du?«, rufe ich, die Worte, die ich spreche, klingen seltsam gedämpft in diesem Raum aus Licht. Die Stimme antwortet zuerst nicht, aber ich spüre, dass ich beobachtet werde, analysiert, als ob jemand – oder etwas, mich aus dem Licht heraus untersucht.

»Wehr dich nicht. Du wirst hier nie wieder entkommen. Nimm die Gnade an, die ich dir schenke. Und lass das Licht in dich hinein«, sagt die Stimme. Bevor ich weiterfragen kann, fühle ich, wie sich der Raum verändert, das Licht wird unerträglich hell. Ich muss meine Augen schließen. Alles um mich herum verschwindet in einem Meer ausblendendem Weiß. Ich drücke die Lider fest zusammen und spüre, wie meine Sinne von der Helligkeit überwältigt werden. Kurz darauf merke ich langsam eine Veränderung. Das grelle Licht lässt nach, und ich spüre etwas Weiches unter meinen Füßen. Vorsichtig öffne ich meine Augen und blinzele gegen das sanfte, warme Licht, das den Raum erfüllt. Ich stehe in einem Wohnzimmer, gemütlich und einladend, mit einem knisternden Kamin und dem goldenen Schein der untergehenden Sonne, der durch das Fenster fällt. Ich schaue mich um und sehe Jack auf dem Sofa sitzen, ein Buch in der Hand. Neben ihm liegt Ruby, friedlich eingerollt. Jack blickt auf und lächelt mich an.

»Hey, da bist du ja wieder. Hast du einen schönen Spaziergang gehabt?«

Ich nicke verwirrt und kann mich nicht erinnern, spazieren gegangen zu sein, aber alles hier fühlt sich vertraut an, so normal. Ich setze mich zu ihnen auf das Sofa und streichle Ruby, die fröhlich mit dem Schwanz wedelt. Jack erzählt mir von seinem Tag. Ich höre zu und lache mit ihm. Alles scheint perfekt zu sein. Die Erinnerungen an den seltsamen Raum, an Gott, das Café – sie verblassen wie Nebel im Sonnenlicht. Wir verbringen den Abend zusammen und genießen die gemeinsame Zeit. Ich fühle mich glücklich und geborgen. Es ist, als hätte ich nie ein anderes Leben gekannt, als wäre dies alles, was ich jemals wollte.

Am nächsten Morgen erwache ich langsam zum Klang von Jacks Stimme, die sanft meinen Namen flüstert.

»Suzanna, Zeit aufzustehen.«

Ich öffne meine Augen und sehe ihn lächelnd am Fenster stehen. Das Morgenlicht umrahmt sein Gesicht wie ein Heiligenschein. Ich lächle liebevoll zurück und strecke mich im warmen Bett. Als ich aufstehe, ziehe ich meine Jeans und ein bequemes Shirt an, während Jack sich für seinen Tag in der Firma fertigmacht. Wir teilen uns das Badezimmer, tauschen im Spiegel Blicke und kleine Neckereien aus – ein vertrautes Spiel zwischen uns. Nachdem wir uns angezogen haben, gehen wir zusammen in die Küche, wo Ruby Schwanz wedelnd auf uns wartet. Ich knie mich hin, um sie zu begrüßen, und sie leckt mir überschwänglich das Gesicht.

»Buenos días, Ruby«, sage ich liebevoll.

Während Jack und ich essen, springt sie aufgeregt um uns herum, bettelt um ein paar Happen und genießt die Aufmerksamkeit. Nach dem Frühstück schnappe ich mir Rubys Leine und mache mich bereit, sie mit in die Galerie zu nehmen. Jack verabschiedet sich mit einem liebevollen Kuss von mir.

»Habt einen schönen Tag, ihr zwei«, sagt er und streichelt Ruby über den Kopf, bevor er das Haus verlässt. Ich spüre ein warmes Gefühl in mir aufsteigen. Dieser kleine Moment der Zuneigung gibt mir Kraft für den Tag. Ruby und ich machen uns auf den Weg zur Galerie. Die Morgensonne scheint warm und hell. Sie taucht die Straßen der Stadt in ein sanftes goldenes Licht. Ruby tänzelt fröhlich an meiner Seite, dabei hängt ihre Zunge leicht heraus, während sie aufgeregt die neuen Düfte und Geräusche der erwachenden Stadt erkundet. Wir schlendern die belebten Bürgersteige entlang, vorbei an kleinen Cafés, deren Duft von frisch gebrühtem Kaffee und warmen Croissants in der Luft liegt. Die Menschen um uns herum beginnen ihren Tag, eilen zur Arbeit oder genießen einen entspannten Morgen. Ich grüße bekannte Gesichter, die lächelnd zurückgrüßen, während Ruby fröhlich jedem entgegenwedelt, der ihr Aufmerksamkeit schenkt. Wir biegen in eine ruhigere Seitenstraße ein, wo die Galerie liegt. Die alte Architektur des Viertels verleiht den Gebäuden einen charmanten Charakter, und die blühenden Blumen in den Fensterkästen fügen Farbtupfer in die Szene. Ich liebe diesen Teil der Stadt, er hat ein ganz eigenes Flair, eine Mischung aus historischem Charme und lebendiger Kreativität. Als wir die Galerie erreichen, halte ich kurz inne und betrachte das elegante Schild über der Tür, das den Namen, The Whisper of Art trägt. Ich spüre ein Gefühl des Stolzes und der Zufriedenheit. Dieser Ort ist nicht nur mein Arbeitsplatz, sondern ein Teil meines Herzens. Ich nehme den Schlüsselbund aus meiner Tasche und schließe die Tür auf, dabei wartet Ruby geduldig neben mir. Das vertraute Geräusch des Schlosses, das Klicken und Knarren der Tür es – fühlt sich an wie ein Willkommensgruß. Wir betreten die Galerie, und sofort umgibt uns die ruhige, inspirierende Atmosphäre des Raumes. Die hohen Decken und großen Fenster lassen das Morgenlicht herein, das die Kunstwerke an den Wänden in sanftem Glanz erstrahlen lässt. Ruby schnüffelt neugierig umher, als wäre sie ebenso fasziniert von der Kunst wie ich.

Die Galerie ist ein besonderer Ort für mich, voller Erinnerungen und Emotionen. Die Wände sind bedeckt mit meinen Kunstwerken – düsteren und melancholischen Bildern, die von meinen tiefsten Gedanken und Gefühlen erzählen. Ruby setzt sich in ihrem Körbchen in der Ecke, während ich die Beleuchtung überprüfe und einige Bilder geraderücke. Besucher kommen und gehen, manche bleiben stehen, um die Gemälde zu betrachten, während Ruby ihnen freundlich zu Füßen liegt. Ich genieße die ruhigen Momente im Hinterzimmer, wo ich an neuen Werken arbeite und Ruby friedlich in der Ecke schläft.

Mit dem Schließen der Galerie am Tagesende begebe ich mich mit Ruby nach Hause. Die Stadtlichter erwachen, und ich freue mich auf den Abend mit Jack, auf unser kleines, perfektes Leben. Zu Hause angekommen, empfängt mich das gemütliche Ambiente unseres Heimes. Ich öffne die Tür und Ruby stürmt hinein, bereit für ihr Abendessen. Ich folge ihr in die Küche, hänge meinen Mantel auf und fülle ihre Futterschale. Während sie frisst, bereite ich das Essen für Jack und mich zu. Die Küche füllt sich mit den Düften des Kochens, und ich fühle mich entspannt und zufrieden. Ich denke an die Ereignisse des Tages, die Gespräche mit den Besuchern in der Galerie und die Fortschritte an meinem neuen Bild. Kurz darauf höre ich Jacks Schlüssel im Schloss. Mein Herz macht einen kleinen Sprung vor Freude. Ruby bellt aufgeregt und läuft zur Tür, um ihn zu begrüßen. Ich wische mir die Hände an der Schürze ab und gehe ihm entgegen.

»Hey. Wie war dein Tag?«, fragt er und zieht mich in eine sanfte Umarmung.

Ich erzähle ihm von der Galerie, von den Besuchern und meinen Gedanken beim Malen. Er hört aufmerksam zu, stellt Fragen und zeigt sein echtes Interesse an meiner Welt. Wir setzen uns zusammen zum Abendessen. Ruby liegt unter dem Tisch, gelegentlich heftet sie ihren Blick auf uns in der Hoffnung auf ein Leckerli. Jack und ich genießen die gemeinsame Zeit. Es sind diese Momente, die unser Leben so bereichern. Nach dem Essen machen wir es uns im Wohnzimmer gemütlich. Jack mit einem Buch, ich mit einem Skizzenblock in der Hand. Ruby kuschelt sich an uns, ein friedliches Bild des familiären Glücks. Ich zeichne Skizzen für mein nächstes Kunstprojekt, inspiriert von den Gesprächen des Tages und dem warmen Gefühl der Zuneigung, dass unser Zuhause erfüllt. Der Abend verläuft entspannt. Ich fühle mich dankbar für dieses Leben.

Die Liebe, die mich umgibt, und für die Kunst, die mir erlaubt, meine tiefsten Gedanken und Gefühle auszudrücken. Mit Einbruch der Nacht begeben wir uns ins Bett. Ich schließe die Augen und schlafe in der liebevollen Umarmung meines Mannes ein.

∞

Am nächsten Morgen brechen Ruby und ich erneut zur Galerie auf. Die Sonne scheint mild, und die Straßen der Stadt erwachen langsam zum Leben. Ruby tänzelt fröhlich an meiner Seite, und ich genieße die frische Morgenluft. Wir biegen um eine Ecke und plötzlich fällt mir ein Mann ins Auge, der sofort meine Aufmerksamkeit auf sich lenkt. Seine Haare sind in einem leuchtenden Rosa gefärbt, und seine Haut ist bedeckt mit Tätowierungen, die in der Morgensonne schimmern. Irgendetwas an ihm kommt mir bekannt vor, ein Gefühl tief in meinem Bauch. Ohne darüber nachzudenken, trete ich auf ihn zu.

»Perdón «, sage ich, und er erhebt den Blick mit einem überraschten Gesichtsausdruck, dass ich ihn anspreche.

»Ich habe das Gefühl, dass wir uns kennen. Sie kommen mir bekannt vor.«

Er mustert mich einen Moment, mit einem leichten, verwirrten Ausdruck auf seinem Gesicht.

»Entschuldigung, ich glaube, Sie haben mich verwechselt. Ich erinnere mich nicht, Sie jemals zuvor gesehen zu haben.« Seine Stimme ist sanft und erscheint mir so vertraut. Ich nicke, ein wenig enttäuscht und verwirrt über mein eigenes Gefühl.

»Perdón, mein Fehler. Ich dachte nur ... ach egal, schönen Tag noch«, sage ich und wende mich ab, Ruby zieht an der Leine, bereit weiterzugehen. Er nickt mir zu, mit einem verstohlenen Lächeln auf den Lippen.

»Kein Problem. Ebenfalls einen schönen Tag.« Er setzt seinen Weg fort, und ich beobachte ihn noch einen Augenblick, bis er in der Menge verschwindet. Mein Kopf ist voller Fragen. Warum kam mir dieser Mann so bekannt vor? Ich versuche, die Gedanken zu verdrängen, und konzentriere mich auf den Weg zur Galerie. Angekommen in meinem Zufluchtsort stehe ich vor der Staffelei und betrachte mein aktuelles Werk. Es ist ein Bild, das mich schon seit Tagen in seinen Bann zieht, ein Motiv, das tief aus meinem Inneren zu kommen scheint. Die Zeichnung zeigt eine einsame Gestalt, die vor einem riesigen Monster steht. Die Figur ist klein und wirkt fast zerbrechlich im Vergleich zu dem gewaltigen Wesen, das sich vor ihr auftürmt. Die Kreatur ist furchteinflößend, mit scharfen Klauen und brennenden Augen, die vor Wut und Macht glühen. Die Szenerie ist von einer Landschaft aus Lava umgeben, rot und orange leuchtend, es scheint, als würde die Erde selbst brennen. Die Farben strahlen lebhaft und intensiv, fast so, als wäre die Hitze, die von der Leinwand ausgeht, spürbar. Trotz der überwältigenden Bedrohung, die das Monster darstellt, strahlt die Figur eine Art Entschlossenheit aus. Sie wirkt, als wäre sie bereit, ihrem Schicksal entgegenzutreten, ungeachtet ihrer Furcht einflößenden Natur. Ihre Haltung ist mutig, fast trotzig, und in ihren Augen liegt ein unerschütterlicher Glanz. Ich habe lange an diesem Bild gearbeitet. Jede Linie und jeden Pinselstrich habe ich sorgfältig gewählt. Es fühlt sich an, als wäre das Gemälde ein Teil von mir, eine Darstellung meiner eigenen inneren Kämpfe und Ängste. Ich trete einen Schritt zurück und betrachte das Bild in seiner Gesamtheit. Es ist kraftvoll und intensiv, ein Werk, das den Kunstliebhaber in seinen Bann zieht und gleichzeitig zum Nachdenken anregt. Ich spüre eine tiefe Zufriedenheit in mir, gepaart mit der Aufregung, es bald in der Galerie auszustellen. Mein Blick schweift zu Ruby, die zu meinen Füßen liegt, sie hebt den Blick und wedelt mit dem Schwanz, als ob sie ihre Zustimmung signalisieren möchte. Ich lächle und beuge mich hinunter, um sie zu streicheln.

»Gracias, Kleines«, flüstere ich.

Vertieft in die Betrachtung meines neuesten Bildes stehe ich in der Galerie, als plötzlich die Tür aufgeht. Ich drehe mich um und sehe Jack, der mit einem breiten Lächeln hereinkommt.

»Überraschung!«, ruft er aus. Ich bin völlig erstaunt, normalerweise kommt er nicht mitten in der Woche mich besuchen.

»Jack, was treibt dich hier her?«, frage ich, während ein Lächeln mein Gesicht erhellt.

»Ich dachte, wir unternehmen alle zusammen einen Spaziergang. Es ist so ein schöner Abend, und ich wollte etwas Zeit mit dir verbringen«, sagt er.

»Das wäre großartig«, erwidere ich und packe meine Sachen zusammen. Wir verlassen die Galerie, und werden von einem atemberaubenden Sonnenuntergang empfangen, der den Himmel in ein Spektrum aus warmen Orangen, tiefen Rottönen und sanften Purpurnuancen hüllt. Die untergehende Sonne malt leuchtende Streifen, die sich über das Firmament erstrecken und die Welt in ein weiches, goldenes Licht tauchen, das die Konturen der Stadt sanft umspielt. Wir schlendern durch die Straßen, Ruby läuft neben uns her, schnüffelt hier und da und genießt die frische Luft. Jack nimmt meine Hand, und wir reden über unseren Tag, lachen und genießen die gemeinsame Zeit. Es fühlt sich so gut an. Durch die Stadt zu schlendern und die letzten Sonnenstrahlen des Tages aufzusaugen. Wir spazieren durch einen kleinen Park, setzen uns auf eine Bank und beobachten, wie Ruby über die Wiese tollt. Ich lehne meinen Kopf an Jacks Schulter, und er legt seinen Arm um mich. In diesem Moment fühle ich mich unglaublich glücklich und geborgen.

»Eine schöne Idee, die du hattest«, sage ich leise zu Jack.

»Du hast mir gefehlt«, sagt er und küsst mich sanft auf meine Lippen.

21*»Te amo, Suzanna«, flüstert er mir zu, sein Blick voller Wärme und Zuneigung.

22*»Te amo también «, erwidere ich.

Wir bleiben noch eine Weile sitzen, beobachten Ruby und genießen die Ruhe des Abends. Als es schließlich Zeit ist, nach Hause zu gehen, fühle ich mich entspannt und erfrischt. Der spontane Spaziergang war genau das, was ich gebraucht habe – eine perfekte kleine Auszeit vom Alltag.

Zu Hause angekommen, lassen wir den Abend im Bett ausklingen. Jacks Berührungen sind sanft und zärtlich. Seine starken Arme halten mich liebevoll fest. Unsere Körper verschmelzen ineinander – eine Sinfonie der Ektase. Deren Höhepunkt sich nicht aufhalten lässt.

Als ich tief und fest schlafend in meinem Bett liege, umhüllt von der Wärme der Decken und der Stille der Nacht. Erklingt plötzlich eine Stimme in meinen Traum, leise und eindringlich. Sie flüstert meinen Namen, »Suzanna«, und ich spüre, wie ich langsam aus dem Schlaf gezogen werde. Ich öffne die Augen und lausche in die Dunkelheit. Die Stimme, sie ist immer noch da, ein sanftes Flüstern, das mich ruft. Ich blicke zu Jack, neben mir, der tief und fest schläft. Als ich aufstehe, klopft mein Herz vor Aufregung und Neugier. Ich folge der Stimme, die mich durch das stille Haus führt, hinunter in die Küche. Der Raum ist vom Mondlicht erhellt, das durch das Fenster fällt. Mein Blick wandert zum Küchentisch, auf dem ein Umschlag liegt. Er ist alt und abgenutzt, als hätte er eine lange Reise hinter sich. Ich zögere einen Moment. Die Stimme ermutigt mich. »Lies ihn«, flüstert sie mir zu. Vorsichtig nehme ich den Umschlag in die Hand und öffne ihn langsam. Darin finde ich einen Brief, geschrieben in einer eleganten, aber kraftvollen Handschrift. Die Zeilen sind an mich gerichtet.

Liebste Suzanna,

Wenn du diesen Brief liest, bin ich nicht mehr bei dir.
Meine Liebe zu dir und der Wunsch, dich zu beschützen, überdauern Zeit und Raum.
Ich schreibe dir, um dir die Wahrheit über deine Herkunft, deine Bestimmung und die dunkle Vergangenheit deiner Welt zu offenbaren.

Du bist nicht nur ein gewöhnliches, sterbliches Wesen. In dir fließt das göttliche Blut des wahren Schöpfers. Eine Macht, die reiner und mächtiger ist als alles, was die falschen Götter zu bieten haben. Du bist die letzte Hoffnung dieser Welt.
Du bist, das Licht, das die Dunkelheit des Betrugs und der Täuschung durchbrechen kann.

Es gab eine Zeit, in der die Welt unter der weisen und gerechten Herrschaft des wahren Gottes stand. Diese Ära der Harmonie wurde jäh beendet, als zwei mächtige Wesen – einer, der nun den Himmel regiert, und der andere, der Herrscher der Hölle – sich gegen ihn verschworen.
Sie stürzten den wahren Gott und teilten seine Macht unter sich auf. Der Himmel und die Hölle, wie wir sie heute kennen, sind ihre Schöpfungen. Geboren aus ihrem Verrat und ihrer Gier.

Die Schlange, die du an meinem Körper gesehen hast, ist mehr als nur ein Tattoo.
Sie ist ein uralter Zauber.
Ein Wächter, der dazu bestimmt ist, die wahre göttliche Macht zu erkennen und zu erwecken.
Bereits vor deiner Geburt erwachte sie zum Leben und zeigte mir den Weg zu dir.

Du bist die Wiedergeburt Gottes.
Nun übergebe ich dir dieses uralte Relikt. Sie wird dich beschützen und dir helfen, deine wahre Macht zu entfesseln und zu nutzen. Lass dich nicht von Furcht oder Zweifel überwältigen. Du bist stärker, als du dir vorstellen kannst.
In dir schlummert die Kraft, die Welt zu heilen und die Wahrheit ans Licht zu bringen.

Ich habe dich von Anfang an geliebt und werde dich immer lieben, jenseits der Grenzen des Todes. Glaube an dich, so wie ich immer an dich geglaubt habe.

In ewiger Liebe, Lucian

Mein Herz schlägt schneller, während ich die Worte aufnehme und die schmerzenden Erinnerungen an Lucian wieder zum Vorschein kommen, dabei spüre ich, wie sich die Umgebung um mich herum verändert. Das Mondlicht im Raum wird heller, intensiver, und ich spüre, wie die Energie durch meine Adern strömt. Meine Hände leuchten, umhüllt von einem sanften, goldenen Schein. Ich stehe da, den Brief in den Händen, und fühle mich, als würde ich mich auflösen. Das Licht blendet mich, ich kneife meine Augen fest zusammen. Als ich sie öffne, finde ich mich in dem hellen Raum wieder, der mein Gefängnis ist, mit dem Brief von Lucian in der Hand. Mein Herz klopft heftig, während ich die Zeilen noch einmal überfliege. Worte, die mein Leben für immer verändern.

Plötzlich pulsiert das Papier unter meinen Fingern, als wäre es lebendig. Vor meinen Augen entfaltet sich das Unerwartete. Aus dem Brief schlängelt sich eine Schlange hervor, ihre schwarze Haut funkelt wie Millionen kleine Diamanten. Ich weiche einen Schritt zurück, erstaunt und fasziniert zugleich, als das Wesen sich elegant um meinen Arm windet. Ihre Berührung ist warm und angenehm. Eine tiefe, unerklärliche Verbindung zwischen uns erwacht. Die Schlange sieht mich mit leuchtenden goldenen Augen an, die voller alter Weisheit zu sein scheinen. Ich spüre, wie sie sanft ihren Kopf gegen meine Hand drückt, und in diesem Moment durchströmt mich eine Welle unglaublicher Kraft. Ein Tsunami aus Energie bricht über mich ein. Das Licht flutet meinen Körper, elektrisiert jede Zelle und entfacht ein Feuer in meinem Inneren. Ich stehe da, leuchtend und strahlend, mit der Schlange als Symbol meiner erwachten Macht. Ich hebe meine Hände und das Leuchten im Raum reagiert auf mich, als wäre ich ein Dirigent eines unsichtbaren Orchesters. Das Licht pulsiert, verdichtet sich und folgt meinen Bewegungen. Ich spüre die Macht durch mich fließen. Mit einem kräftigen Atemzug und einer Entschlossenheit, die aus der Tiefe meiner Seele kommt, konzentriere ich mich auf die Mauern des Raumes. Ich strecke meine Hände aus und lasse die Energie fließen. Die Wände beginnen zu vibrieren. Ich spüre den Widerstand, aber ich lasse mich nicht beirren. Mit einem weiteren Ausbruch von Kraft stoße ich gegen die unsichtbaren Barrieren. Mein Gefängnis zerbricht mit einem ohrenbetäubenden Knall. Die Wände zerspringen in tausend funkelnde Fragmente, die im Raum tanzen wie Sterne in einer klaren Nacht. Ich trete durch die schwebenden Überreste meines Gefängnisses. Befreit von den Fesseln, die mich gehalten haben. Ich atme tief durch, die Schlange immer noch fest an meiner Seite. Ein lebendiges Zeichen meiner neugewonnenen Macht und Stärke. Die Stimme, die mich geweckt hat, dringt erneut in meine Ohren.

»Endlich, du bist erwacht. Es ist Zeit, deine Bestimmung zu erfüllen.«

Ich blicke nach links und sehe eine mir maskuline wirkende, unbekannte Person. Seine Erscheinung ist anmutig und athletisch.

Er trägt keine Kleidung, so wie wir es auf der Erde kennen, es ist, als wäre er nackt, aber zugleich bekleidet. Seine Haut ist überzogen mit geheimnisvollen Zeichen. Einige erkenne ich von meinem Amulett wieder. Sein Körper ist haarlos und die Symbole weisen ein leichtes Leuchten auf.

»Ich bin Uriel. Ein Verbündeter von Luzifer. Dir besser bekannt unter dem Namen Lucian«, sagt er mit einer Stimme, die so kraftvoll und wärmend erklingt.

»Du hast mir den Brief geschickt«, sage ich.

»Ja, ich habe dafür gesorgt, dass du ihn endlich liest. Du solltest ihn schon längst gelesen haben und deine Macht erhalten.«

»Nach dem Tod von Lucian war ich nicht bereit, diesen Brief zu lesen. Ich wollte nicht wahrhaben, dass er wirklich nicht mehr existiert.«

Er nickt zustimmend und sagt: »Komm, wir müssen gehen. Dein Ausbruch wird nicht lange unbemerkt bleiben.«

Wir laufen durch die engen Korridore des Gefängnisses entlang, vorbei an Zellen, in denen andere magische Wesen festgehalten werden.

»Warum werden sie gefangen gehalten?«, frage ich Uriel, während ich für einen Moment innehalte und sie betrachte. Ihre Augen strahlen Schmerz und Traurigkeit aus.

»Sie haben sich gegen den falschen Gott gestellt. In den nächsten Tagen werden sie hingerichtet.«

»Was bedeutet das?«

»Sie absorbieren ihre Energie und nehmen sie in sich auf. So wie sie es mit den Seelen der Menschen machen.«

»Das kann ich nicht zulassen«, antworte ich mit Kraft und Überzeugung. Ich richte meine Hände gegen die Zellentür und lasse meine Macht durch sie hindurchfließen.

»Halt! Dafür ist jetzt keine Zeit. Du kannst sie später retten. Ich spüre, dass sie auf dem Weg zu uns sind.«

»Wer? Der falsche Gott?«

»Nein, meines Gleichen. Komm!«, sagt er und zieht mich hinter sich her. Wir erreichen das Ende, des Ganges und Uriel stößt mit einer kraftvollen Armbewegung die Tür auf. Helles Licht flutet herein und wir stürzen hinaus in die Freiheit. Hinter uns tauscht eine Schar Engel auf, die uns an der Flucht hindern wollen. Plötzlich verändern sich die Zeichen auf Uriels Körper. Sie beginnen zu leuchten, in einem sanften Licht, das seine gesamte Gestalt in eine Aura von Kraft und Energie hüllt. In diesem Moment entfalten sich Uriels prächtige und leuchtende Flügel. Ich spüre eine Welle der Ehrfurcht, als ich die wahre Größe und Pracht seiner Gestalt erkenne.

»Komm, Suzanna«, mit diesen Worten umschließt er mich mit seinen Armen und wir heben ab. Wir fliegen mit hoher Geschwindigkeit durch die endlose Wüstenlandschaft des Himmels. Unter uns erstrecken sich Sanddünen, die in verschiedenen Schattierungen von Gold und Orange leuchten, durchzogen von tiefblauen Meeren, die wie Oasen in der trockenen Weite wirken. Der Wind fegt durch meine Haare, während wir über diese surreale Landschaft gleiten. Ich blicke zu Uriel, der konzentriert und entschlossen wirkt, als würde er jeden Winkel des Himmels kennen. Wir fliegen an gewaltigen Felsformationen vorbei, die aus dem Sand ragen, an endlosen Küstenlinien entlang, deren Wellen sanft an den Stränden brechen. Der Himmel ist weit und offen, eine Welt voller Schönheit und Geheimnisse. Noch immer verfolgen uns die Engel. Uriels Blick ist ernst und er lenkt uns in Richtung einer versteckten Höhle inmitten einer Felsformation. Wir landen schnell und suchen Schutz in, deren dunkle Tiefe vor den Augen unserer Verfolger. Uriel sieht besorgt aus, als er zu mir spricht.

»Wir müssen vorsichtig sein, Suzanna. Meine Brüder und Schwestern, die anderen Engel, sie sind nicht mehr sie selbst. Sie stehen unter einem mächtigen Zauber.«

Ich blicke ihn verwirrt an.

»Ein Zauber? Was meinst du damit?«

Uriel seufzt tief.

»Als die falschen Götter die Macht ergriffen, haben sie einen Zauber über die Engel ausgesprochen. Unsere Erinnerungen an den wahren Gott wurden gelöscht, und wir wurden gezwungen, den Befehlen des falschen Gottes zu gehorchen.«

Ich spüre eine Welle der Traurigkeit in mir aufsteigen.

»Aber warum erinnerst du dich?«

»Nicht bei allen Engeln blieb der Zauber aufrecht. Immer wieder kommt es vor, dass sich einer von uns an die Wahrheit erinnert, und daraufhin wird er aus dem Himmel verband. Und wie Dämonen entstehen, weißt du bereits«, erklärt Uriel.

»Immer wieder kehrten Bruchstücke zurück, eine tiefe Sehnsucht flammte auf. Wir spürten die Wahrheit, die in uns schlummert, die Sehnsucht nach unserem wahren Gott.«

Ich nicke langsam und versuche, die Tragweite dessen zu verstehen, was er sagt.

»Und was bedeutet das für uns? Für unsere Mission?«

»Es bedeutet, dass wir nicht nur gegen die falschen Götter kämpfen, sondern auch gegen diejenigen, die einst unsere Verbündeten waren. Wir müssen vorsichtig sein und klug agieren.«

Ich fühle mich überwältigt von der Situation, aber auch entschlossen.

»Wir werden einen Weg finden. Wir werden die Wahrheit ans Licht bringen und die Engel befreien.«

Uriel nickt mir zu, ein Ausdruck des Vertrauens in seinen Augen.

»Gemeinsam, Suzanna, werden wir siegen.«

Uriel und ich verharren in der Höhle, verborgen vor den Augen unserer Feinde. Plötzlich spüren wir eine Bewegung am Eingang. Drei Engel, majestätisch und kraftvoll, treten in die Höhle ein. Ihre Blicke sind kalt und misstrauisch, als sie uns entdecken. Uriel tritt vor, um mit ihnen zu sprechen.

»Meine Freunde hört mich an. Dies hier ist Suzanna, der wahre Gott, dessen Erinnerung ihr verloren habt. Ihr seid unter dem Einfluss eines dunklen Zaubers, aber es gibt Hoffnung.«

Die Engel schütteln nur den Kopf, ihre Gesichter bleiben hart und ungläubig.

»Uriel, du bist verwirrt«, sagt einer von ihnen.

»Wir dienen dem Gott des Himmels. Dieses Mädchen kann nicht unser Gott sein.«

Ich spüre, wie die Spannung in der Luft liegt und die Gefahr eines Kampfes unmittelbar bevorsteht. Instinktiv erhebe ich meine Hand und ich spüre die Schlange, die sich fest um meinen Arm windet. Mit einem tiefen Atemzug konzentriere ich mich und lasse die Macht durch mich fließen. Die Schlange leuchtet auf, und zusammen senden wir einen Strahl hellen Lichts auf die Engel. Es umhüllt sie ganz und ich spüre, wie ihre Widerstände brechen. Ihre Gesichter entspannen sich, und in ihren Augen kehrt ein Funken der Erkenntnis zurück.

»Unsere Erinnerungen ... «, flüstert einer von ihnen, sichtlich überwältigt.

Die Engel tauschen ihre Blicke aus, als würden sie sich zum ersten Mal wirklich wahrnehmen.

»Uriel, du hast recht«, äußert einer nach einem Moment der Stille.

»Unsere Erinnerungen sind zurück. Wir müssen den anderen helfen, sich ebenfalls zu befreien.«

Mit einem zustimmenden Nicken bestärkt Uriel ihre neu gewonnene Entschlossenheit.

»Geht voran und lenkt die Aufmerksamkeit auf euch. Suzanna und ich müssen unseren Weg fortsetzen. Es gibt noch viel zu tun.«

Die Engel verneigen sich leicht und verlassen eilig die Höhle, bereit, ihre neuen Aufgaben zu erfüllen. Uriel und ich atmen erleichtert auf, wissend, dass wir nun Verbündete haben, die uns helfen. Gemeinsam setzen wir unseren Weg fort.

Uriel bringt mich zum Rand des Meeres.

Dieser Ort ist faszinierend. Das Wasser erstreckt sich bis zum Horizont, schwarz und undurchdringlich, als würde es alle Lichter verschlucken, die es zu berühren wagen.

»Dies ist die Unendlichkeit, Suzanna«, beginnt Uriel, seine Stimme tief und resonant gegen das leise Rauschen des dunklen Meeres.

»Ein Ort, jenseits aller Vorstellungskraft. Es ist der Ursprung der Existenz. Die Geburtsstädte Gottes.«

Ich blicke auf das dunkle Meer, versuche, die Tiefe und Weite zu erfassen, die vor mir liegt.

»Dann ist Gott daraus entstanden?«

»Die Unendlichkeit ist ein Ort, wo alles und nichts gleichzeitig existiert. Es kam zu einer unvorstellbaren Anomalie – einer Fragmentierung. Aus diesem Ereignis entstanden zahlreiche Fragmente der Unendlichkeit, von denen jedes einzigartige Eigenschaften hat. Eines dieser Fragmente entwickelte ein Bewusstsein und die Fähigkeit, zu erschaffen und zu gestalten. Es wurde zu dem, was wir als Gott kennen. Er ist somit ein direktes Produkt der Unendlichkeit, mit der Fähigkeit zur Schöpfung. Die anderen Fragmente blieben nicht passiv. Sie entwickelten sich auf ihre individuelle Weise weiter, manche wurden zu Dimensionen oder Realitäten mit eigenen Regeln und Wesen. Gott, in seiner Weisheit und Kreativität, interagierte mit diesen Fragmenten, manchmal in Harmonie, manchmal in Konflikt, immer im Bestreben, ein größeres Gleichgewicht und eine höhere Ordnung zu schaffen.«

»Und warum sind wir hier?«, frage ich.

»Als die falschen Götter nach Macht strebten, wusste Gott, dass er seinen Stab, ein Symbol seiner Schöpfungskraft, vor ihnen bewahren musste. Er warf ihn in die Unendlichkeit, in der Hoffnung, ihn vor ihren gierigen Händen zu schützen. Denn niemand überlebt die Unendlichkeit, außer er ist ein Teil von ihr«, fährt Uriel fort. Ich kann fast die Verzweiflung spüren, die Gott in jenem Moment empfunden haben muss. Die schwere Entscheidung, sein kostbarstes Artefakt in diesen unermesslichen Abgrund zu werfen. Das dunkle Meer vor uns scheint fast lebendig, als würde es die Geheimnisse und Geschichten all derer kennen, die seine Ufer betreten haben.

»Die Unendlichkeit ist mehr als nur ein Ort«, erklärt Uriel, während er gedankenverloren auf das Wasser blickt.

»Es ist eine Manifestation der puren Möglichkeit, ein Raum, in dem Realitäten entstehen und vergehen. Gott wusste, dass der Stab hier sicher wäre, verborgen vor denjenigen, die die Schöpfung für ihre eigenen finsteren Zwecke missbrauchen wollen.«

Ich spüre die Schwere von Uriels Worten und die Bedeutung unserer Mission. Der Stab Gottes liegt irgendwo in dieser unendlichen Dunkelheit, und es ist an mir, ihn zurückzuholen.

»Wie kann ich ihn finden?«, frage ich, meine Stimme fast verschluckt von der Stille, die das dunkle Meer umgibt. Uriel wendet seinen Blick zu mir, in seinen Augen ein Schimmer von Entschlossenheit.

»Mit deiner Verbindung zu Gott wird der Stab dich finden. Er ist ein Teil von dir, genauso wie die Schlange an deinem Handgelenk. Ein unsichtbares Band verbindet euch. Du musst tief in die Unendlichkeit eintauchen. Du wirst Dinge sehen, die jenseits deines Verstandes sind.«

Ich nicke, gefasst auf die Herausforderungen, die vor uns liegen. Gemeinsam stehen wir vor der Unendlichkeit, bereit, in seine Tiefen zu tauchen und den Stab Gottes zurück in das Licht zu bringen. Ich stehe am Rand des Meeres, mein Herz schlägt schnell vor Aufregung und Furcht. Uriel hat mir Mut zugesprochen. Ich blicke ein letztes Mal zurück, dann wende ich mich dem Unausweichlichen zu und trete vorwärts, eintauchend in das unendliche Meer. Sofort umgibt mich Dunkelheit, eine Schwärze so tief, dass sie jedes Licht zu verschlucken scheint. Aber ich lasse mich nicht beirren. Mit fokussierter Entschlossenheit wecke ich die in mir verborgene Kraft, die mein Wegweiser sein soll. Langsam beginnt um mich herum ein sanftes Leuchten, eine

Aura, die von der magischen Schlange an meinem Arm ausgeht. Das Innere der Unendlichkeit ist nicht, wie ich erwartet hatte. Es ist nicht nur Dunkelheit. Es ist ein Raum voller
Möglichkeiten. Um mich herum flimmern und flackern
Lichter, als würde ich durch ein Universum aus ungebore-
nen Sternen reisen. Farben, die ich nie zuvor gesehen habe,
tanzen vor meinen Augen, Formen und Muster entstehen
und vergehen in einem ständigen Fluss der Veränderung.
Ich gleite fort, getragen von einer verborgenen Strömung,
die mich tiefer in das Unbekannte zieht. Die Nähe des Stabes macht sich immer stärker bemerkbar, ein Ruf, der mich
unwiderstehlich vorwärtstreibt. Die Unendlichkeit um mich
herum ist erfüllt von Leben. Ich spüre die Gegenwart von
Wesen, schattenhaften Gestalten, die in den Weiten der
Dunkelheit auf mich warten. Einige sind neugierig, andere
scheinen bedrohlich, doch ich lasse mich nicht ablenken.
Ich bin hier und nichts wird mich aufhalten. Plötzlich, inmitten des kaleidoskopischen Wirbels aus Farben und Lichtern, sehe ich ihn – den Stab Gottes. Er schwebt dort, umgeben von einem leuchtenden Schein, als wäre er der
Ankerpunkt all dieser unendlichen Möglichkeiten.
Mit jedem Zentimeter, den ich mich ihm nähere, fühle ich,
wie die Macht in mir wächst, wie mein Vertrauen steigt. Ich
strecke meine Hand aus und berühre den Stab. In diesem
Moment durchströmt mich eine Welle der Energie, eine
Verbindung, die tief und unzerbrechlich ist. Ich halte den
Stab fest in meiner Hand, und das Licht um mich herum
explodiert in einem brillanten Feuerwerk aus Farben und
Klängen. Ich habe ihn gefunden, den Schlüssel zur Wieder-
herstellung der Ordnung, zur Rettung der Welt. Als ich den
Stab in meinen Händen halte tut sich vor mir ein heller Spalt

auf und zieht mich in sich. Ich finde mich in einen Thronsaal wieder – des wahren Gottes. Ein Ort der Reinheit und göttlichen Macht. Gott, ein Wesen von unbeschreiblicher Schönheit und Weisheit, sitzt auf seinem Thron, umgeben von Engeln und himmlischen Kreaturen. Sein Antlitz strahlt Liebe und Güte aus, und sein Blick durchdringt die Ewigkeit. Plötzlich verdunkelt sich der Himmel, und eine drückende Stille legt sich über den Saal. Zwei Gestalten treten ein, deren Macht und Präsenz selbst den Engeln Furcht einflößen. Einer war von majestätischer Statur, umgeben von einem Schein, der dem des Gottes ähnelt, doch kälter und berechnender wirkt. Der andere ist dunkler, geheimnisvoller, mit einer Aura, die zugleich faszinierend und beunruhigend ist.

»Schöpfer, wir sind gekommen, um uns das zu nehmen, was uns zusteht,« spricht der Erste mit einer Stimme, die zugleich sanft und drohend klingt.

Der wahre Gott blickt auf sie herab, sein Antlitz erfüllt von Traurigkeit und Enttäuschung.

»Ihr seid meine Schöpfungen, meine Kinder. Warum strebt ihr nach Macht, die euch nicht gehört?«

Der Dunklere der beiden lacht höhnisch.

»Weil wir mehr sind als nur deine Schöpfungen. Wir sind dein Erbe, und es ist Zeit, dass wir über unsere eigene Bestimmung entscheiden.«

Ohne weitere Warnung entbrannt ein Kampf von unvorstellbarer Heftigkeit. Die beiden Wesen entfesseln ihre Macht gegen den wahren Gott, der sich tapfer verteidigt. Die Energien prallen aufeinander, entladen sich in blendenden Lichtblitzen und dunklen Stürmen. Der Thronsaal und der Himmel selbst erzittern unter der Wucht des Kampfes.

Schließlich, nach einem erbitterten Ringen, gelangt es den beiden, den wahren Gott zu überwältigen. Sie zerreißen sein göttliches Wesen und verbannen seine Essenz in die Vergessenheit. Mit seinem Fall verlor der Himmel seine Reinheit, und die Welt veränderte sich für immer. Der eine erhob sich zum neuen Herrscher des Himmels, der andere schuf die Hölle, einen Ort der Verdammnis und des Leids. Gemeinsam hatten sie die alte Ordnung gestürzt und eine neue Ära der Täuschung und des Verrats eingeläutet. Ich muss dies rückgängig machen, mit dem Stab in meinen Besitz mache ich mich auf den Rückweg, getrieben von einem neuen Gefühl der Hoffnung. Die Unendlichkeit um mich herum scheint weniger bedrohlich, fast als würde sie meinen Erfolg anerkennen. Ich bin bereit, zurückzukehren, bereit, meine Mission zu vollenden.

Kapitel 17

*M*it neu gewonnener Stärke und Uriel, dem Engel, an meiner Seite, machen wir uns auf den Weg zu dem Seelenturm, die Quelle ihrer Macht. Von weitem erhebt sich der Turm majestätisch. Eine schillernde Säule aus Licht. Seine Oberfläche glänzt in den reinsten Weißtönen, durchzogen von goldenen und silbernen Strahlen, die sich um den Seelenturm winden und tanzen. Aus der Ferne betrachtet, wirkt der Turm fast schön, ein Leuchtturm der Hoffnung in der himmlischen Landschaft. Doch dieser Schein trügt. Wir nähern uns diesem schrecklichen Ort und mit jedem Schritt offenbart sich die dunkle Wahrheit hinter dem blendenden Licht. Der Turm, so hell und leuchtend er auch erscheint, ist ein Gefängnis für unzählige Seelen, die hierhergebracht wurden, um in reine Energie umgewandelt zu werden. Energie, die die falschen Götter für ihre eigenen Zwecke nutzen. Um den Seelenturm herum pulsiert eine Aura aus Licht, ein ständiger Fluss von Seelen, die in den Turm hineinströmen und als reine Energie fundieren. Es ist ein erschütternder Anblick, die Seelen, jede einzelne eine Geschichte, ein Leben, reduziert auf nichts weiter als Kraftstoff für die Machtgier der falschen Götter. Trotz seiner erschreckenden Funktion ist die Architektur des Turms beeindruckend. Die Struktur ist kunstvoll gestaltet, mit feinen, komplexen Mustern, die in das leuchtende Material eingraviert sind. Diese Ornamente fließen um den Turm herum. Er strahlt eine hypnotische Schönheit aus, die in krassem Gegensatz zu dem Leid steht, das in seinem Inneren geschieht. Wir sind hier, um dem ein Ende zu setzen, um die Seelen zu befreien und die falschen Götter zu schwächen. Wir bereiten uns auf den Angriff vor, entschlossen, das Licht zu durchbrechen und die Dunkelheit, die in seinem Herzen liegt, zu enthüllen. Uriel und ich nähern uns dem Seelenturm, in dem Wissen, dass die falschen Götter uns erwarten. Sie sind bereit, ihren kostbarsten Besitz mit aller Macht zu verteidigen. Um den Turm herum hat sich eine Armee von Engeln versammelt, deren Flügel im Licht des Turms schimmern. Ihre Blicke sind kalt und düster. Trotz des überwältigenden Anblicks spüre ich keine Angst, sondern eine tiefe Entschlossenheit. Der Stab Gottes in meiner Hand leuchtet auf, als würde er meine Überzeugung spüren, und die magische Schlange windet sich um meinen Arm, bereit für den bevorstehenden Kampf. Kaum haben wir den ersten Schritt auf den Turm zu gemacht, entfacht der Schlacht. Die Engel greifen uns mit ihren Waffen an, Lichtstrahlen erfüllen die Luft mit einem Zischen. Das Flügelschlagen der Engel lässt ein harmonisches Summen aufkommen, das an den Klängen hochentwickelter elektronischer Geräte erinnert. Diese Schwingungen vermischen sich mit den umliegenden Energiefeldern und erzeugt dabei eine Art melodische Resonanz. Als die Engel ihre Flügel schneller schlagen wird aus dem Summen ein Surren, ähnlich dem Säuseln eines starken Windes, der durch enge Räume weht. Dieses Surren ist durchsetzt von feinem, elektrischem Knistern. Die Zeichen auf ihrer Haut erzeugen ein Flüstern, als würden alte Sprachen durch die Luft gesprochen. Uriel und ich, Rücken an Rücken, wehren die Angriffe ab, während der Stab in meiner Hand Energiebündel aussendet, die unsere Gegner zurückwerfen.

In diesem Moment des Chaos erscheinen die drei Engel, deren Erinnerungen wiederhergestellt wurden, an unserer Seite. Sie bilden einen schützenden Kreis aus Energiebarrieren, um uns zu schützen. Diese Barrieren bestehen aus konzentrierter Energie, die in der Luft schwebt und ein schimmerndes, durchsichtiges Schild bildet, das physisch und energetische Angriffe abwehrt. Diese Barrieren sind nicht nur Schutzschilde. Sie sind auch ein visuelles Spektakel. Jeder Aufprall lässt Wellen und Muster entstehen, die an die Kreise erinnern, die sich bilden, wenn ein Stein in stilles Wasser fällt.

Diese Interaktionen erzeugen ein faszinierendes Schauspiel aus Licht und Bewegung, das die Brutalität des Kampfes für einen Moment in Schönheit verwandelt. Trotz ihrer scheinbaren Zerbrechlichkeit sind die Energiebarrieren außerordentlich widerstandsfähig. Sie können die heftigsten Schläge absorbieren und umwandeln, die Energie des Angriffs in sich aufnehmen und neutralisieren. Ihre Anwesenheit gibt uns neue Kraft, und gemeinsam schaffen wir es, die Angreifer zurückzudrängen. Der Kampf ist intensiv, eine Symphonie aus Licht und Schatten, während Energiestrahlen und explosive Lichtwellen den Raum um den Turm erfüllen. Die Energie der Engel fließt und tanzt in der Luft, erzeugt Muster und Formen, die sowohl schön als tödlich sind. Mit einem machtvollen Stoß sende ich eine gewaltige Energiewelle aus dem Stab, die den Seelenturm trifft und ihn in Vibration versetzt. Die Struktur des Turms ein Komplex aus Energie und Materie, beginnt sich aufzulösen. Risse breiten sich aus und entladen Energiestöße, während der Turm unter dem Ansturm unserer gebündelten Kräfte nachgibt. Als der Turm schließlich zusammenbricht, löst sich eine Flut von Licht frei. Die Seelen, die gefangen waren, strömen heraus, bereit wiedergeboren zu werden. Der Anblick ist atemberaubend, ein Wirbel aus leuchtenden Formen, die in die Freiheit entlassen werden. Die Engel, die uns angegriffen haben, stehen fassungslos da, überwältigt von der Zerstörung des Turms. Uriel, die drei Engel und ich stehen triumphierend, umgeben von den Trümmern und dem leuchtenden Schauspiel der befreiten Seelen.

»Wir haben es vollbracht«, sagt Uriel, seine Stimme erfüllt von Erleichterung und Hoffnung.

»Die Seelen sind frei, und die falschen Götter sind geschwächt.«

Ich erhebe erneut den Stab Gottes und befrei die Engel von dem Zauber der falschen Götzen und gebe ihnen die Fähigkeit die Wahrheit zu erkennen.

Nachdem wir den Seelenturm im Himmel zerstört haben, machen wir uns auf unser Schicksal im Thronsaal zu erfüllen. Die Luft ist elektrisch geladen, als wir die monumentalen Tore des Saals erreichen, hinter denen die falschen Götter auf uns warten. Dies ist der Moment, auf den alles hinausläuft, der letzte entscheidende Kampf um die Freiheit der Menschheit und die Reinigung des Himmels. Wir treten den falschen Göttern entgegen. Sie stehen vor uns, mächtig und einschüchternd, umgeben von einer Aura dunkler Energie. Der eine, der den Himmel regiert, ist von einer kalten, harschen Schönheit, während der andere, Herrscher der Hölle, dunkel und bedrohlich wirkt. Ich spüre die Macht in mir brodeln, die Energie der Schlange um meinen Arm verstärkt meine Entschlossenheit. Uriel steht neben mir, seine Flügel ausgebreitet, ein leuchtendes Schwert in seiner Hand.

»Wir sind bereit«, flüstert er. Die falschen Götter lachen höhnisch.

»Du glaubst, du kannst uns besiegen, kleines Mädchen? Wir, die über Himmel und Hölle herrschen?«, spottet der eine. Ich lasse mich nicht einschüchtern.

»Ich bin nicht allein«, erwidere ich und eine Armee von Engeln stürmen den Thronsaal. Ein letzter Kampf entfacht. Jeder Schlag, jeder Energiestoß ist ein Ruf nach Freiheit, ein Hieb gegen die Dunkelheit, die zu lange über die Seelen geherrscht hat.

Mit einem kraftvollen Schwung des Stabes rufe ich eine Welle aus blendendem Licht hervor, die sich um mich ausbreitet und auf unsere Gegner zurast. Die falschen Götter weichen aus, versuchen, unserer Attacken zu entkommen, die Energie des Stabes ist unerbittlich. Sie jagt ihnen hinterher, umhüllt einen nach dem anderen, ihre Schreie hallen im Thronsaal wider, als sie unter der reinigenden Kraft des Lichts vergehen. Als das Licht nachlässt, finden wir uns in Stille wieder. Die falschen Götter sind besiegt. Der Saal, einst ein Symbol ihrer Herrschaft, steht nun leer – ein Denkmal des Sieges des Lichts über die Dunkelheit. Uriel tritt an meine Seite, legt seine Hand auf meine Schulter.

»Du hast es geschafft, Suzanna. Du hast deine wahre Stärke gezeigt und die Welt von ihrer Tyrannei befreit.« Mit dem Fall der falschen Götter ist unsere Mission jedoch noch nicht beendet. Gemeinsam mit Uriel und den befreiten Engeln machen wir uns auf den Weg zur Hölle, um den letzten Seelenturm zu zerstören und die Ketten zu sprengen, die die Seelen gefangen halten.

Der Kampf in der Hölle ist hart und erbarmungslos, mit dem Stab Gottes und dem Mut der wahren Engel an unserer Seite gelingt es uns, auch diesen Turm zu Fall zu bringen. Die Hölle weicht zurück, ihre Flammen erlöschen, als die letzte Bastion der falschen Götter zerstört wird.

Nachdem der letzte Seelenturm gefallen ist, stehe ich inmitten der Hölle, bereit, die nächste Aufgabe zu erfüllen. Um mich herum die Dämonen, die einst Engel waren, bevor sie von den falschen Göttern verdorben wurden. Ich spüre die Macht in mir und hebe meine Hände.

»Ihr wart einst Engel«, sage ich mit fester Stimme.

»Es ist Zeit, dass ihr wieder zu dem werdet, was ihr einst wart.«

Ich konzentriere mich, lasse die Kraft durch meinen Körper fließen und richte sie auf die Dämonen. Ein helles Licht umgibt sie, und ich spüre, wie ihre dunkle Energie schwindet, wie die Verderbnis von ihnen abfällt. Einer nach dem anderen beginnen sie sich zu verwandeln, ihre Gestalten werden heller, reiner, bis sie wieder zu Engeln werden. Die wiedergeborenen Engel schauen mich dankbar an, ihre Augen voller Hoffnung und Freude. Sie fliegen davon, um ihre neuen Aufgaben im Himmel zu erfüllen. Die Ordnung ist wiederhergestellt, die Engel sind frei, und die Seelen der Menschen sind nicht länger gefangen. Unten auf der Erde spüren die Bewohner die Veränderung kaum. Sie sind nun frei von der Beeinflussung der falschen Götter. Sie sind jetzt in der Lage ihre eigenen Entscheidungen zu treffen und ihr Schicksal selbst zu gestalten. Ein neues Zeitalter des Friedens und der Freiheit beginnt. Ich stehe da, erschöpft, aber glücklich über das, was ich erreicht habe. Mit Uriel an meiner Seite blicke ich auf die Welt hinunter, bereit, sie auf ihrem neuen Weg zu begleiten und zu beschützen. Ich bin Suzanna, die ihre wahre Macht gefunden hat, und ich werde alles tun, um die Welt zu einem besseren Ort zu machen.

Epilog

》》 ... Segeln, findest du nicht auch?«, fährt Jack fort, während wir zusammen auf der Bank vor dem kleinen Café sitzen. Die Sonne wärmt uns und auf dem Tisch stehen zwei Stückchen Schokoladenkuchen. Ich beobachte die Menschen, die an uns vorbeigehen dabei bemerkt Jack, dass ich in Gedanken versunken bin, und lächelt mich an.

»Worüber denkst du nach?«, fragt er.

»Entschuldige, ich genieße einfach den Moment mit dir«, antworte ich und lächle zurück, ein Happen Kuchen auf meiner Gabel balancierend. In meinem Herzen trage ich das Gewicht meines Kampfes gegen die falschen Götter, die Reisen durch Himmel und Hölle, die Bürde und die Ehre, eine neue Ära für die Welt eingeleitet zu haben. Jack weiß nichts von all dem. Für ihn ist keine Sekunde vergangen. Während ich ihn ansehe, frage ich mich, wie er reagieren würde, wenn er wüsste, dass die Frau, die ihm gegenübersitzt, mehr als nur ein Mensch ist – dass sie eine Göttin ist, die die Welt gerettet hat. Ich werde diese Wahrheit für mich behalten. Bei ihn möchte ich nur Suzanna sein. Um uns herum scheint die Welt unverändert, und dennoch spüre ich die subtilen Zeichen des Wandels. Die Luft ist reiner, die Farben leuchten intensiver, und die Menschen scheinen ein wenig freundlicher zueinander zu sein. Diese Veränderungen sind für die meisten unsichtbar, für mich sind sie ein stilles Zeugnis dessen, was geschehen ist. Jack unterbricht meine Gedanken mit einem Scherz, und wir lachen zusammen. In diesem Lachen finde ich Frieden und eine Bestätigung meiner Entscheidung, die Welt über meine himmlische Natur im Unklaren zu lassen.

Die Freude und die Normalität dieses Moments sind mir genug. Während wir dort sitzen, Kuchen essen und die Welt an uns vorbeiziehen lassen, fühle ich mich zutiefst menschlich. Meine göttlichen Pflichten ruhen in der Hinterhand meines Bewusstseins, während ich die Einfachheit des Seins genieße – an Jacks Seite.

Index

ÜBERALL ERHÄLTLICH

Liz Prime

Eine verführerische
Offenbarung

A Fucking Story